ANNE B. RAGDE

Tod im Fjord

Buch

Emma ist Schriftstellerin und wohnt in Oslo. Als sie ihren Freund Rickard in Bergen besucht, wird sie im Hafen der alten Hansestadt Zeugin einer seltsamen Szene: Ein älterer Mann und eine junge Frau – Vater und Tochter – pumpen zwei kleine Gummiboote auf und wollen damit offenbar losfahren. Emma hilft ihnen, und der alte Mann erzählt ihr währenddessen vom Sinn des ungewöhnlichen Unternehmens: Er zeigt ihr eine alte Schwarzweißfotografie, auf der eine junge Frau – seine Mutter – zu sehen ist. Er will die Stelle finden, von der aus das Foto aufgenommen wurde, und das geht angeblich nur vom Wasser aus. Wenige Tage später stößt Emma in der Zeitung auf einen Artikel, in dem die Polizei die Bevölkerung um Mithilfe bittet. Daneben ein Bild des Mannes mit dem Gummiboot. Er ist ertrunken aus dem Fjord gefischt worden. Niemand kennt ihn, sachdienliche Hinweise nimmt jede Polizeidienststelle entgegen. Emma begreift das alles nicht – warum hat die Tochter nach dem Unfall nicht sofort die Polizei alarmiert? Sie wittert eine aufregende Geschichte hinter dem Ganzen und beginnt auf eigene Faust zu ermitteln. Doch erst am Schluss erkennt sie entsetzt, welch fatale Rolle sie selbst bei dem ganzen Geschehen gespielt hat ...

Autorin

Anne B. Ragde, geboren 1957 im westnorwegischen Hardanger, wohnt heute in der Stadt Trondheim. Die erfolgreiche und beliebte Kinder- und Jugendbuchautorin legte 1992 in ihrer Heimat den ersten Band mit Kriminalerzählungen vor, der von der norwegischen Kritik enthusiastisch gefeiert wurde. »Tod im Fjord« ist ihr zweiter Kriminalroman.

Anne B. Ragde bei Goldmann

Mord in Spitzbergen. Roman (43681)

Anne B. Ragde
Tod im Fjord

Roman

Aus dem Norwegischen
von Gabriele Haefs

GOLDMANN

Die Originalausgabe erschien 1998 unter dem Titel
»Jeg vinket ikke, jeg druknet«
bei Tiden Norsk Forlag A/S, Oslo

Umwelthinweis:
Alle bedruckten Materialien dieses Taschenbuches
sind chlorfrei und umweltschonend.

Der Goldmann Verlag ist ein Unternehmen der
Verlagsgruppe Bertelsmann GmbH.

Deutsche Erstausgabe 9/2000
Copyright © der Originalausgabe 1998
by Tiden Norsk Forlag A/S, Oslo
Copyright © der deutschsprachigen Ausgabe 2000
by Wilhelm Goldmann Verlag in der Verlagsgruppe
Bertelsmann GmbH, München
Umschlaggestaltung: Design Team München
Umschlagfoto: Tony Stone Bilderwelten/Hermansen
Satz: DTP Service Apel, Hannover
Druck: Elsnerdruck, Berlin
Titelnummer: 44696
TH · Herstellung: Heidrun Nawrot
Made in Germany
ISBN 3-442-44696-1
www.goldmann-verlag.de

1 3 5 7 9 10 8 6 4 2

Not Waving, But Drowning

Nobody heard him, the dead man,
but he still lay moaning:
I was much further out than you thought
and not waving but drowning

Poor chap, he always loved larking
and now he's dead
it must have been too cold for him, his heart gave way
they said

Oh, no no no, it was too cold always
(still the dead one lay moaning)
I was much too far out all my life
and not waving but drowning.

Stevie Smith

Westnorwegen und Zement, das gehört irgendwie zusammen. Wenn wir uns bei den Zementfabrikanten erkundigten, dann würde Westnorwegen sicher ganz anders dastehen als beispielsweise Buskerud. Der für Westnorwegen zuständige Verkaufsdirektor der Zementbranche hat sicher ein höheres Gehalt, ein schickeres Auto, mehr schwarzes Geld, eine elegantere Frau, eine jüngere Geliebte, verwöhntere Kinder als sein Kollege in Buskerud. Und vermutlich wohnt er in Nordås, hat auf dem Nordåssee ein schnittiges Segelboot oder hat sich eine alte Villa in Kalfarlien erschlichen und renoviert. Er und seine Frau sind selbstverständliche Gäste bei der Eröffnung der Festspiele, und außerdem besitzt er ein wunderschönes Sommerhaus auf Sotra, eine Skihütte im Kvamskog und eine Jagdhütte auf der Hardangervidda.

Alles andere wäre ja noch schöner!

Überlegt doch nur, mit welchen Zementmengen dieser Mann umgehen muss!

Na, ich habe mich nicht so richtig darüber informiert, was Zement eigentlich ist, vielleicht drücke ich mich also falsch aus. In den Kulissen spuken noch dazu die Begriffe Beton und Mörtel herum, aber ich rede hier von dem Material, aus dem in Westnorwegen Mauern und Treppen gegossen werden, jede einzelne Stufe, von dem Material, das im Lauf der Zeit auf Grund von Erosion braun und löchrig wird, anscheinend aber ewig hält.

In Buskerud werden Treppen zumeist aus Holz hergestellt, und in den Mauern sind häufig Steine, vielleicht Steine, die mit ein wenig Zement aneinandergeklebt worden sind. Aber hier im Westen wird mit diesem Material gemauert und gegossen, und zwar lotrechte und waagerechte Flächen gleichermaßen. Wenn die Leute aus dem Westen eine Kunst beherrschen, dann die, aus einer arroganten Felswand ein infrastrukturelles System aus rechten Winkeln, Treppen, die sich aufwärts und abwärts winden, mit längslaufenden Geländern, wie man sie in Buskerud auch nicht findet, zu gestalten. Es handelt sich um Eisengeländer. Um glatte Eisenrohre mit vertikal angegossenen Querstangen alle zwei Meter, auf deren Spitze eine kleine Kugel sitzt. Sie werden schwarz oder grau gestrichen, meistens grau.

Und weil die Häuser im Westen steilere Giebel und überhaupt ganz andere Formen und Kurven haben als die in Buskerud (oder überhaupt im gesamten restlichen Land), blicken wir auf eine ganz eigene Bebauung. Ich weiß nicht, warum sich das so entwickelt hat. Etwas, das ursprünglich ein einfaches Handwerk war, eine Tugend der Notwendigkeit – manche würden sogar von einer Arme-Leute-Lösung sprechen, weil man eigentlich von Schiefer und Holz träumte –, ist zu einem Teil der westnorwegischen Seele geworden. Ein so bodenständiges Handwerk wie überhaupt nur möglich wurde unbeabsichtigt in eine Idee verwandelt, in den Kernpunkt eines architektonisch-geographischen Images. Zement ist für mich zu einem Begriff geworden, der sehr viel beinhaltet, der von viel größeren und anderen Werten spricht als seinen chemischen Bestandteilen oder gar seiner praktischen Funktion.

Ich würde gern einen wohlformulierten kleinen Essay über Zement schreiben. Gerade heute würde mir das Spaß machen, obwohl ich eigentlich ein ganz anderes Bild im Kopf habe oder haben sollte: ein Rentier in der flachen, senfgelben Tundra. Ein Kalb. Von vorne aufgenommen, sodass man ahnt, warum wir im Norwegischen nicht x-beinig sagen, sondern »kalbsbeinig«, Licht, Linien, alles im Bild dreht sich um das eine: die Augen des Kalbes.

Und meine Aufgabe ist es, mich vom Ausdruck dieser Augen inspirieren zu lassen. Wörter und Sätze zu einer Kreation zusammenzufassen, die denen, die das Bild sehen und den Text lesen, etwas vermittelt, das über die Summe von Text und Bild hinausgeht. Ich muss zwischen den Zeilen eine Wirklichkeit postulieren, sie erschaffen. Die Wirklichkeit hinter den Augen des Kalbes. Ich soll mich nicht über Zement verbreiten. Schon gar nicht über Zement.

Doch Zement findet sich schon in meinen frühesten Kindheitserinnerungen. Eine Mauerkante zum Sitzen, mit kleinen Hubbeln, die sich durch den Stoff bohren und in die Haut drücken, ein kühles Eisengeländer, an dem ich meine Fingerlänge messen kann, Treppenstufen, bis hinauf in den Himmel, mit dem Fjord im Rücken, eine erwachsene Hand zum Festhalten, kleine Absätze aus mit Algen und Moos dekorierten Zementflächen an den Ecken, und ganz oben: Waffeln und Saft, weiße Tischdecken mit Plattstickerei, die nicht bekleckert werden dürfen, Großmutters Freundinnen in großgeblümten Kleidern, jede mit einer Brosche am Halsausschnitt, immer mit einer Brosche.

Das war der Himmel.

Und danach, wieder nach unten, an Mauern und Treppen entlang, Schwindel erregende Höhen mit kahlem Fels auf jeder Seite, ungezähmte, unheimliche, einsturzgefährdete westnorwegische Felswände, wo noch niemand auf die Idee gekommen war, eine Zementtreppe zu gießen.

Das war der Tod.

Ich bin zu Besuch in Bergen, in Møhlenpris, bei einem fünf Wochen frischen Geliebten, der sehr gut verdient, das meiste jedoch langfristig in Aktien und Fonds investiert hat, und deshalb in einer winzigkleinen Mietwohnung lebt, ohne Balkon oder eine nette Sitzbank vor der Sonnenwand. Ich bin erwachsen, die Sonne scheint. Ich sollte in der Wohnung sitzen und mein Notebook mit Betrachtungen über das Rentierkalb füllen, aber die Sonne ruiniert alles. Ich muss Wasser sehen. Wasser und Sonne gehören zusammen. Ich denke nicht an Treppen und Mauern, jetzt nicht, nicht, als ich die Wohnung verlasse. Doch als ich in einem scheinbar undurchdringlichen Dschungel aus Werkstätten, Lagerhäusern und anonymen Schuppen nach dem Puddefjord suche, ertappe ich mich beim Gedanken an – eben – Zement. An eine graubraune, sonnenwarme aus Zement gegossene Treppe, wo ich ganz oben sitzen kann; dieser Gedanke macht mich traurig, denn hier gibt es nur Werkstätten und Ufer vor den mit grünen Büschen bewachsenen Kanten, die steil in den drei Meter tiefer gelegenen Puddefjord fallen. Ich habe mir eine vulgäre 1,5-Literflasche-Mack-Sommerbier gekauft, die anderen Flaschen im Laden waren nicht gekühlt, und diese Flasche schwinge ich im Gehen hin und her, halte sie zwischen Mittel- und Zeigefinger. Der Asphalt brennt durch die Sohlen meiner Stoffschuhe, aus der Ferne höre ich das Schnattern der Kanadagänse im Nygårdspark, und ich denke mir, wie unüberlegt ich doch zu diesem Sommerbesuch bei einem Liebhaber aufgebrochen bin, der selber gar keinen Urlaub hat und dazu nicht einmal über Balkon oder Garten verfügt, und ich ärgere mich, weil ich ja eigentlich schreiben müsste. Doch dann erreiche ich eine offene Fläche, und an ihrem Ende: eine Mauer. Ein Eisengeländer. Eine Treppe, die zum Puddefjord hinunterführt. Und mir fällt alles wieder ein, und ich wage es, mich zu freuen.

Die Sonne knallt. Es sind bestimmt vierzig Grad, und ich finde keinen Schatten für mein Bier. Ich sitze. Ich rutsche mit dem Hintern auf dem Zement herum, halte mich am Geländer fest, schließe die Augen und lasse grünes Schimmern der Sonnenreflexe im Wasser durch meine Augenlider sickern, und das Glücksgefühl, das mich durchströmt, ist so total und alt, wenn ich die Zeitperspektive in meinem eigenen Leben in Betracht ziehe, dass ich das Gefühl habe, voll in die Kloake zu stürzen.

Das ist das hier nämlich. Ein Kloakenablauf. Die Treppe, auf der ich sitze, führt glatt ins Wasser, oder sollte ich sagen, ins Nichts? Aber alles ist einwandfrei vorhanden. Ohne, dass es etwas bedeuten würde. Ich kann es kaum riechen. Ich öffne die Bierflasche, hebe sie mit beiden Händen zum Mund, und der Geschmack vermischt sich mit den Sonnenreflexen, und alles ist pures Glück, und ich denke: Wer mag an einem solchen Tag schon Schriftstellerin sein! Wer mag an einem solchen Tag schon in einer düsteren, knallheißen Wohnung sitzen und lyrische Texte über Svalbard verfassen!

Das Geländer müsste angestrichen werden. Ich finde es schön, dass es nicht angestrichen ist, dass niemand hier eingreift, dass das vermutlich ein unberührter Flecken ist, vielleicht einer der letzten unberührten Flecken in dieser Stadt, so unberührt, dass niemand sich die Mühe gemacht hat, die zuständige Stelle auf das unangestrichene Eisengeländer hinzuweisen. Es fühlt sich genauso an, wie es sich anfühlen soll. Ich umfasse es mit meinen Fingern, und die Finger gehören einem kleinen Mädchen, so klein, dass sie das Leben nicht in Worte fassen konnte, aber trotzdem hoffte, es eines Tages zu schaffen. Und ich lasse meinen Blick zu meinen Fingern wandern und betrachte sie, stelle fest, dass sie endlich zu einer erwachsenen Frauenhand geworden sind, und dass ich es inzwischen schaffe, Sprache und Gedanken zu paaren, sogar in Situationen, in denen ich nicht ein einziges Wort schreibe.

Ich bin glücklich. Eigentlich muss ich das noch einmal sagen. Obwohl wir beim Schreiben die Dinge ja nicht sagen, sondern zeigen sollen, das haben wir von Hemingway gelernt. Und das Beste von allem: Ich bin pflichtvergessen weggelaufen und habe das hier gefunden! Ich hätte auch ausbüxen und eine lebhafte kleine Bierkneipe finden können. Dafür habe ich nämlich eine Nase. Vermutlich hätte ich dann vergessen, dass ich Sonne und Wasser suchte; ich hätte mich in der Kneipe amüsiert und mit alten alkoholisierten Bergensern gesprochen, die mit ihren Erlebnissen als Kriegsmatrosen prahlten, und ich hätte »gute Güte« und »meine Herrn, die Lerche«, und »einfach tierisch« gesagt und alles geglaubt, was sie über die Konvois nach England erzählten, und ihnen von meinem Stipendium einen Schnaps spendiert, und sie für einen Moment mit der Nachricht enttäuscht, dass ich Erik Bye nicht kenne, obwohl einer von ihnen schon geglaubt hat, mich im Fernsehen gesehen zu haben, und dann hätte ich ihnen abermals zugeprostet, und mir wäre vielleicht eine Idee für eine Novelle oder eine Glosse gekommen, und es wäre wunderschön gewesen. Aber stattdessen sitze ich hier. Das Bier findet keinen Schatten. Es muss getrunken werden. Der Puddefjord ist offen und liegt in der Sonne. Er muss betrachtet werden. Und die Treppe unter mir … nein, ich will nichts mehr über die Treppe sagen. Abgesehen davon, dass man in Bergen doch irgendwie anders schreibt als anderswo.

Ich höre sie, noch ehe ich sie sehe. Ich habe die Augen noch geschlossen, und das Glücksgefühl ist noch immer sehr stark; es liegt nicht an der Kloake, dass ich sie nicht öffnen mag.

»Hier, Tövchen. Hier kommen wir ans Wasser.«

Die Stimme eines älteren Mannes. »Hiiiier, Tööövchen«. Schnarrendes R und gedehnte Vokale, die sich trotz ihrer Breite vornehm anhören.

»Ja, du hast Recht. Und es gibt auch eine Treppe.«

Heisere Frauenstimme. Vom Rauchen heiser. Ich drehe mich nicht um, hoffe noch immer, dass die beiden in meinem Klosterdasein nur ein kleines Intermezzo darstellen, aber ihre Schritte kommen leider immer näher.

Also trinke ich noch einen Schluck Bier, um klarzustellen, dass ich nun einmal hier sitze und mit meinen eigenen Angelegenheiten beschäftigt bin, und mir ist nur zu bewusst, dass ich die ganze oberste Treppenstufe besetze und damit den Weg zum Wasser und zu den anderen Stufen versperre, aber daran will ich auch nichts ändern, ich war ja schließlich zuerst hier.

Plastikgeräusche, Gepäckgeräusche, Tüten, wie nach einem Einkaufsbummel, und jetzt hilft alles nichts mehr, ich schaue mich kurz um. Und mit der Fähigkeit der Schriftstellerin, in Sekundenschnelle ein breites Szenario zu erfassen, starre ich abermals in die Kloake und frage mich, warum ein älterer Mann und eine jüngere Frau mit zwei riesigen Einkaufstüten von Tybring-Gjedde und einer kleineren Tüte ohne Werbeaufdruck sich dermaßen über einen Zugang zum Wasser freuen. Sie sind nicht einmal mit dem

Auto gekommen, sondern haben offenbar ihre Tüten von der Bushaltestelle bis hierher geschleppt. Und da sie nur vier Meter von mir entfernt sind, überlege ich jetzt, ob es unhöflich ist, sie nicht anzusprechen. Das ist so, als ob einem mitten im Hochgebirge Leute begegnen. Wir begrüßen sie, obwohl es Fremde sind, wir reden sogar mit ihnen und trinken vielleicht eine Tasse Thermoskaffee. Und dieser unberührte Flecken am Puddefjord wird zum Hochgebirge, es führt kein Weg daran vorbei, ich drehe mich um und lächele und sage hallo.

Die Frau streicht sich die Haare aus der Stirn, sie hört nichts, denn sie bückt sich gerade und zieht zwei große, farbenfrohe Teile aus den Tüten. Ihr Hintern steckt in dunkelblauen Shorts, auf die die Sonne brennt, an ihrer Nasenspitze hängt ein Schweißtropfen. Der Mann lächelt und nickt mir langsam zu. Er ist elegant angezogen. Weißes Hemd, helle Hose, helle Schuhe und eine jugendliche Schirmmütze, die seine Augen in Schatten taucht. Er hilft der Frau nicht beim Auspacken, sondern sieht mich lange an. Sein Blick ist wachsam, wach.

»Schön ist's hier«, sagt er.

Ich kann keine Antwort geben, ich bin mit Glotzen beschäftigt: Das, was die Frau aus den Tüten zieht, sind zwei plattgedrückte Gummiboote. Und eine Pumpe von der Sorte, mit der Gummimatratzen aufgepumpt werden. Sie macht sich an einer transparenten Öffnung zu schaffen und presst das Mundstück der Pumpe hinein, richtet sich auf, sieht den Mann an, der plötzlich kleiner ist als sie, und sagt:

»Jetzt drück schon!« Sie hat ein fleischiges Gesicht mit dicken Lippen. Sie sind nicht geschminkt, aber etwas an ihrer Farbe verrät mir, dass sie regelmäßig mit wütendem Rot gefärbt werden.

Der Mann zeigt keine Reaktion. Sie stößt ihn an. »Mit dem Fuß. Na los!«

Loooooous! Er wendet seinen Blick von mir ab und macht mit dem Knie in einem lächerlich scharfen Goofy-Winkel eine langsame Pumpbewegung. Die Frau faltet das zweite Gummiboot auseinander. In den Booten, die nicht größer sind als ein mittelgroßes geschlachtetes Schwein, sollten eigentlich Kinder unter erwachsener Aufsicht am Strand herumplatschen. Das Seesicherheitsamt würde sie in dieselbe Sicherheitsklasse einsortieren wie einen Joghurtbecher.

Ich schaue auf das Wasser. Es ist ganz ruhig. Beruhigend ruhig und sonnenweiß. Aber trotzdem kann ein Schiff kommen, dessen Schraube die Wassermassen in einen wilden Sog verwandelt.

Ich schaue wieder den Mann an. Er pumpt und erwidert meinen Blick. Inzwischen hat auch er sich eine schweißnasse Stirn erarbeitet. Sein Fuß bewegt sich auf und ab. Ich trinke einen Schluck Bier und frage: »Wollen Sie einen Bootsausflug machen?«

Der Mann nickt und lächelt. »Es ist so schönes Wetter.«

Da hat er absolut Recht. Es ist schönes Wetter. Aber deshalb braucht man noch lange nicht in einem knallbunten Joghurtbecher in See zu stechen.

»Was haben Sie vor?«, frage ich.

»Einen Bootsausflug machen«, sagt plötzlich die Frau. »Das haben Sie ja selbst gesagt.«

Sääälpst.

»Aber ...«

»Im Laden haben sie gesagt, dass das mit den Booten sehr gut geht, wenn man sich in der Mitte hält«, erklärt die Frau, und jetzt entdecke ich die Ruder. Plastikruder. Vier rote Ruder, ich zähle zweimal nach. Wenn man in der Mitte bleibt ... Aber dort ist für einen erwachsenen Menschen nur mit Mühe und Not Platz, im Inneren der würstchenförmigen Reling, die der Mann nun endlich mit Luft gefüllt hat, worauf die Frau ganz schnell den Stöpsel in die Öffnung steckt. Sie befiehlt ihm, sich an das nächste Boot zu machen.

»Wo soll's denn hingehen?«, frage ich.

»Sie kommen aus Oslo«, stellt der Mann fest und pumpt wieder los. »Was machen Sie hier?«

»Bier trinken und mich sonnen«, antworte ich.

»In Oslo scheint die Sonne doch auch«, sagt er.

»Nicht so wie hier«, erwidere ich. »Echte Bergensonne.«

»Ihr Gewicht in Gold wert«, sagt er. »Kein Wunder, dass im Puddefjord so viel Wasser ist. Alles ist von oben gekommen.«

»Was ist los mit dir?«, schimpft die Frau. »Kannst du dich nicht konzentrieren?«

Ich kehre ihnen den Rücken zu und atme tief ein. Das Geräusch ist leichter und offener als das saugende Asthmakeuchen der Luftmatratzenpumpe. Ich drehe mich um und schaue ihnen wieder zu, und dabei merke ich, dass die Sonnenwärme von der Zementkante bis in meine Brüste hochgewandert ist.

»Halten Sie das denn nicht für gefährlich?«

»Gefährlich?«, wiederholt die Frau. »Vieles ist gefährlich.«

»Sie ist meine Tochter«, sagt er. »Das hat sie von mir.«

Die Boote liegen prall und blank da, mit genopptem Boden, bereit, sich den sieben Meeren zu stellen. Das eine ist orange und grün, das andere rot und weiß. Sie sehen jetzt noch kleiner aus als im platten Zustand, denn jetzt haben sie ihre maximale Ausdehnung erreicht, und die ist erschreckend bescheiden. Sie sind kleiner als die Idee eines Bootes, obwohl sie jetzt zu echten Booten geworden sind.

Die Tüten sind leer, nur die unbedruckte nicht. Die beiden reden miteinander. »Ich will es im Boot vor mir haben, ich nehme es aus der Tüte«, sagt er, und sie reicht ihm ein graues Fotoalbum. Ein Fotoalbum. Ich stehe auf.

»Würden Sie uns ins Wasser helfen?«, fragt die Frau. »Es ist vielleicht ein bisschen schwierig, an Bord zu kommen.«

»Aber sicher«, sage ich und starre das Album an. »Sie wollen ein Album mitnehmen?«

»Möchten Sie mal sehen?«, fragt er und schlägt das Album in der Mitte auf, ohne die richtige Stelle zu suchen. Ein roter Wollfaden zeigt diese ohnehin an.

Ich gehe die wenigen Schritte auf ihn zu. Er riecht nach Schweiß, aber nicht unangenehm. Ich sehe sein Gesicht aus der Nähe und stelle fest, dass er in den Fünfzigern sein muss. Sein Zeigefinger tippt auf ein schwarzweißes Bild. Es zeigt eine Frau, die die linke Hand zu einem Gruß hebt, sie trägt ein dunkles Kleid, hat dunkle Haare und blasse Beine. Sie steht an einem Strand. Das Bild ist vom Wasser her gemacht worden, offenbar winkt sie dem Fotografen an Bord zu. Hinter ihr sind Häuser und verschwommene Fabrikschornsteine zu sehen, der Strand ist klein, am Rand liegt allerlei Strandgut, wie bei einem Schrotthändler.

»Das ist meine Mutter«, sagt er. »Ich will die Stelle finden, wo das Bild gemacht worden ist.«

»Hier?«

»Ja, sehen Sie das nicht? Hier!« Er zeigt ins Album.

Mit weißer Tinte ist in Schnörkelschrift unter das Album geschrieben worden: »Am Puddefjord.«

»Diese Stelle wollen Sie suchen?«, frage ich.

»Ich werde sie finden«, sagt er. »Und heute ist ein guter

Tag für die Suche. Ein sehr guter. Man kann sie nämlich nur vom Wasser aus finden, nicht vom Land her. Das haben wir schon versucht.«

Er lächelt mich glücklich an, wie eine Bekannte. Es ist eine Art väterliches Lächeln. Oder ein Enkelkinderlächeln, ich weiß es nicht; ich verstehe dieses Lächeln nicht und möchte glauben, dass er getrunken hat, aber das hat er nicht, sein Atem riecht nach Kaffee und nach etwas Süßem.

»Natürlich«, sage ich.

»Würden Sie danach die Plastiktüten für uns in den Abfall werfen?«, fragt die Frau. Ich nicke. Sie schaut mir zum ersten Mal in die Augen. Sie ist in die Defensive gegangen. In ihrem Blick sehe ich Reihen von gefüllten Gläsern und brennenden Zigaretten, und instinktiv erkenne ich, dass Schnaps nicht die Belohnung für den Einsatz war, sondern der Einsatz selber.

Das erste Gummiboot wird aufs Kloakenwasser gesetzt. Ich stehe auf der untersten Stufe und helfe Tövchen an Bord. Sie kriecht wie eine Spinne über die würstchenförmige Reling, mit den Füßen zuerst, in der Hocke. Ich halte sie fest und merke, dass die Haut an ihren Ellbogen hart und schrumplig ist. Ich kämpfe gegen den Drang, noch zwei Stufen weiter zu gehen, ins Wasser, aber der Anblick der Abwasserrohre gibt meinem Kreuz ganz neue Kräfte.

Sie füllt ihr Gummiboot bis an den Rand, mit hellblauen Sandalen und einem Pflaster auf dem einen Knie. Sie sitzt da wie ein Kind, mit gespreizten Beinen, wie auf einem zu hohen Stuhl, und ich denke nicht mehr; ich muss eine Aufgabe erledigen, ich habe versprochen, ihnen zu helfen. Sie schiebt das Ruder durch die Plastikringe und bugsiert sich zwei Meter aufs Wasser hinaus. Das Boot trägt sie. Ich kann unten eine dicke Ausbeulung erkennen, an der ihr Hintern schuld ist, aber das Boot trägt sie. Und das Wasser ist seicht und von glitzernder Ruhe.

»Trauen Sie sich das wirklich?«, frage ich. Ich setze das Boot für ihn aufs Wasser, im Vergleich zu seiner Größe wiegt es fast nichts. Der Mann kommt mit angespannten Bewegungen die Treppe herunter. Seine Hose leuchtet vor der Zementtreppe sauber und ordentlich; leuchtet vor den vertrockneten grünen Kloakenresten in der Tiefe jeder Stufe. Er wirft die Ruder ins Boot, und aus dem Album baumelt der rote Faden.
»Trauen Sie sich das wirklich?«, frage ich noch einmal. Er gibt mir keine Antwort, sondern packt meine Hand so, wie man mitten im Hochgebirge eine Hand packt, um einen heimtückischen Bach zu überqueren, und hockt sich auf die unterste Stufe, während ich den Rücken gegen die Mauer presse, um eine Art Gegengewicht zu produzieren. Dann zieht er das Boot mit der Ferse zu sich und verlegt langsam den Schwerpunkt an Bord.

Jetzt sind sie beide auf See. Ich setze mich auf die Treppe und stecke mir endlich eine Zigarette an und sehe zu, wie sie sich an den Rudern zu schaffen machen und offenbar versuchen, sich daran zu erinnern, wie das geht: Vorwärts geht es durch rückwärts rudern, die Arme bewegen sich mit der Uhr.
Es dauert seine Zeit.
Ihre Bewegungen sind träge, in der Hitze, in den Reflexen der Wasseroberfläche. Sie arbeiten konzentriert und reden nicht miteinander, sind von ihrer Aufgabe in Anspruch genommen. Ich fülle meine Lunge mit Rauch und versuche, mich daran zu erinnern, welcher Wochentag heute ist; ich kneife im Sonnenlicht die Augen zusammen, um mir auch nicht das geringste Detail entgehen zu lassen.

Er hat den Kniff als erster raus. Zwei Ruderschläge, die er unter Kontrolle hat, dann lässt er die roten Plastikruder zufrieden zwischen Handflächen und roter Reling ruhen. Er wird von Luft getragen, derselben, die ihn umgibt, die jedoch in gefangenem Zustand, umschlossen von Gummi, plötzlich eine definierte Funktion hat und eine Aufgabe erfüllen kann. Das einzige, was ihn vor dem Untergehen rettet, ist der fehlende Kontakt zwischen der Menge der eingeschlossenen Luft und der übrigen Atmosphäre.

Plötzlich starrt er mich an. Das Album liegt auf seinen Knien. Er sieht aus wie die dänische Flagge, weiß auf rot, mit einem albumgrauen Flecken wie aus Möwendreck. Aus der Ferne höre ich eine Sirene, und die Kanadagänse schnattern oben im Park und glauben, die Wirklichkeit sei noch immer dieselbe wie vor einer halben Stunde.

»Das werden Sie nie vergessen«, sagt er. »Vergässen.« Er braucht nicht zu rufen, Abenteuer und Festland sind nur durch sieben oder acht Meter voneinander getrennt. »Das werden … Sie … *nie* … vergessen!«

»Nein«, sagte ich und denke, dass ich das Pathos hinter seinen Worten dekodieren muss. Aber das hat Zeit, das Dekodieren hat Zeit.

»Tövchen«, sagt er. »Los geht's.«

Ich kann nicht länger bleiben. Ich könnte zusehen, wie sie hinter dem ersten Lagerhaus verschwinden, aber das kann ich nicht. Meine Arme tun weh, meine Finger, ich sehe die Tastatur des Mac vor mir, sehe, dass die obere Reihe mit QWE beginnt und mit OPÅ endet. Mir ist schlecht, mir ist schwindlig, ich denke an Zement und Rentierkälber und lange Treppen und das Tempelfjell und Wollgras, das sich durch eine dünne Eisschicht presst, und an das Bild eines verwesten Eisbärkadavers, über den ich ebenfalls schreiben soll, und meine Füße wollen mich fast nicht tragen, als ich die Bierflasche hochhebe und die leeren Plastiktüten zusammenraffe.

Rickard hat sich in mich verliebt, weil ich Schriftstellerin bin, aber das will er nicht zugeben, vermutlich, weil es etwas Kleinkariertes hat, so, als verliebten wir uns in Leute, weil sie ein schickes Auto oder ein schönes Haus besitzen und zwei Jahre im Dschungel unter Kannibalen gelebt haben und eine exotische Vergangenheit besitzen. Ich finde es ganz in Ordnung, dass er sich in meine Schreiberei verguckt hat, aber nicht einmal, wenn ich ihm diesen Einstieg anbiete, mag er es zugeben.

Ich habe mich wegen seines Geruchs in ihn verliebt; seine Haut duftet immer ein wenig nach Zimt, ein Duft, der weder Parfüm noch Seife zu verdanken ist, und das gebe ich auch zu; ich sage es ihm, aber trotzdem wagt er nie, die Ursache seiner Verliebtheit einzugestehen. Zimt scheint besser zu sein als Bücher.

»Das, worauf wir zuerst anspringen, ist doch nur ein Ausgangspunkt«, habe ich schon mehrmals gesagt. Aber nein. Er findet die Schriftstellerinnenrolle ungeheuer interessant, aber nicht Ausschlag gebend oder Grund legend. Obwohl er anfangs nur darüber sprechen wollte. Meine Kindheit interessierte ihn nicht die Bohne, er wollte nicht wissen, welche Musik ich mag oder wen ich bei den letzten Parlamentswahlen gewählt habe.

Ich bin sein Schmuckstück. Seine eigene Autorin zum Anfassen. Das findet er wunderbar. Nicht zuletzt, weil er ansonsten mit Menschen zu tun hat, die gern bei der geistigen Elite schmarotzen, wie er es auch selber macht, er ist Journalist. Ein schmissiger, schnittiger Fernsehjournalist. Ein Prominenter.

Er hat mich über meinen Roman vom letzten Jahr interviewt und gedacht, ich hätte dieselben Talente und dieselben Erkenntnisse wie meine Hauptperson, obwohl ich vorher sechzehn Bücher geschrieben hatte, ohne menschliche Nachtseiten dieses Kalibers auch nur zu erwähnen.

Jetzt weiß ich, dass ich nicht ... so eine bin. Aber ich brilliere trotzdem mit meiner frisch erworbenen Kompetenz, wenn wir uns mit seinen Freunden treffen, alles andere würde ihn schrecklich enttäuschen, glaube ich. Ich äußere mich wie die absolute Expertin über jegliche Schattierung der Sexualität, von Pädophilie bis zum alltagsnorwegischen Reihenhaussex. Ich spreche über Stellungen, Orgasmusvarianten, Fetische, Verliebtheitsmuster und Geschlechtsidentität. Ihm erscheine ich als eine Art schreibende Femme fatale, so, wie die Zeitungen mich sehen, als Anaïs Nin der Jahrtausendwende, mit der er vor seiner identitätslosen Freundesschar Punkte machen kann. Und wenn ihn das in den Augen der anderen, von seinen eigenen ganz zu schweigen, zu einem Henry Miller macht, dann wird es zweifellos mir zugute kommen.

Zugleich gibt mir das alles eine gute Portion Freiheit. Ich bin mit der mir zugewiesenen Rolle zufrieden. Ich wandere vom Hafen von Møhlenpris los und stelle mir vor, wie lustig es sein wird, ihm von dem Paar mit den Gummibooten zu erzählen. So was erleben nur schreibende Leute, wird er sagen. Eine Schriftstellerin denkt an nichts Böses, starrt ins Wasser und trinkt kaltes Bier, und schwupp, schon tauchen hinter ihrem Rücken ganze Novellenkonzepte auf. Sie werden in allen Einzelheiten und ihrer vollen Symbolik ausgebreitet, und die Schriftstellerin wird in den Handlungsverlauf einbezogen. Und das wäre nicht einmal gelogen. Ich bin schon in die seltsamsten Situationen geraten, wenn ich ein Buchprojekt vorbereitet habe. Es ist zum Beispiel kein Zufall, dass ich gebeten worden bin, die Texte zu den Bildern aus Svalbard zu schreiben. Ich habe weiß Gott meine Dosis an Treibstoff verbraucht, um dieses kleine Inselreich kennen zu lernen. Zugleich weiß ich, dass es darum nicht geht. Jeder Svalbard-Reiseführer, der sich ebenso gut auskennt wie ich, könnte eben nicht über den Blick des Rentierkalbes schreiben. Dazu gehört mehr. Ich weiß nun mal, was ein Aufenthalt in polarer Natur mit uns macht, was mit einem Menschen in Breitengraden passiert, in denen Menschen sich eigentlich nicht aufhalten sollten.

Ich kenne meine Themen. Und was ich nicht kenne, lerne ich kennen. Auf diese Weise wachsen wir. Auf diese Weise reifen wir. Auf diese Weise erlangen wir prominente Liebhaber, weil wir nach ein paar Halben geistreiche und ausgefeilte Beobachtungen von uns geben, die wir beim tiefen Eintauchen in die Menschenseele gemacht haben.

Ich gebe zu, dass ich stolz bin. Stolz auf das, was ich unternommen habe, um besser schreiben zu lernen. Ich bezahle dafür, und ich verdiene die Leckerbissen, die mir am Ende in den Schoss fallen, inklusive eines Liebhabers, der nach Zimt duftet, wenn er schwitzt, und das sogar am Unterleib, wo man doch mit ganz anderen Ausdünstungen rechnet. Ich bin schon geil auf ihn, als ich hier über unebene Bergenser Pflastersteine wandere, die durch die dünnen Sohlen tennisballgroße Löcher in meine Füße bohren, und ich freue mich darauf, ihn zu sehen, ihm von meinen Erlebnissen zu erzählen, noch einmal zu erfahren, dass die Liebe in seinen Augen wie ein Reflex auftritt, sowie ihm aufgeht, dass ich Erlebnisse mitbringe, die ich später literarisch verwerten kann.

Sein Schmuckstück wird heute funkeln. Wir werden in der Wesselstue Wein und rotes Fleisch genießen und darauf duftende Leidenschaft folgen lassen. Als Bonus. Wenn der Mann mit dem Album das wüsste!

Aber natürlich ist die Beziehung nicht perfekt. Er ist erfüllt von Wörtern und wütend erkämpftem Engagement. Er ist schrecklich gern anderer Meinung als ich. Er ist *voll* von Wörtern und von aus der Boulevardpresse gelernten Phrasen. Anfangs hielt ich seine Wut bei unseren Diskussionen für echt und streckte die Waffen; ich will nicht, dass ein Mensch, in den ich verliebt bin, wütend auf mich ist. Ich erkläre das damit, dass er neidisch ist, dass er kein Parasit sein will, sondern das Wirttier; es macht mich nervös, stört mich, ich kann es nicht ertragen. Ich habe den Verdacht, dass er mich austricksen will und dass er nicht sieht, wie ich meinen Glanz verliere, wenn er mich in einen wortlosen und sprachlosen Zustand versetzt. Ich werde zu einem viel zu schweren Stück aus Schmiedeeisen, das um seinen Hals hängt, glanzlos, kein einziger seiner Freunde wird ihn darum beneiden.

Zugleich bleibt es für mich ein Mysterium, was am Bücherschreiben so attraktiv sein soll, so attraktiv für andere, meine ich, die das selber nicht tun. Für mich ist es attraktiv. Es ist mein Leben, ich fühle mich privilegiert. Wenn ich mit einem Gedanken ringe, mit einer Beobachtung, mit einem Zipfel der Wirklichkeit, den ich nicht verstehe, dann brauche ich mich nur an die Buchstaben zu machen. Und in den Computer strömen Ordnung und Verstand, System, sorgfältige Organisation, Abklärung, Entlarvung, pro und kontra, schöne Umrisse und etwas, das Ähnlichkeit mit einer Antwort haben kann. Ich schreibe, um mich selber zu verstehen, um zu begreifen, warum alles so gekommen ist, innen und außen, und ich schreibe für immer, ich werde niemals aufhören, ich würde auf alles andere verzichten, wenn ich dafür weiter schreiben dürfte. Ich fülle fiktive Personen mit meinen Fragen, lasse sie meine Zweifel ausleben, besorge ihnen Hintergrund und Augenblicke, gebe ihnen Stimme und Geruch und Erinnerungen und auf dem Dachboden verstaute Kinderspiele. Und dann sitze ich als Souffleuse da, in einer Vertiefung unter der Bühne, und registriere alles, was passiert, helfe ihnen nur ausnahmsweise ein wenig weiter, nur ausnahmsweise. Und hinter allem weiß ich – weiß ich! –, dass es mir gehört, wirklich alles. Es kommt aus meinem Kopf.

Deshalb: Für mich ist es einwandfrei ziemlich attraktiv. Dass ich schreibe. Dass ich Schriftstellerin bin. Wenn ich eine Handwerkerin wäre, würde ich mir oft freinehmen müssen, um bei allerlei Psychologen die Stuhlsitze abzuwetzen. Dem Himmel sei Dank, dass ich mir alles von der Seele schreiben kann. Oder, wie ein Verflossener einmal sagte: Dass ich mich tiefer hineinschreiben kann. Ich weiß noch, dass ich herzlich über diese Bemerkung gelacht habe.

Aber für andere? Für die soll meine Schreiberei attraktiv sein? Doch, ich kann das schon auch akzeptieren, und zwar dann, wenn es um Geld geht. Ich verdiene nämlich gut. So gesehen bin ich eine gute Beute für einen Mann. Bis der Tag nach Weihnachten kommt, an dem die Leute keine Bücher mehr kaufen und sich nicht mehr für Bücher und die Computerquälerinnen interessieren, die welche schreiben.

Doch Rickards Kollegen mustern mich mit anerkennenden Blicken, obwohl Sommer ist und sie keine einzige Zeile von mir gelesen haben. Journalisten mögen schlaue Leute, und dafür halten sie mich. Außerdem schreibe ich im Jahr mehr Wörter als sie, und vor solchen Leistungen haben sie Respekt.

Eigentlich ist es schade, dass Schlauheit und Quantität die einzigen Erklärungen sind, die mir einfallen. Und es ist traurig, dass Rickard zu der Bande gehört, der solche banalen Beweggründe im Kopf herumschwirren. Deshalb bin ich nicht mehr geil auf ihn, als ich seine Wohnungstür aufschließe, sondern bleibe für einen Moment stehen und schaue die Straße hinunter. Die eine Seite ist sonnenweiß, die andere schattengrau. Die Grenze zeichnet sich wie eine Kante aus Kopfsteinpflaster ab. Ich muss an dieses deutsche Wort denken: Kopfstein, Schädelstein. Pol Pot und Bergen-Belsen. Bergen und Belsen. Die Hansestadt Bergen. Bin ich betrunken? Nein, ich habe nicht einmal die Hälfte des Bieres getrunken. Aber ich bleibe stehen, während der Schlüssel im Schloss begraben ist, und registriere den Anblick von weißem Licht und Schatten und frage mich, ob die Gummiboote noch immer schwimmen. Und warum stehe ich hier? So unbeweglich? Weil mir eine neue Beobachtung immer hilft, die vorige ins richtige Licht zu rücken. Solche Beobachtungen machen mich glücklich, berauschen mich. Ich kann über sie schreiben, kann sie beschreiben. Sie gehören mir. Und so gehört mir meine Kindheit, weil ich nur ein nicht angestrichenes Eisengeländer brauche, und schon stehe ich wieder mitten darin.

Ich werde nicht wieder geil, als ich feststelle, dass er unerwartet früh nach Hause gekommen ist und in schwarzen Levi's und weißem T-Shirt auf dem Sofa liegt und ungeheuer essbar aussieht, braun und fesch; nur sind seine blauen Paul Newman-Augen geschlossen.

Er reißt sie auf. Er lächelt nicht.
»Ach«, sagt er. »Da bist du.«
»Wieso?«
»Nicht wieso. Ich sage nur, da bist du.«
»Du bist sauer«, sage ich. »Ärger im Job, oder was?«
»Das nicht. Aber ich hab diese höllische Hitze so satt.«
»Die Sonne hast du satt? In Bergen?«
»Ja.«
»Deine Laune wird sich gleich bessern. Ich kann dir was Witziges erzählen.«
»Schieß los.«
»Mir ist heute eine komplette Novelle in den Schoß gefallen.«
»Ach.«
Er setzt sich nicht auf. Ich hatte gedacht, er würde sich aufsetzen. Ich hätte mich neben ihn gesetzt und darauf gewartet, dass er den Arm um mich legt, und dass ich gegen sein Begehren kämpfen müsste, um die Geschichte erzählen zu können.

Ich sehe ein Stück Haut zwischen Tennissocke und Hosenbein. Ich könnte die Hand hineinschieben, unter meiner Handfläche Pelz und auf meinem Handrücken steifen Stoff spüren, ich könnte sie hineinpressen, bis es nicht mehr weiterginge, vielleicht bis hinauf zu der heißen Grube in der

Kniekehle, wenn ich Glück hätte, und wenn ich auch noch meine Nase hineinsteckte, würde es nach Zimt riechen. Wir könnten uns im heißen Schlafzimmer in seinem geschmacklosen orangen Bettzeug lieben, ich könnte seine Ohren und seinen Hals lecken und seinen Geräuschen zuhören, und danach könnte ich in seinen Armen liegen und von den langen Treppen meiner Kindheit und Großmutters großer Hand um meine und Johannisbeersaft in kleinen Wassergläsern aus Kristall erzählen, wo das Muster direkt ins Kristall eingeschliffen ist, graue Striche im Blanken, und wie unheimlich es war, daraus trinken zu müssen, ich musste beide Hände nehmen, weil das Glas keinen Henkel hatte, und ich hätte zu den Waffeln lieber Milch gehabt, aber roter Saft betonte das Muster, während weiße Milch es dämpfte. Ich könnte endlos lange darüber erzählen, wie es gewesen war, als kleine Enkelin bei meiner Großmutter zu Besuch zu sein und in frischgebügelten Kleidchen und weißen Söckchen und mit einer immer über dem linken Ohr verrutschten Haarschleife herumgeschleppt und den Freundinnen vorgeführt und gelobt zu werden, weil ich so still und höflich war und nie kleckerte, und weil ich nie um etwas bat, sondern alles hinnahm, weil ich an der Wirklichkeit, die mich umgab, keinen Zweifel hatte. Das habe ich inzwischen nachgeholt, und ich frage mich manchmal, ob alle Kinder sich so deutlich an ihre Kindheit erinnern wie ich, oder ob ich mich so klar und präzise erinnere, weil ich schon damals geahnt habe, dass ich meine Lebensspanne mit Wörtern füllen würde. Der ältere Mann aus dem Hafen muss die Stelle finden, wo seine Mutter gestanden hat, er muss den Strand betrachten, wo ihre Schuhe den Boden berührt haben, muss die Erinnerung auf die einzige Weise zum Leben erwecken, die er kennt. So wie ich, als ich die Finger um das Geländer geschlossen und meinen Hintern auf den Zement gesetzt habe, braucht er eine physische Verbindung, einen minimal anwesenden Faktor, um die Vergangenheit in die Gegenwart zu holen.

Ich denke: Das ist ein seltsamer Tag.

Ich werfe die Filtertüte in den Kehricht. (Ja, ich sage jetzt auch Kehricht. Nach nur fünf Wochen. Müll klingt vulgär.) Ich gebe Kaffee in eine neue und gieße Wasser darüber. Rickard ist noch immer nicht aufgestanden. Das gefällt mir nicht, wir sind doch Liebende, kein altes Ehepaar, das faul auf einem Sofa liegen kann, ohne etwas zu riskieren. Rickard riskiert etwas. Und ich habe nicht vor, als Erste das Schweigen zu brechen …

»Nun erzähl schon«, sagt er.

»Zwei Leute sind mit zwei mikroskopisch kleinen Gummibooten von Tybring-Gjedde auf den Puddefjord hinausgefahren.«

Und schon bereue ich es. Ich riskiere, alles kaputtzumachen. Mein Erlebnis kann sich schon in der Luft dieser kleinen, bis an den Rand mit einer planlosen und fragmentarischen Bekanntschaft gefüllten Wohnung auflösen.

»Quatsch«, sagt er.

»Ja, Quatsch. Der pure Irrsinn. Aber das haben sie wirklich gemacht.«

»Waren sie betrunken?«

Ich hole Atem, es ist zu spät. Ich liefere eine professionell fetzige Zusammenfassung, ich flechte kleine Beobachtungen hinein, damit er ahnen kann, dass das ein feiner kleiner Novellenstoff ist. Ich lasse das mit der Treppe aus, das mit dem Zement, aber den älteren Mann und Tövchen kann er haben. Ich sitze mit einer Zigarette auf der Fensterbank, außerhalb seines Blickfeldes, und ich ende mit der Überlegung: »Die Hölle hier ist die Glaubwürdigkeit. Ich meine, das kauft mir doch kein Mensch ab.«

Er setzt sich auf.

»Das hast du dir also nicht einfach aus den Fingern gesogen? Vorhin bei deinem Spaziergang?«

»Nein.«

Er steht auf, sieht mich an. Seine Haare sind im Nacken plattgedrückt.

»Ach Scheiße, hast du jemanden angerufen?«, fragt er und hält Ausschau nach dem Telefon.

»Angerufen? Wen denn?«

»Die Polizei ... die werden doch ertrinken. Wenn ein Lastkahn näher als fünfzig Meter an sie herankommt, dann enden sie als Makrelenfutter.«

»Sie haben gewusst, was sie tun. Ich meine ... die wollten das doch. Er wollte das.«

»O verdammt. Wie lange ist das her? Eine Stunde? Zwei?«

»Eine vielleicht.«

»Und du rauchst hier ganz gelassen eine Zigarette und freust dich darauf, über sie zu schreiben?«

»Ja. Bist du gefeuert worden?«, frage ich.

»Gefeuert. Wovon redest du, zum Teufel?«

»Ja, weil du meine Geschichte nicht witzig findest, Rickard? Sie war doch fantastisch. Sie ist doch fantastisch!«

»Du bist doch verrückt. Ich rufe die Polizei an.«

»DAS TUST DU NICHT!«

»Also ist es doch nicht wahr.«

»Natürlich ist es nicht wahr. In der Wirklichkeit passiert so was doch nicht.«

Er sieht mich an. Lange. Die Kaffeemaschine sagt skl-pt-tr, und ich rieche den Kaffeeduft. Einen heißen Duft, zu heiß für diese Hitze, ich habe wieder Lust auf kaltes Bier.

»Doch«, sagt er leise. »Es ist passiert. Das sehe ich dir an.«

Ich lächele ihn an, beuge mich ein wenig vor. »*Ist das nicht spannend?*«, flüstere ich.

»NEIN, Emma. Das ist respektlos. Du bist respektlos.«

»Nein, du bist respektlos«, sage ich. »Du willst doch anrufen. Du meinst, sie hätten nicht alle Tassen im Schrank.«

»DAS HABEN SIE AUCH NICHT!«

»Doch, haben sie wohl.«

»Weißt du, was dir fehlt?«, fragt er.

»Nein. Erzähl mir, was mir fehlt.«

»Eine Verankerung in der Realität.«

Ich hätte allerlei akzeptieren können. Ich hätte seine Wut akzeptieren können, hätte mir erzählen lassen können, dass meine Ansichten über bosnische Flüchtlinge der pure Schwachsinn sind, könnte mir raten lassen, ich sollte mir die Haare färben, weil er eigentlich auf Blondinen steht, ich könnte ertragen, dass er ein Bastesen T-Shirt trägt (auch, wenn ich es bei der ersten Gelegenheit in Fetzen gerissen hätte), ich hätte ihn betrunken und ungenießbar hinnehmen können, ich hätte zusehen können, wie er ein kleines Kind mit Füßen tritt, wenn er nur hinterher eine Erklärung liefert. Aber auf einer Fensterbank zu sitzen und von einem Journalisten – einem Journalisten! – zu hören, mir fehlte die Verankerung in der Realität, das war zu arg. Und die Kälte, die ich ganz unten im Bauch spüre, ungefähr da, wo der Zwölffingerdarm anfängt, macht mich ruhig, ganz ruhig. Fünf Wochen Beziehung sind angesichts einer derart üblen Beleidigung kaum eine Hilfe. Und er wiederholt sie auch noch, weil ich keine Antwort gebe. Ich lächele nur, werfe die Kippe aus dem Fenster, voll in einen blaugrauen Schatten, und gehe ins Schlafzimmer. Er kommt hinterher.

»Dich kriegt man einfach nicht zu fassen«, sagt er. »Bei dir gibt's ja bloß Wörter. Du bist so verdammt distanziert.

Fasst die Wirklichkeit mit einer Pinzette an und fragst dich, was du in deinen Büchern verwenden kannst.«

»Pinzette? Also nicht mit der Mistgabel. So wie du.«

»Was zum Teufel willst du damit sagen?«

»Ich will nicht mehr mit dir reden. Wolltest du nicht die Polizei anrufen?«

»Die werden sicher auch von anderen entdeckt. Was machst du da eigentlich?«

»Packen. Eigentlich.«

Das ist einfach. Sommerkleider brauchen nicht viel Platz. Und das eine Fach im Toilettenschrank ist schnell ausgeräumt. Einige Haare bleiben zurück. Und ein Q-Tip. Rickard hängt wortlos an meinen Fersen, versucht nicht, mich anzufassen. Ich präge mir die Gerüche im Zimmer ein, ich will sie nicht vergessen, und das mit den Haaren und dem Q-Tip, das ist ein gutes Bild. Bezeichnende Details, in denen alle sich wieder erkennen. Und was charakterisiert dieses Schlafzimmer so, dass ich mit wenigen Stichworten meine Erinnerung bei einer späteren Gelegenheit zum Leben erwecken kann? Was unterscheidet dieses Schlafzimmer von allen anderen Schlafzimmern?

Ich halte inne. Schaue mich um. Auch Rickard bleibt stehen und schaut in dieselben Richtungen wie ich. Wir stehen da wie zwei wachsame Vögel, die gemeinsam Ausschau halten. Er vor allem, um herauszufinden, was ich suche. Etwas, von dem ich geglaubt hätte, ich hätte es nach Bergen mitgebracht, wo kann es nur stecken? Es dauert nur Sekunden. Kurze Zeitzipfel mit koordinierten Blickbewegungen, in denen ich mich weiter von ihm entfernt fühle, als es selbst nach drei Jahren Zusammenleben inklusive Weihnachtsferien und Osterferien und gemeinsamer Kasse und versuchsweise romantischen Mahlzeiten und schnarchenden Rücken, abgewandt vom sehnsüchtigen Unterleib, angebracht gewesen wäre.

Und nun weiß ich es. Ich hab's! Die Farben. Das orange Bettzeug, ich habe es wohl schon einmal erwähnt, da haben wir's also. Ich hatte es schon erkannt und isoliert, was aus diesem Zimmer eben Rickards Zimmer macht. Oranges Laken, oranger Bettbezug, ostergelbes Kopfkissen. Wer sucht sich solche Farben für Stoffe aus, in denen man ausruhen will? Wer hat in einem Laden gestanden und gesagt: »Ich nehme das orange.«

»Wer hat dein Bettzeug gekauft?«

»Hä?«

»Dein Bettzeug.«

»Ich ... du willst doch wohl nicht gehen?«

»Das Bettzeug. Hast du das selber gekauft?«

»Hab ich noch vom Studium her. Aber du willst doch wohl nicht ...«

»Himmel, du hast studiert? Bist zur Uni gegangen und hast gelernt, die Wirklichkeit so zu beschreiben, dass sie glaubhaft wird? Meine Güte!«

»HERRGOTT! Ich habe Staatswissenschaft studiert. Ich bin doch kein schnöder ...«

Er greift nach mir. Ich weiche aus. Höre ich Tränen in seiner Stimme, als er ruft: »Du musst doch einsehen, dass du nicht tatenlos zusehen kannst, wie ein alter Mann und eine junge Frau ertrinken, bloß weil du ihre Boote pittoresk findest?«

»Nein. Das sehe ich nicht ein. Ich bin Beobachterin. Keine Handelnde. Ja. Ich gehe. Jetzt. Genau jetzt nämlich.«

»Wohin?«

»Flugzeuge gibt es immer.«

»Nach Oslo?«

»Das geht dich nichts an. Du bist jetzt Historie. Und vielleicht wirst du sogar eines Tages eine gute Geschichte. Ein nettes Kapitelchen. Oder nein ... eine Fußnote. Acht Punkt kursiv auf der letzten Seite. Ganz unten. Da, wo das Buch aufhört.«

»Ich wusste nicht, dass du ein Arschloch sein kannst«, sagt er.

»Und ich wusste nicht, dass du ein verdammter Romantiker bist.«

Kopfstein. Kleine kahle Schädelspitzen, in Reih und Glied, in allen Richtungen, die Gesichter sind unter der Oberfläche begraben. In Tokio kann man sich lebende Affengehirnmasse servieren lassen. Der Affe wird in einem besonders konstruierten Tisch festgeschraubt, wo nur seine Schädelspitze herausschaut, genau wie hier. Dann wird der Schädel geöffnet wie ein Sonntagsei, und der Inhalt wird verzehrt. Wenn der Schädel leer ist, ist der Affe tot. Es ist offenbar eine Delikatesse, aber verboten, und deshalb ganz besonders teuer und begehrt. Das Paradoxon: Die Elefanten werden ausgerottet, weil der Handel mit Elfenbein verboten ist, damit die Elefanten nicht ausgerottet werden. Deshalb der astronomische Preis. Deshalb die Ausrottung der Elefanten.

Ich gehe mit langen Schritten durch Nygårdshøyden. Die steinernen Treppenstufen schlängeln sich vor mir nach oben. Lange Ketten aus scharfen Winkeln, die in der Sonne baumeln. Sie sind so schön. Wenn sie nicht so unbeschreiblich schön und symmetrisch und *richtig* wären, dann würde ich jetzt sicher weinen.

Ein bekannter Rabulist aus der norwegischen Revueszene steht rauchend vor dem Hotel Norge und starrt einen großen schwarzen Hund mit rotem Tuch um den Hals an, der den Springbrunnen anpisst. Der Hund pisst, nicht der Hals. Diese Präzisierung erinnert mich an Rickards Ausbildung, denn solche Sprachpatzer begehen Journalisten am laufenden Band.

Ich sehe es auch. Nicht das laufende Band, sondern den Hund. Staatswissenschaft also? Leute wie Rickard brauchen ein Norwegischstudium und einen ausführlichen Kurs in Ethik mit dazugehörenden Rollenspielen. Der Hund hat ein glänzendes Fell. Es erinnert an den Teich der Toten, ein schönes Bild, dicht und undurchdringlich, ein Schutz vor fast allem. Der Rabulist hat struppige Haare und freundliche Augen. Seine Augenfältchen gefallen mir, sie sind auf eine verletzliche Weise glaubwürdig.

»Deiner?«, frage ich und sehe den Hund an.

»Ein Junkiehund, den niemand wollte«, sagt er. »Der Besitzer ist sicher eingebuchtet. Oder an einer Überdosis eingegangen. Und deshalb habe ich ihn zu mir genommen.«

»Heißt er Treu?«

Er schaut mich erschrocken an. »Ja!«

»Ganz ruhig, das war nur geraten. Ich will ihn dir nicht wegnehmen.«

»Ich weiß, wer du bist. Du bist Schriftstellerin. Deshalb weißt du auch, dass ein Junkiehund Treu heißen muss.«

»Oder Trip? Kick? Vielleicht blöd, so einen Namen zu rufen. Wenn die Bullen in der Nähe sind.«

Ich setze mich auf eine Mauer. Der Torgalmenning wimmelt nur so von Mauern, die darum flehen, dass jemand sich auf sie setzt. Ich schaue zu Ole Bull hoch, der lautlos vor sich hinfiedelt, frisch restauriert nach seinem schrecklichen Sturz vom Denkmalssockel. Ich zünde mir eine Zigarette an. Lasse meine Tasche in der Sonne ruhen. Treu pisst noch immer, jetzt auf neue Steine und Vorsprünge unter Ole Bull. Dann schlabbert er aus dem Springbrunnen. Eine Frau will ihn streicheln, vermutlich hat sein himbeerrotes Halstuch sie angelockt, aber er scheint diese Aufmerksamkeit nicht erwidern zu wollen.

Typischer Junkiehund. Einmannshund, der einer zufälligen Passantin keinerlei Unterwerfung schuldig ist. Er ist seinem früheren Besitzer in blinder Loyalität gefolgt, hat allerlei gesehen, hat gelernt, abzuschalten, loszulassen, zu verdrängen und seine Liebe damit portionsweise zu verteilen, an genau ausgesuchte Einzelindividuen. Der Rabulist ist durch das Nadelöhr gelangt.

Die Skateboardfahrer sausen über die schrägen viereckigen Betonkonstruktionen. Die Räder klingen wie Sturm und Unwetter, ich wünsche mir Regen. Aber der Himmel über allen Hausdächern ist wahnsinnig blau. Ich muss an einen Junkie denken, mit dem ich früher einmal befreundet war. Er erwachte an einem Sommermorgen, schaute aus dem Fenster und sagte: »Die Sonnenhölle scheint, es ist überall grün und grauenhaft.«

Der Rabulist und Treu sind jetzt im Hotel Norge verschwunden. Sie wohnen sicher dort, und bestimmt tut es einem liebeshungrigen Junkiehund mit einem roten Halstuch gut, im Hotel zu wohnen. Vielen tut es gut, im Hotel zu wohnen, und die Wörter stellen sich lange vor dem Gedanken ein: Ich will nicht weg von hier.

Das Zimmer ist ziemlich klein, aber es hat ein großes Doppelbett, und das Bad ist riesig. Ich liebe Hotelbadezimmer. Mit weißen Fliesen überall, und ganz ohne Fussel oder herumliegende Socken und zähe gelbe Punkte unter der Klobrille. Ich verstreue meine wenigen Toilettenartikel und beschließe, mir bei der ersten Gelegenheit ein Schaumbad zu kaufen. Und neue Kleider. Und vielleicht noch sehr viel mehr. Während der letzten fünf Wochen habe ich auf Rickards Kosten gelebt, *war eine ausgehaltene Frau*. Ich wurde ein teures Schmuckstück, von dem sich dann am Ende herausstellte, dass es ihm gar nicht gehörte. Ich begreife noch immer nicht, was passiert ist.

Verankerung in der Realität.

Ich hätte also versuchen sollen, sie zurückzuhalten? In den Laden wetzen und bitten, das Telefon benutzen zu dürfen. Diese brutale Bergenser Polizei alarmieren, zu der ich nun wirklich kein Vertrauen habe, um kurz darauf zu sehen, wie der Mann und Tövchen und die Boote und die Ruder vom Fjord gezerrt und in eine grüne Minna gestopft werden, ihrer Würde beraubt und …

Würde! Das ist das richtige Wort.

Endlich ist das Wort da. Würde. Ich habe ihnen ihre Würde gelassen, als ich ihren Plan widerspruchslos akzeptiert habe.

Und indem ich ihnen geholfen habe …

Ich setze mich auf den Badewannenrand und lege die Finger auf die kalten glatten Fliesen. Ich habe ihnen geholfen. War es das, was Rickard schockiert hat? Der Unterschied zwischen aktiver und passiver Sterbehilfe? Hätte ich mit der Bierflasche am Eisengeländer lehnen und einfach nur zuschauen sollen?

Sie wären nicht an Bord gelangt, sondern in die Abwässer gefallen. Beide wären im Wasser gelandet, spätestens beim Versuch, sich gegenseitig zu retten.

Gut, und weiter? Ich muss nachdenken. Sie wären in die Abwässer gefallen. Wären nass geworden und hätten sich gefürchtet. Und hätten vielleicht – nein, vermutlich – ihren Plan aufgegeben.

Ihren Plan aufgegeben.

Wenn ich ihnen nicht geholfen hätte, hätten sie ihren schwachsinnigen Plan aufgegeben. Deshalb stimmt nicht, was ich zu Rickard gesagt habe: Ich war nicht nur Beobachtende. Aber ich war auch keine Handelnde.

Ich war ... Kollaborateurin. Agentin wäre ich gewesen, wenn der Plan für dieses Bootsunternehmen von mir gestammt hätte. Aber jetzt sehe ich es ein: Ich habe mehr dazu beigetragen, als richtig gewesen ist.

Ich kann nach Møhlenpris zurückgehen und meine frisch errungene Erkenntnis an den Mann bringen. Ich bin nur fünfzehn Gehminuten von dort entfernt.

Aber ich sehe ihn auf dem Sofa liegen, als ich die Wohnung betrete. Er hat sich nicht aufgesetzt. War von der verflixten Hitze müde und kaputt. Hatte sie so satt, dass nicht einmal eine frische, schriftstellernde Geliebte sein Unbehagen angesichts von vierundzwanzig Grad im Schatten mildern konnte.

Ich bleibe. Hier. Das Badezimmer ist so sauber. Kühl.

Und das Wasser, das ich einige Minuten später aus der Dusche über mich hinwegströmen lasse, ist das sauberste Wasser, das ich je gespürt habe. Und ich bezahle dafür, es gehört mir. Ich kann sogar über dieses verdammte Duschwasser schreiben, wenn ich will, so sehr mein ist das. So sehr, dass das Possessivpronomen zum Adjektiv wird.

Ich stelle den Inhalt der Minibar in die Ecke und verlasse das Zimmer. Meine Einkaufsrunde beschert mir Bier zum Normalpreis, Obst und Saft, rotes Farbbad, eine neue Strumpfhose, gemustert mit gelben Ballons auf schwarzem Grund, ich kaufe Zigaretten, Zeitungen und Kaugummi. Ich kaufe auch Zimt, eine plattgedrückte kleine Tüte gezähmten Duft. Ich stecke die Tüte in meine Handtasche, damit sie nicht zwischen Kartons und Apfelsinen zerquetscht wird.

Ich fülle die Minibar mit meinen Einkäufen und lasse mir ein fast kaltes Bad ein. Ich möchte so gerne einen Zorn verspüren, der weit über das oberflächliche Äußere des Gesprächs hinausreicht! Einen Zorn, der ihn von meinen Schultern schüttelt. Wie kann ich aufhören, verliebt zu sein? Mein Abmarsch hatte mit Stolz zu tun, nicht mit Gefühlen, das ist ein wichtiger Unterschied.

Ich halte einen weißen Waschlappen unter den Wasserstrahl, der in die Badewanne strömt, und reibe mich damit ab. Zimt bleibt auf feuchter Haut haften. Das Reinigungspersonal soll von mir aus denken, was es will. Ich bin Schriftstellerin, ich bedarf der dramatischen Handlungen, die mir auf eine symbolgesättigte Weise genügend Selbsterkenntnis vermitteln, um kosmisches Chaos zu Literatur umzuformen. *Horror vacui.* Eine Tüte Zimt hilft da schon weiter. Dumm, weil banal? Durchaus nicht. Das Banale und Naive ist gerade modern. Pu der Bär ist modern. Eine Seite nach der anderen über die schnöde Jagd nach Honig. Pu der Bär, der erste praktizierende Postmodernist der Weltgeschichte, mit Behagen/Unbehagen als einzige Richtschnur und mit unmittelbarer Bedürfnisbefriedigung als endgültigem Ziel.

Und der Zimt ist wie Puder. Wie wüstenfarbiger Puder, der in feuchtem Zustand dunkelbraun wird. Unter den Armen, auf den Brüsten, im Schritt. Ich schnuppere an meinen Händen und muss niesen. Ich rieche nach Rosinenbrötchen und Weihnachten und Reisbrei und weiß, dass Zimt aus zermahlenen kleinen Holzstücken besteht, meine Großmutter hat solche verwendet, sie hingen an Bindfäden über dem Kochtopfrand. Gegenwart und Vergangenheit, ein Strang aus Erfahrung, parallele Assoziationsstränge, wie die Fäden in einem Fischernetz. Sie treffen aufeinander, verflechten sich und verlassen einander wieder, dann wiederholen sie diese Bewegung, in Reih und Glied wie Längengrade bauen sie sich in die Breite auf und werden zu Jahren und Erinnerungen, diesmal an Zimt.

Die rote Farbe zieht schmale Blutstreifen, sie verschlingen sich wie wütende Rosenmuster. Und der Zimt liegt wie ein dunkles Geriesel auf dem Wasser, als ich bis zur Nasenspitze darin versinke und das Geriesel von der Seite betrachte. Das Wasser fühlt sich kalt wie der Tod an, eine Grönlandrobbe würde sich hier wohl fühlen. Wenn mein Körper ruhig bleibt, bleibt auch der Wasserspiegel ruhig. Wenn ich auf dem Wannenboden mit der Hand winke, dann blubbert der Wasserspiegel ein wenig vor sich hin. Und in diesem Geblubber stecken Kräfte wie in einem kleinen Mahlstrom.

Warum hat er mich so angestarrt? Wieso hat er gewusst, dass ich in Oslo wohne? Er hat diesen Satz nicht wie eine Frage betont. Und er hat gesagt, ich würde ihn nie vergessen. Sehr pathetisch hat er das gesagt.

Die rote Plastikreling vor seinen hellen Kleidern. Graues Album. Blanker Puddefjord. Rotes Plastikruder. Wenn ich stehen geblieben wäre und ihnen hinterhergeschaut hätte, dann wären die Ruder immer dünner geworden und er hätte mich an jemanden erinnert, der sich in einer Tonne die Niagarafälle hinuntertreiben lässt.

Verankerung in der Realität.

Sich innerhalb von Rahmen aus Realität orientieren: Wie

viel kann ein solches Boot vertragen. Der Mann und ich haben eine Gemeinsamkeit, einen vollständigen Mangel an Verankerung in der Realität. Oder vielleicht haben wir noch eine größere Gemeinsamkeit: Wir schauen den Realitäten gefasst ins Auge, verzichten aber darauf, uns an ihnen zu orientieren.

Hier drinnen ist es zu still. Badezimmerstill. Hotelbadezimmerstill. Der Zimtgeruch ist kräftig. Die rote Farbe macht mich müde. Ich wünschte, es würde bald regnen. Ich wünschte, ich könnte ein bisschen weinen.

Das wäre mir jetzt gerade recht, zu weinen, während ich den Zimt auf der Wasseroberfläche betrachte; es würde Tränen und Duft unlösbar zu einer Erinnerung an Rickard und intellektuellen Verrat und einsortierte Trauer verbinden; zu einer Erinnerung, die auf die Dauer Früchte tragen könnte. Ich konzentriere mich hundertprozentig, kneife die Augen zu und richte meine Gedanken auf meine Tränenkanäle. Nach langer Zeit spüre ich zwei Tränen kommen. Ich habe an meine Großmutter gedacht, daran, wie viel größer sie war als ich, wie breit ihr Schoß war, dass ich dort sitzen konnte, ohne mich fest zu halten, ich habe an den Geruch ihrer Halsgrube gedacht, daran, dass sie immer ein mit Blümchen besticktes Taschentuch in der Schürzentasche hatte, dass ich sie immer wieder gefragt habe, wie sie jemals ihren Ehering ablegen wollte, da er in aufgequollener Haut fast begraben war. Aber es war ein Fehler, an meine Großmutter zu denken, das führt ins Chaos. Ich reiße die Augen wieder auf und möchte nicht mehr weinen, sondern laut lachen. Aber nicht einmal das will mir gelingen.

Ein Kadaver auf Svalbard verwest nicht, er wird fast gefriergetrocknet, mumifiziert. Im Augenblick des Todes wird gerade die Kälte, die den Tod verursacht hat, zur Bewahrerin eines Eindrucks von Leben.

Ein toter Eisbär würde unvorstellbar lange brauchen, bis er ganz verschwunden wäre. Wenn man in diesem Zeitraum jeden Tag ein Bild von ihm machte, würde ein Abspielen im Zeitraffer den Eindruck erwecken, wir hätten ein Kostüm vor uns. Der Pelz würde in sich zusammensinken, aussehen, wie eine verlassene Haut, aus der zwei kichernde Menschen nach ihrem Auftritt herausgekrochen sind. Am Ende würde das Pelzkostüm zu Fusseln werden, die von Vögeln zu ihren Nestern getragen werden, bis schließlich nur noch das Skelett übrig wäre, mit hochaufragenden geschwungenen Rippen, wie eine kleine Kathedrale, falls nicht Polarfüchse oder andere Bären sie zerbrechen würden, um besseren Zugang zu Mark und Rückenwirbeln zu erhalten.

Ich habe von allen Bildern, über die ich schreiben soll, große Farbkopien anfertigen lassen. Wenn ich sie auf dem Doppelbett verteile, haben sie wirklich Ähnlichkeit mit einem Buchprojekt. Die Bilder decken mein Thema, und sie haben einen roten Faden, der mich unter anderen Umständen ungeheuer inspirieren würde. Das hier wird zweifellos zu einem andersartigen Buch, weil die Bilder weit über standardisierte glamouröse Touristenfreundlichkeit hinausgehen. Sie zeigen eine Kargheit, kombiniert mit einem Herz zerreißenden Überlebensdrang, wo das Leben trotz allem gelebt wird, nicht wegen allem. Und diese haarfeine Grenze muss ich aufzeigen, muss mehr daraus machen als stereotyp predigenden Naturmoralismus, wie jede hochnäsige Polliebende ihn von sich geben könnte. Nehmen wir zum Beispiel den Eisbären. Wir könnten doch von einem Svalbardbuch, und sei es Nummer 50 in der Serie, einen wahren Schatz an prachtvollen Großaufnahmen von Eisbären in jeglicher Lage erwarten. Aber hier gibt es nur ein Eisbärenbild, und dieser Eisbär ist ein Kadaver, mitten in einer Geröllhalde, er sieht lebendig aus, wenn auch ein wenig ziellos und unnatürlich, weil er liegt, und mit mattem Fell. Wir sehen außerdem, dass jemand hier und da eine Kralle abgehackt hat, Souvenirs, gepflückt von vorüberkommenden Polarstreunern. Ich habe in Oslo auch so eine, eingelassen in Silber und zu einem feschen Ohrring umfunktioniert.

Der Bär ist nach vorn gefallen. Seine Beine haben unter ihm nachgegeben. Die Rückenwirbel sind deutlich markiert, er ist verhungert. Im Tod bietet er einen spannenden Anblick, mit einem Glorienschein aus Vorgeschichten und viel sagenden Untertönen. Ich habe das Bild als Nr. 7 eingeplant. Ich öffne die Svalbard-Datei in meinem Mac und schreibe:

Hunger, Jagd
Seehund, Speck
PCB, global
Fortpflanzungsfähigkeit,
Opfer von
Tourismus
Tod, Würde
Traum
Frost, Wärme
Polarnacht
Verwesen vs. Mumie, Ägypten

Katzen, Krallen (als Schmuck)
Penisknochen (als Schmuck)
Weißes Eis, gelbes Fell

Irgendwo muss man anfangen, und das am besten auf banalem Niveau. Das sind gute Wörter, die mich in Gang bringen können. Irgendwann. Vor allem das mit der Mumie und den Krallen, das ist interessant. Die meisten Stichwörter werde ich ohnehin verwerfen oder im Doppelsinn des Textes verstecken, das ist immer so. Die Katze war in Ägypten ein heiliges Tier und hatte auch Krallen, das ist eine mögliche Verbindung, und möglicherweise sind Katzen mumifiziert worden, um besser geehrt und/oder geheiligt werden zu können, und/oder um ihre königlichen Herrchen und Frauchen zu begleiten. Königlich, ja. Ich kann schreiben, der Bär liege auf König Karls Land. Das reißt mit, das ist gut. König Karls Begleiterin, eine weiße Mumie mit vier Beinen, deren Krallen aus dem weißen Mumifizierungshemd ragen. Daraus kann ich noch allerlei zusammenspinnen. Ich sehe schon ein Fischernetz aus Berührungspunkten und muss mich über die Sache mit den Katzen informieren. Recherche, Recherche, das wird schon laufen, ich bin ja schon in Gang. Auch die anderen Bilder haben mir allerlei zu sagen. Vielleicht sollte ich zwischen Lyrik und Prosa variieren? Und vielleicht sogar einige rein wissenschaftliche Informationen dazu nehmen, als kleine Kästen vielleicht? Ja, das würde eine interessante Bandbreite ergeben.

Ich öffne eine neue Datei und schreibe:

Sonne, Wärme, Zement
alter Mann mit junger (25–30?) verlebter Tochter
Gummiboote von T-G
Farben, Licht

Kloake
Bild im Album
Album auf den Knien
Luftmatratzenpumpe
Rote Ruder
Bügelfalte in seiner Hose
Das werden Sie nie vergessen

Ich sammele die Bilder ein und lege trotz meiner Katzenidee das Rentierkalb nach oben. Dann höre ich meinen Anrufbeantworter zu Hause in Oslo ab. Die ersten zwei Nachrichten sind von meinem Verlag, der hofft, dass es mir gut geht und dass wir zusammen essen und trinken werden, wenn ich wieder in Oslo bin. Danach kommen viele Mitteilungen von Rickard; ich muss mich beim Zuhören aufs Bett setzen, und nach der fünften höre ich mit Zählen auf. Er scheint in immer größere Panik zu geraten und erklärt sein Verhalten damit, dass er vermutlich etwas ausbrütet, und es war wirklich nicht meine Schuld, er muss doch einsehen, dass ich Schriftstellerin bin und kein Seenotdienst, und ganz zum Schluss teilt er noch mit, dass er mich liebt. Er weint. Ich lösche die Anrufe.

Das hat er noch nie gesagt. Nach fünf Wochen können wir doch nicht wissen, ob wir einen Menschen lieben. Der Mann muss verrückt sein.

Der Computerbildschirm lächelt mich an; mir ist schon ein Funken von einer Idee zum Thema königliche Mumien gekommen und ich fühle mich in jeder Hinsicht wunderbar. Der Inhalt der Minibar gehört mir, ich werfe die Minibarliste in den kleinen Kunstlederpapierkorb unter dem Schreibtisch und öffne ein kaltes Bier. Ich rieche den Zimt bis hier, aber nicht mehr auf meiner eigenen Haut, obwohl ich nackt bin. Ich gehe ins Badezimmer.

Der Zimt sieht aus wie Schlamm, und die Tüte sieht unvorstellbar bescheuert aus, wie sie da offen und leer auf dem Waschbeckenrand liegt. Fluchend knülle ich sie zusammen und lasse sie in den Kehricht fallen, dann spüle ich die Badewanne aus, um den letzten Rest der roten Farbe zu entfernen. Ich feuchte Klopapier an und wische auf dem Boden, dem Reinigungspersonal soll der Einblick in die pathetischen mentalen Bocksprünge einer Autorin erspart bleiben. Ich liebe dich. Was zum Henker will er damit sagen? Und der will mir was über fehlende Verankerung in der Realität erzählen!

Hier kann ich arbeiten. Hier muss gearbeitet werden! In diesem Hotelzimmer werde ich Taten vollbringen. Und die Hansestadt liegt mir zu Füßen.

Draußen auf dem Flur bellt ein Hund, was mich aus meinen Gedanken reißt. Ich horche auf das Echo des Gebells, horche lange. Es war ein glückliches Bellen, voller Erwartung. Der Rabulist hat dem Hund etwas gesagt, hat ihm etwas versprochen, ihm einen Zipfel vom Himmel versprochen. Und das Bellen, auch wenn kein weiteres folgt, hat plötzlich auch mich glücklich gemacht. Ich kann einen so großen Zipfel haben, wie ich will, so groß, wie ich nur auf die Erde ziehen kann. Der Himmel gehört nicht nur Rickard, er gehört genauso sehr mir und einem Mann in einem Gummiboot und einem Hund mit Halstuch. Und er gehört auch dem Eisbären tief im Tod, denn er muss nicht auf würdelose Weise verwesen, überwimmelt von Maden und Käfern. Permafrost und Aasfresser sind besser als Schmeißfliegen, Kälte ist besser als Hitze, die überall eindringt, hemmungslos.

Bergen ist eine Nachtstadt. Eine Gebärmutter aus köstlichen Getränken, gebackenen Kartoffeln an kleinen Imbissbuden, Jugendlichen und Erwachsenen in kontinentalem Mix, breiten warmen Straßen und zwei Fixpunkten: Der Hafen mit den vielen Booten, und das Restaurant hoch oben auf dem Fløyen, dem Großen Wagen zum Verwechseln ähnlich, wenn es nur dunkel genug wird. Was passiert. Die Berge werfen Schatten und beschützen und locken das Gefühl von Augenblickserlebnissen hervor. Eine Kollegin hat einmal während eines Seminars in Bergen gesagt: »Etwas an Bergen stimmt nicht, diese Stadt hat etwas Trauriges.«

Ich verstehe nicht, wovon sie redet. Aber ich weiß plötzlich, dass Bergen mir durchaus nicht zu Füßen liegt, wie ich gedacht hatte. Ich möchte dem Mann, der weinend mitteilt, dass er mich liebt, absolut nicht über den Weg laufen, was bedeutet, dass ich mich nicht in der Wesselstue oder im Stundesløse oder den anderen Kneipen herumtreiben kann, die von Presse- und Wortmenschen frequentiert werden. Ich werde die Art von Lokalen aufsuchen müssen, für die Rickard sich nicht so recht begeistern kann, dort, wo die Schicksale der Kriegsmatrosen zu finden sind, wo anständige Menschen sich nicht blicken lassen.

Und ich lande im Bull's Eye. Natürlich lande ich dort. Nachdem ich den ganzen Weg zum Hafen und zurück gewandert bin und mir eine Spur von Paranoia erarbeitet habe, gehe ich ins Bull's Eye im Erdgeschoss meines eigenen Hotels. Der Mac ist nur vier Etagen von mir entfernt, und es ist beruhigend, im Lager bleiben zu können.

Außerdem würde Rickard niemals einen Fuß in diesen Laden setzen. Das ist kein Aufenthaltsort für anständige Menschen, und ich bezweifle, dass die Kundschaft hier jemals ein gebundenes norwegisches Buch aufschlägt, deshalb kann ich hier getrost die Wahrheit sagen. Aber eigentlich ist es gar nicht so schlecht, wenn wir vom Karaoke absehen und vom Adlerblick des Türstehers, der die Gäste daran erinnert, dass hier in regelmäßigen Abständen Messerstechereien stattfinden. Das Lokal hat absolut seinen Charme, nicht zuletzt wegen der Schankregeln. Der Tresen bildet ein großes Viereck, in der Mitte befinden sich Barmann und Flaschen, auf den Tresenteilen im Norden, Süden und Westen werden nur Bier und Wein gereicht. Wer Schnaps will, muss sich an den Osttresen begeben. Es ist immer wieder witzig, wenn ein nichts ahnender Gast von Süden her um einen Kognak bittet und gebeten wird, den Tresen zu umrunden und noch einmal zu bestellen. Von Osten her.

Und es ist ein guter Tresen, er sieht aus, wie sich das gehört. Vorne gepolsterte Kunstlederkante, so weich, dass man später in der Nacht ein kleines Nickerchen darauf machen könnte, ohne steif und mit blauen Flecken zu erwachen. Knapp über dem Fußboden verläuft eine korrekte Messingstange, um für ein Gleichgewicht zu sorgen, das leicht auf Abwege geraten kann, wenn wir auf so einem sinnlos hohen Stuhl sitzen. Und gleich unter der Kante gibt es Kleiderhaken. Wie sich das gehört.

Es ist schon ziemlich voll, als ich komme, und das Karaoke läuft wie blöd. Ein Stück von Celine Dion wird mit großem Enthusiasmus und mangelndem Gehör von einer jungen Dame vorgetragen, deren Mut daraufhin von ihrer Freundinnenschar gepriesen wird. Ich bestelle von Osten her Bier und Schnaps und reiche dem Barmann meine Kreditkarte und einen Hunderter. Das habe ich gelernt, ganz allgemein als allein stehende Frau auf dem Zug durch die Gemeinde, und in dubiosen Lokalen ganz besonders: Reichlich Trinkgeld für den Barmann, und frau hat einen Verbündeten, getreu bis in den Tod, wenn blöde Mannsbilder zudringlich werden. Reichlich Trinkgeld, und frau kann den Türsteher beinahe als ihren persönlichen Leibwächter betrachten. Diese Erkenntnis hat mir sehr genutzt, als ich für meinen letzten Roman in Kopenhagen und auf der Reeperbahn recherchiert habe, wo Frauen, die allein um die Häuser ziehen, nur ein einziges Motiv zugestanden wird. Einmal, und zwar in der Bar des Hotels St. Pauli in Hamburg, hat der Barmann eigenhändig drei Kerle auf die Straße gesetzt, weil sie mich nicht in Ruhe lassen wollten. Ich hatte ihm gleich bei meiner ersten Bestellung fünfzig Mark gegeben. Wir können das durchaus so formulieren: Je dubioser das Lokal, desto höher das Trinkgeld. Und Tresenleute sind fast überall auf der Welt integere Menschen mit Berufsstolz und dem Bedürfnis, ungeschriebene Kavaliersgesetze einzuhalten, egal, wie niedrig die Hemmschwelle in diesem Lokal sonst sein mag. Auf einen Barmann ist immer Verlass. Seine Frau, seine Kinder und sein Arbeitgeber mögen das anders sehen, aber wenn er im Dienst ist, dann kann ich mich auf ihn verlassen.

Der Barmann im Bull's Eye, sein Namensschild verrät mir, dass er Paul heißt, fragt, ob ich hier im Hotel wohne. Es ärgert mich, dass er mir das ansieht, aber ich nicke. Dann geht mir auf, dass er es an meiner Schlüsselkarte gesehen hat, die lag vorhin neben meiner Visakarte. Jetzt steht die Visakarte hochkant in einem Milchglas in einem Regalfach hinter dem Tresen, denn ich hatte plötzlich Lust, ausgiebig und grenzenlos zu trinken, ohne an Kronen- und Örebeträge denken zu müssen, und ich finde, ich kann mir das gönnen, um mir die Paranoia aus dem Leib zu spülen. Womit ich die Paranoia früher nutzen kann, als ich erwartet hatte. Denn sie ist kein erstrebenswertes Gefühl, auf dem ganzen Weg zum und vom Hafen habe ich Rickard gesehen und aus allen Richtungen seine Stimme gehört. Wie eine Frau in einem alten norwegischen Film sagt: *Die Stadt wimmelt nur so von dir.* Der Mann, dem sie das sagt, kapiert rein gar nichts, und sie muss deutlicher werden: *Von solchen wie dir.* Schade, dass das nötig war, das hat dem Text etwas von seiner Stärke genommen. Raymond Carver verzichtet auf solche überdeutlichen Erklärungen und erzeugt eine ganze Novelle hindurch Spannung durch den Titel: *Die sind nicht dein Mann.* Die Frau sagt zu ihm: *Bei der Arbeit behaupten sie, ich sei nur noch ein Schatten meiner selbst.* Und der Mann erwidert: *Was wissen die denn schon? Die sind nicht dein Mann!*

Das ist schön. Das sind Sätze, die ganze Stunden meines Lebens verbrauchen können, einfach, weil ich an sie denke, weil ich sie durch mein Zwerchfell kullern lasse. *Die sind nicht dein Mann.* Viel mehr Subtext lässt sich gar nicht in einen schlichten kleinen Satz stopfen. Und Paul stellt ein schäumendes Halbes und ein Schnapsglas voll Genever vor mich hin. Und Rickard ist nicht mein Mann. Und die Stadt wimmelt nicht von ihm. Aber was mag er *ausbrüten*? Einen Vulkanausbruch? Eine Psychose? Eine Ejakulation? Einen Pickel?

»Ich würde dir gern einen Whisky ausgeben«, sage ich zu Paul.

»Du willst doch keine sechzig Kronen für kalten Tee hinblättern?«, erwidert Paul. Da haben wir's. Für hundert Kronen können wir sogar Ehrlichkeit kaufen.

Ich betrinke mich eigentlich selten richtig, aber jetzt freue ich mich auf die erste Phase des Rausches. Dann denke ich nämlich immer sehr klar. Es ist eine Phase, die ihr Gewicht in Gold wert ist, eine Phase, wo die Mikroperspektive dem Horizont weichen muss.

Diese Phase kann ich nutzen, wenn ich für ein Buch vor einem Geflecht aus losen Fäden sitze, gegen Abend, wenn ich den ganzen Tag über der Tastatur gehangen habe. Vielleicht habe ich mich in die Irre gefaselt, habe mein Ziel aus den Augen verloren, weiß nicht mehr, was ich anfangs gedacht habe. Der Rausch macht mich auf eine Weise hellsichtig, die es mir ermöglicht, die großen Linien zu sehen. Ich sehe vielleicht ein, dass ich die zuletzt geschriebenen drei Szenen streichen sollte. Dass ich Zeit und Ort wechseln muss, aus einer anderen Perspektive erzählen, das Tempo steigern oder drosseln, einen Dialog einbauen muss, der klärt und für eine Öffnung sorgt. Wenn ich ein wenig berauscht bin, finde ich immer gute Metaphern. Dann drucke ich Teile des Textes aus, ich fülle gelbe Zettel mit Stichwörtern oder schreibe Listen, und ich starre in dieser kleinen feierlichen halben Stunde diese Zettel an, bis Zielsetzung und Überbau mir in Flammenschrift ins Gesicht leuchten, und ich sehe, wo ich war, wo ich bin und wo ich zwangsläufig enden soll und muss. Wenn ich dann mehr trinke, was man ja leider tut (denn man hat doch gerade erst angefangen), dann verfliegt die Erkenntnis in Sekundenschnelle.

Doch allein in einer Bar zu sitzen und diese halbe Stunde zu erleben, vorausgesetzt, man wird in Ruhe gelassen, vermittelt einen zitternden Kick von Fantasie im freien Fall. Ich horche, ich rieche und denke, analysiere und konkludiere, ich krieche unter die Haut aller Menschen, die ich entdecken kann, ohne dass ihnen auch nur der geringste Verdacht käme. Ich studiere Gesichter wie eine durchtriebene Phrenologin, ich schnappe alle unausgesprochenen Mitteilungen eines Paares oder einer Gruppe auf. Unbehagen, Neid, die grausame Langeweile und den Lebensüberdruss, die ein Mann und eine Frau zusammen ausstrahlen können, das Element von Konkurrenz in einer Gruppe von Freundinnen, wie der hinten beim Podium, wo die nichtsingenden Freundinnen sich körperlich anbieten, um etwas gegen den Sängerinnenmut der Freundin aufbieten zu können. Wenn sie in diesem Spiel nicht gut sind, laufen sie Gefahr, dass die Sängerin später an diesem Abend mit dem schärfsten Typen abzieht.

Das Bull's Eye entfaltet sich um mich herum wie eine großartige Arena, ich glaube sogar schon, das Sägemehl zu riechen. Ich schlürfe Blicke und Gesten wie Honig. Wie die Leute angezogen sind, was sie zeigen, und was sie verbergen wollen. Alle sind sie so leicht zu lesen, dass es wehtut. Ja, manchmal geben die Menschen dermaßen viel von sich preis, dass ich ein schlechtes Gewissen habe, weil ich sie betrachte.

Hinter mir sitzen zwei ältere Männer, ich habe sie schon bemerkt, als ich auf den Barhocker geklettert bin, und ich weiß, dass sie meinen Hintern ausgiebig gemustert haben; das ist mir aufgegangen, als ihr Gespräch für einen Moment verstummte. Jetzt reden sie wieder. Ich höre zu und lächele in meine Gläser; es macht mir Spaß, ihnen zuzuhören. Sie sind ziemlich angetrunken, der eine kommt aus Ostnorwegen, der andere aus Bergen.

»Bescheuertes Lied«, sagt der Ostnorweger. »Ich begreife nicht, wieso ihr das immer wieder singt. Wer in Bergen spielt denn heutzutage überhaupt Sitar?«

»Das ist doch unser Lied, wir hören gar nicht auf den Text. Es ist ein schönes Lied.«

»Ich nahm meine frischgestimmte Sitar in die Hände ... ich hab nicht mal gewusst, dass eine Sitar gestimmt wird. Wie sieht die denn überhaupt aus?«

»Wie eine Art Gitarre. Und du sollst nicht ...«

»Gitarre? Der Herr gibt, der Herr nimmt, auch eine Gitarre.«

»Sitar«, betont der Bergenser.

»Ich nahm meine frischgestimmte Zigarre ...«

»Nicht ...«

»Ich nahm meine frisch angezündete Zigarre ...«

»Nein!«

»Ich schob meine frisch angezündete Zigarre ... in ihr Dings!«

Vulgäres Lachen. Das jedoch nicht vom Bergenser stammt. Nein, durchaus nicht. Der Ostnorweger jedoch könnte sich ausschütten vor Lachen. »Ich schob meine frisch angezündete Gitarre in ihr Dings.«

»Das ist ... das ist eine Nationalbeleidigung, so was zu sagen.«

»Red kein Blech. Ist doch bloß ein Lied, Mann. Aber das mit der frischangezündeten Zigarre gefällt mir gut. Oder ... oder die frischgestimmte Zigarre ... Frischgestimmt ... haha, du kannst dir sicher vorstellen, woran ich da denke, haha ...«

Ole Bull steht nur wenige Meter von ihnen entfernt, doch der Ostnorweger kapiert rein gar nichts. Kapiert nicht, dass jeder Bergenser Tränen in den Augen hat, wenn die Statsraad Lehmkuhl nach einer Reise auf dem Weg in den Hafen Nordnestangen umrundet. Dass Bergenser ihren Hut, wenn sie einen tragen, an die Brust drücken und ihr stolzes Lied singen, ohne auch nur ein Wort zu überspringen. Denn nicht das Gehirn hat den Text gespeichert, sondern das Herz. Und der Ostnorweger kapiert auf keinen Fall, dass jeder Bergenser innerhalb einer Sekunde hellwach war, als die Stadt von der Nachricht geweckt wurde, Bull sei vom Sockel gefallen oder möglicherweise im Laufe der Nacht von seinem Sockel vor dem Hotel Norge gestoßen worden, und liege jetzt mit gebrochenem Arm und zerschlagener Nase auf dem Beton. Bergen bebte in seinen Grundfesten, und an diesem und den fünf folgenden Tagen gab es kein anderes Gesprächsthema. Den Vandalen war allerlei zuzutrauen; daran, dass sie Grabsteine umwarfen, war man ja fast schon gewöhnt. Aber Ole Bull! Ole Bull wird nicht umgeworfen. Nicht einmal satanistische Punks können so gefühlskalt sein, das muss doch sogar ein Ostnorweger einsehen. Dass sich später Materialermüdung, als Ursache für Bulls Sockelsturz herausstellte, bedeutete für die Stadt eine enorme Erleichterung, die Welt war wieder gut.

Und ich will mich schon umdrehen und dem Ostnorweger das alles erklären, dass Bergen viel mehr ist als eine Stadt, dass sie eher ein Zustand ist, in dem Lieder und Statuen zu gefühlsbeladenen Symbolen werden, als ich erstarre.

Da ist sie doch! Tövchen!

Sie ist es wirklich. Sie ist gerade hereingekommen. Allein. Und vielleicht hatte ich ja unbewusst erkannt, dass dieses Lokal das richtige für ein solches Gesicht ist.

Sie hat ihre Shorts durch einen ultrakurzen unkleidsamen Minirock ersetzt und Lippenstift in genau dem Rotton aufgetragen, den ich mir vorgestellt hatte, ansonsten sieht sie mitgenommen und müde aus, so, als sei sie hergekommen, um sich auszuruhen. Auf ihre Weise, durch Trinken. Ich bin durch ihren Anblick dermaßen erleichtert, dass mir echte, frische Tränen über die Wange laufen.

Ich verlasse den Tresen, biege um die Ecke und bahne mir einen Weg. Ich will sie umarmen, sie mit Geschenken überhäufen, ihr ein Bier ausgeben, ihr eine Rolle in einer so schönen Novelle geben, dass ich ihr ewiges Leben erschreibe.

»Tövchen!«, rufe ich. Sie hat schon den Tresen erreicht, wo Paul gehorsam nach einer Flasche Rotwein greift.

Sie wirbelt herum. Wirklich, sie wirbelt. Wie eine Eiskunstläuferin bei der abschließenden Pirouette. Der Luftzug, den das Gewirbel hervorruft, riecht nach müdem Schweiß.

»Da bist du ja!«, sage ich. »Wie ist das mit dir und deinem Vater weitergegangen? Erzähl mal! Wie ist euer Ausflug verlaufen?«

Sie kneift die Augen zusammen. Sie hat geweint, ihre Augen sind geschwollen. Die Wimperntusche ist runzlig wie altes Pauspapier. Sie ist älter, als ich geglaubt hatte. Über dreißig, aber ich verzeihe ihr alles. Mein eigenes Lächeln brennt in meinem Gesicht, ich spüre sein Zittern bis in die Ohrläppchen. Mein Lächeln wird trockener, als ich diese Augen sehe, die aus unbegreiflichen Gründen (ich habe ih-

nen doch geholfen!) schmal geworden sind, aber ich behalte mein Lächeln, ich halte es mit eisernem Griff fest, bis sie mir schließlich eine Ohrfeige verpasst und schreit:
»Du Arsch! Du Scheiß ... ARSCH!«
Und dann stürzt sie aus dem Lokal. Vorbei an den Türstehern, die hinter ihr her schauen, weg von mir. Ihre Beine sehen in der Spätsommerdunkelheit draußen aus wie weiße Stöcke, und sie hält ihr Gesicht fest, als habe sie Angst, es könne auseinander fallen.

Mein Geneverglas ist leer, ich winke nach einem neuen. Die Musik ist laut, niemand hat ihre Worte gehört, ich kann also ruhig und ungestört von neugierigen Blicken sitzen bleiben. Nur Paul blickt mich leicht fragend an, während er sorgfältig den Rotwein wegstellt und zur Bokmaflasche greift. Aber er stellt keine Fragen, wie gesagt, er ist ein echter Barmann.
Ich trinke und werfe einen kurzen Blick hinauf zu meiner Visakarte. Sie liegt ruhig wie ein Anker bei Südwest. Am nach Osten schauenden Tresen. Es sind meine Visakarte und mein Barmann und meine Flaschen, und es geht mich nichts an, ob ein hergelaufener Ostnorweger eine frischangezündete Zigarre in eine Frau steckt. Sie reden jetzt außerdem über etwas anderes, und der Bergenser hat die Oberhand.
Ich bin müde, das merke ich. Und ich habe zwei Möglichkeiten: entweder auf mein Zimmer gehen und schlafen, oder weitertrinken. Ich entscheide mich für letzteres und beschließe, den silberblanken guten Rausch durch schwere Benommenheit zu ersetzen; außerdem beschließe ich, dass das schnell passieren soll.
Die Menschen in meinem Blickfeld sagen mir plötzlich nichts mehr. Ein Mann sitzt zwei Meter rechts von mir, mit

einem Bier, das in seinem eigenen Kondensschweiß badet. Der Mann hat saubere Onanistenhände, das sehe ich immerhin, also habe ich noch nicht sämtliche Analysefähigkeit eingebüßt. Solche Hände sind nämlich unverkennbar. Es sind arbeitslose Hände. Die Haut spannt sich über die Knochenstruktur und leuchtet in einem ungesunden Rotton. Er sitzt im Osten, kann sich aber trotzdem nur Bier leisten, es dauert noch lange, bis die Stütze ausbezahlt wird. Die feuchtblanke Haut, die Leere, der Mangel an Zukunft. Das Onanieren ist seine einzige Freude. Wenn er allein lebt, dann macht er es vor seinen Zeitschriften oder vor irgendeinem Film. Hat er eine Frau, dann macht er es mit dem Rücken zu ihr, wenn sie schläft, und dabei stellt er sich vor, was er mit ihr machen würde, und vielleicht auch mit einer Zusatzfrau im Bett. Was hat sie nur gemeint? Ich habe ihnen doch geholfen. Oder ... hat sie das gemeint? Herr, mein Gott, wenn sie und Rickard beide ... Bin ich denn wirklich diejenige, die einfach keinen Durchblick hat?

Doch Tövchen sah nicht so aus wie eine, die mit vorgehaltener Pistole zur Bootsfahrt gebracht worden war. Sie wollte es doch selber! Sie schien richtig Lust darauf zu haben, aufs Wasser zu gelangen, die sommerleuchtenden Möglichkeiten des Puddefjords auszutesten.

Die Paranoia hat wieder und aus unerwarteter Richtung angegriffen. Rickard ist im Vergleich schlicht und übersichtlich, obwohl tief in mir noch immer die Frage nagt, warum ich mit meinen Svalbardbildern nicht gleich nach Oslo zurückgefahren bin. Aber ich habe Rickard in einer leeren Zimttüte in den Kehricht geworfen, habe ihn vom Anrufbeantworter gelöscht (wo er inzwischen bestimmt noch weitere Nachrichten hinterlassen hat), in einer Wut, die jederzeit neu hervorbrechen kann; der Wut darüber, dass er sich auf dem Sofa nicht aufgesetzt hat und dass er gerade zu diesem Ausdruck greifen musste. Zu diesem blöden Ausdruck, in dem das Wort Realität vorkommt.

Tövchens Anklage dagegen hängt in der Luft, und nicht einmal mit dem besten Willen kann ich sie auf einen passenden Haken bugsieren. Ich will nicht glauben (und nicke langsam vor mich hin), dass Rickards und Tövchens Aggressionen derselben Quelle entspringen.

Hinten bei den Klotüren gibt es ein Kartentelefon. Ich fische eine Karte heraus, auf der noch viele Einheiten sind; sie ist dekoriert mit einer Almhütte und blauen Bergen mit verschneiten Gipfeln. Ich nicke Paul zu, damit er solange meine Gläser hütet und verhindert, dass irgendwer heimtückische Tabletten hineinwirft.

»Polizei Bergen, bitte sehr.«

»Hier ist ... Lene Isaksen, und ich wollte fragen ... es klingt sicher komisch, aber ist heute zufällig im Puddefjord jemand ertrunken?«

»Mit wem spreche ich, bitte?«

»Lene Isaksen.«

»Von der Bergens Tidende? Oder vom BA?«

»Nein, ich wollte nur fragen.«

»Ich kann Ihnen keine weiteren Auskünfte erteilen.«

»Keine weiteren? Aber Sie haben ja noch gar nichts gesagt.«

»Tut mir Leid«, sagte der Mann, ohne eine Spur von Bedauern in der Stimme.

»Können Sie denn sagen, ob im Puddefjord ein Toter gefunden worden ist? Ohne dabei von Ertrinken zu reden?«

»Sind Sie eine Art Angehörige? Moment, ich stelle Sie durch.«

Ich lege auf.

Angehörige. Angehörige sind wir im Zusammenhang mit einem anderen Menschen. Wir sind niemals Angehörige im Zusammenhang mit uns selber.

Er muss tot sein. Er ist tot. Ertrunken. Nein, das kann nicht sein. Eine Frau mit frisch ertrunkenem Vater steigt nicht in ihren hellblauen Minirock und geht ins Bull's Eye, nicht einmal das könnte ihre Wut erklären, ihr Bedürfnis nach einem Sündenbock. Eine plötzlich vaterlose Frau sitzt zu Hause und weint, während sie per Telefon die Verwandtschaft unterrichtet und die ersten zaghaften Vorbereitungen für die Beerdigung trifft, Choräle aussucht, den Text für die Todesanzeige, die Speisenfolge. Das hier hat doch keinen Sinn.

»Verdammt.«

»Bitte?«

»Nichts, Paul. Nichts. Gib mir bitte noch einen Genever. Ich glaube, diesmal einen Hultskamp. Kann ja nicht in alle Ewigkeit Bokma trinken. Muss ein bisschen variieren. Das ist der Schlüssel zu einem guten Leben, habe ich gehört.«

Der Mann mit den Onanistenhänden starrt mich an. Seine Finger liegen um das Glas wie um eine Skulptur aus Knetmasse. Er ist offenbar redselig, deshalb schaue ich ganz schnell in die andere Richtung, bekomme mein Glas und ein neues Bier und gebe vor, vorsichtig am Hulstkamp zu nippen und mit meiner Wahl einverstanden zu sein. Ein Mann steigt aufs Podium und fängt an zu singen. »Crazy«. Patsy Clines unsterblichen Herzensschrei, aus dem Julio eine Schnulze gemacht hat. Der Mann sieht gut aus, unerwartet gut für dieses Lokal, aber nicht so gut wie Rickard.

Wie ekelhaft seine Mitteilungen auf dem Anrufbeantworter waren. Er quengelte und winselte. Ein erwachsener Mann! Ich will keinen erwachsenen Mann, der mir vorjammert, dass er mich liebt. Ich will einen Mann zum Diskutieren und zum Vögeln. Dann kann ich eine ganze Weile verliebt sein. Aber mehr auch nicht. Keinen Liebeskram. Ich werde nämlich niemals einem Mann die Priorität einräumen. Jetzt im Sommer, wo ich an einem ziemlich einfachen Fotobuch herumpusseln kann, ist so eine Beziehung schon in Ordnung, aber wenn ich mich dann an einen neuen Roman oder einen Erzählband mache, wird der Mann einfach in den Hintergrund gedrängt werden und vermutlich verletzt sein, wenn er sich in diesem Hintergrund entdeckt. Glaubt ja nicht, ich hätte das nicht versucht. Und die Energie, die dazu nötig ist, Distanz zu halten, ohne zu verletzen, raubt mir Kräfte, die mindestens einem halben Kapitel pro Tag entsprechen. Peter Høeg sagt, wenn er mit Schreiben anfängt, hängt er den Intellekt an den Nagel und gibt sich hin. Der Intellekt ist nur in der Recherchierphase wichtig. Wenn das Schreiben anfängt, muss der Intellekt abgehängt werden. Der Prozess ist wie eine vollständige physische Hingabe. Sagt er. Und dann ist er in Fräulein Smilla und ihrem Gespür für den Schnee. Und dann kann eine lebendige Beziehung nicht gepflegt werden. Sage ich. In dieser Phase will ich von keinem Mann gesehen werden. Ich will in keinem Auge als ich sichtbar sein, ich will allein in meinem eigenen Kopf sein. Und daher der hohe Alkoholverbrauch vieler Autorinnen und Autoren. Alkohol verschafft eine träge Ruhe vor uns selber. Alkohol kann eine kleine Brücke zwischen Fantasie und Wirklichkeit bauen und Verletzlichkeit und Einsamkeit bei der Arbeit dämpfen.

Eigentlich finde ich ja nicht, dass wir beim Rauschmissbrauch eine Sonderstellung einnehmen sollten, aber egal. Ich persönlich habe mehr davon, wenn ich die Natur aufsuche. Dort finde ich Ruhe und Leere, eine Ruhe, die der Schlaf niemals geben kann, weil dort die Träume in die Arena stürmen, eine Ruhe, die Alkohol niemals geben kann, weil er den Verbrauch einer Energie nicht durch eine neue ersetzt. Die Natur dagegen ist ein Leben spendendes Sammelsurium von scheinbarer Planmäßigkeit und schenkt mir noch dazu ein Erlebnis von Schönheit.

Er singt gut, unser Julio. Und als ich meinen Blick von seinen weißen Zähnen zum Fenster wandern lasse, entdecke ich den prasselnden Regen und breche in Tränen aus. Ich weine aus Erleichterung, weil das Wasser vom Himmel die Welt endlich rein waschen wird, aber ich kann schon nach dem ersten Schluchzen aufhören, und niemand hat es gesehen. Die Straßen und der Platz draußen leuchten schon wie blank polierter Obsidian, reine nasse Flächen, die auf neue Flächen treffen, mit übersichtlichen Winkeln und Ecken.

Ich unterschreibe eine Visaquittung, wünsche Paul eine gute Nacht und gehe hinaus in den Regen. Ich gehe um den ganzen Block und nehme jeden Tropfen an wie ein kaltes Lecken vom dunkelgrauen Himmel. So schnell kann es gehen: Im einen Moment ahnen wir die Extrempunkte des Universums, im nächsten endet die Welt beim Gipfel des Ulriken. Im einen Moment sind wir ein angebetetes Schmuckstück um den Hals eines Geliebten und eine nützliche Helferin für zwei fremde Seelen mit ausgefallenen Bootsfahrtsgelüsten. Im nächsten Moment sind wir nicht in der Realität verankert und ein Scheißarsch. Und mit solchen Sprüngen sollen wir armen Würstchen dann auch noch Schritt halten.

Treu ist nicht zu sehen, weder vor dem Hotel noch drinnen. Mein Zimmer ist überraschend aufgeräumt, aber sehr leer. Es war klug von mir, erst richtig beschwipst wieder herzukommen. Der Zahnpastageschmack ist alles, was ich als klassischen Reflex noch brauche, um mich vom Schlaf überwältigen zu lassen. Ich habe eine leere Einkaufstüte am

Fensterhaken angebracht, um das Geräusch des Regens einzufangen, und als letztes höre ich das leise Trommeln und ein ebenso leises Bellen unten auf der Straße, das von jedem Hund auf der ganzen Welt stammen kann.

Der Zahn der Zeit wird auf Svalbard in einem in der übrigen Welt eher seltenen Grad sichtbar, da es fast keine Vegetation gibt und große Teile des Landes über Monate hinweg eisfrei bleiben. Der Tempelfjell auf dem Bild sieht wirklich aus wie ein Tempel, mit behaglich zur Seite ausgebreiteten Ellbogen und mit dunklen Kohleschichten wie horizontale Laubengänge und schattige Galerien. Der Zahn der Zeit. Vom Ordovizium bis heute. Ich kritzele auf einen Klebezettel: Wie spitz ist der Zahn der Zeit? Die Zähne beißen sich auf den Knochen. *Der Zahn der Zeit misst den Verfall. Jahre. Zeit. Lichtjahre. Lichtjahre messen Entfernung, keine Zeit. Kann ein Berg in Jahren gewogen werden?*

Der Kater zerstört jede Kritikfähigkeit, und ich liege im Bett und finde diese Worte schön. Treffend und beschreibend, der Anfang eines kleinen Gedichts.

Nachdem ich zweimal gekotzt hatte, holte ich mir Frühstück und ging damit auf mein Zimmer. Ein saurer Hotelangestellter wies daraufhin, dass es ungeheuer viel Zusatzarbeit macht, wenn immer mehr Gäste auf ihren Zimmern frühstücken, doch ich antwortete wahrheitsgemäß und mit lauter, klarer Stimme, dass der Speisesaal kein Aufenthaltsraum für anständige Menschen sei, wenn man nach dem Essen keine rauchen dürfe. Die Diktatur des Antirauchwesens muss immer wieder bekämpft, der norwegische Moralismus darf von der schreibenden Zunft auf keinen Fall stillschweigend akzeptiert werden. Wir müssen Zolas Fahne hochhalten, auch in den ganz kleinen Kriegen.

Es ist ein seltsames Frühstück, ein typisches Katerfrühstück. Vier gekochte Eier. Salz. Tomate. Saft. Kaffee. Ein Stück Brot, das ich nicht angerührt habe. Ich habe auch das Telefon nicht angerührt, um meine Nachrichten abzuhören, und ich habe keine einzige Zeitung gesehen.

Im Fernseher läuft die Ricki Lake-Show. Ein feiner Kontrast zum Zahn der Zeit. Was dort passiert, lässt uns wünschen, der Zahn möge ein wenig schneller nagen, möge diese Ricki sterben lassen, möge mir dieses hirnrissige Gefasel ersparen, das ich nicht ausschalten kann, weil meine primitive Neugier meine Menschenachtung von der Bahn fegt. Heute geht es um Untreue, ein Mann hat soeben erfahren, dass seine Liebste ihn verlassen will. Er weint.

»Wie ist dir jetzt zu Mute, Thomas?«, fragt Ricki. »Lilith sagt, dass sie sich seit drei Monaten hinter deinem Rücken mit Graham trifft, den wir gleich kennen lernen werden. Seit drei Monaten, Thomas, war Lilith nicht beim Aerobictraining, sondern hat sich mit Graham getroffen, mit ihm geschlafen, ihre Träume mit ihm geteilt, ist in ihm aufgegangen, und du hast von allem nichts bemerkt? Was sagt das wohl über deine und Liliths Beziehung, Thomas, dass du nichts bemerkt hast? Thomas?«

Thomas schluchzt. Lilith streichelt seinen Rücken, er schiebt ihre Hand wütend beiseite.

»Tut mir Leid«, flüstert Lilith so leise sie kann, aber wir haben es durch das Mikrofon doch gehört.

»Und was meinen Sie hier im Studio zu Thomas?«, fragt Ricki.

Ein Farbiger steht auf, bekommt sofort ein Mikrofon gereicht und sagt: »Ich finde, er ist selber schuld. Wenn er und Lilith eine gute Beziehung hätten, dann hätte sie Graham nicht gebraucht. Und sie können keine gute Beziehung gehabt haben, wenn Thomas nichts bemerkt hat.«

»Danke«, sagt Ricki. Thomas' Schultern zittern, doch dann reißt er sich zusammen, wischt sich die Augen und zeigt sein Gesicht. Es ist kalt und gefühllos. Er räuspert sich. »Darf ich etwas sagen?«

Ricki nickt wachsam, hält die Karten mit der einen Hand dicht an ihre Brust, in der anderen hat sie das Mikrofon, das ihr pro Jahr bestimmt ein Einkommen von siebzig Millionen US-Dollar sichert.

»Ich möchte nur sagen«, sagt Thomas, »zu ... Graham. Dass, wenn er sein Leben mit einer Frau teilen will, die dazu fähig ist, einen Mann drei Monate lang zu betrügen, und ihm danach das hier ... mir das hier anzutun ...«

Er breitet die Arme aus, zeigt auf Studio, Publikum, Kameras, Ricki.

»So eine Frau ... bitte sehr, sag ich da nur. You got yourself a lying, cheating bitch, and you are welcome to her.«

Ricki rutscht nervös auf ihrem Stuhl hin und her. Ich lache laut. Im Saal wird vereinzelt Applaus laut. Jetzt weint Lilith. Und glücklicherweise wird amerikanisches *trash TV* häufig von Reklame unterbrochen, deshalb können alle sich ein wenig fassen. Ich auch. Endlich kann ich den Fernseher abschalten. Ich halte meine Klebezettel in der Hand und lausche auf den Regen, ich fühle mit der Leber, wie weit der Abbau des Alkohols schon gediehen ist, ich fühle nach, ob die Eier eine dauerhafte Ruhestätte gefunden haben. Ich lege mich wieder zum Schlafen hin und versinke zuerst in einem unruhigen Dämmern, in dem mich die Angst vor einem Kater und schlechter Laune dermaßen quälen, dass kein Kaffee der Welt das kurieren könnte.

Das Bett ist zu groß, das Bettzeug zu weiß, das Zimmer zu grau, mein Körper fühlt sich zu alt an, mein Magen zu schwer, und das, was ich über den Zahn der Zeit hingekritzelt habe, ist zu blöd, um jemals gedruckt zu werden.

Als ich endlich einschlafe, träume ich einen Haustraum. Wenn mein Leben in allen Fugen ächzt, habe ich immer Hausträume. Das Haus bin ich selber. Und das Haus kann brennen (Leidenschaft), von Wind durchweht werden (dann habe ich zu viel zu tun und fühle mich unsicher), von Wasser überspült werden (keine Kontrolle), wegen eines Umzugs ein- oder ausgeräumt werden (dann überdenke ich meine Lage), kann auf Pfählen mitten im See stehen (dann will ich allein sein), oder kann schön, luftig, voller wunderbarer Farben und Dinge sein, die ich berühre (ich habe eine richtige Entscheidung getroffen und fühle mich wohl in meiner Haut).

In meinem Traum an diesem Morgen im Hotel Norge wimmelt es im Haus von mir unbekannten Menschen. Die Fußböden fallen zur einen Seite hin ab, nur mit Mühe kann ich die Zimmer durchqueren, und ich will, dass die anderen gehen, bevor das Haus zusammenbricht. Es ist ein ekelhafter, bedrohlicher Traum, lächerlich leicht zu deuten. Und als ich drei Stunden später mit alkoholfreiem Körper und leicht erschöpfter Leber aufwache, sehe ich ein, dass es mir in meiner Lage nichts bringt, wenn ich mich dahintreiben lasse wie ein Korken. Ich muss mich der Welt stellen, Position beziehen, konfrontieren.

Ich dusche, ziehe mich an, suche mir einen großen weißen Bogen mit dem Hotellogo und setze mich ans Telefon. Mit Stift und Papier, vielleicht fällt mir ja etwas ein, was ich sagen könnte, während Rickard redet, oder vielleicht will ich filigrane Karomuster voller Punkte zeichnen.

Mir graust. Es ist verdammt mies, dass das Mündliche so viel schlimmer ist als das Schriftliche. Die mündliche Sprache wird eingefangen und vielleicht Jahre später gegen uns verwandt. Es gibt keine Möglichkeit zum Korrekturlesen. Keine Reuefrist. Keine Ruhe in der Schreibtischschublade.

Vom Empfänger verstanden.
Vom Empfänger erwidert.
Fertig.
Kann nicht zurückgeholt werden.
Kein Knopf zum Löschen.
Und meine Worte werden durch den Wirklichkeitsfaktor eines anderen Menschen geschlürft, und A kann zu B werden. A wird für immer B bleiben, weil ich nicht präzise genug war. Und wenn ich dann weitermache, werden neue Aussagen zu C werden und niemals mein B (mein A) modifizieren oder klären können. Deshalb ist Reden so unheimlich. So verpflichtend und gefährlich. Aber das Allerschlimmste an der mündlichen Sprache ist alles, was wir nicht sagen können. Dieser ganze Absatz kann von meiner Hand unmittelbar vor Drucklegung in diesen Text eingefügt worden sein, und niemand weiß, dass ich mir diese Gedanken am Hotelschreibtisch schon einmal gemacht und sie später vergessen habe. Bis vorhin, als sie mir wieder einfielen und ich dachte, dass sie hier passten. Ein Streit mit Rickard enthält so viele ungesagte Worte meinerseits, sodass der französische Ausdruck *l'esprit d'escalier* perfekt passt. Direkt übersetzt: der Geist der Treppe.

Auf der Treppe. Auf dem Abmarsch. Fort von dem Menschen, mit dem wir gesprochen haben. Zu spät. Ich hätte dies sagen sollen, und jenes. Und Himmel, das hier, das hätte ich sagen sollen. O verflixt. Es bringt aber auch nichts, sich vorher Bemerkungen zu notieren. Gespräche mit Rickard treiben immer in unerwartete Richtungen, und die Abflüsse können überall den Strom zum wilden Sog machen.

Ich überlege mir, dass es Spaß machen müsste, darüber einen kleinen Essay zu schreiben und ihn in einer literarischen Zeitschrift zu veröffentlichen. Die bloße Tatsache, dass ich hier sitze und mir diese Gedanken mache, hindert mich seit Minuten daran, den Hörer von der Gabel zu nehmen und die Nummer meines Anrufbeantworters zu wählen. Es scheint sich um eine Gedankenkette von seltener Fruchtbarkeit zu handeln.

Aber Essays liegen mir nicht. Ich muss mich an Dichtung halten, an Literatur. Da kann ich sagen, was ich will. Ohne es zu meinen. Ohne es zu wissen. Und dort erschaffe ich Wirklichkeiten, nagelneue, am laufenden Band.

Die erste Nachricht stammt von einem Tomås vom NRK Bergen, der mich interviewen will. Er möchte wissen, ob ich hin und wieder in Bergen bin, und damit ist klar, dass er sich nicht in Rickards Kreisen bewegt und folglich nicht weiß, dass ich schon lange hier bin, und den Grund dafür weiß ich, als er hinzufügt, dass er die Sendung »Kirche im Gespräch« betreut. Er möchte mit mir über meine Novelle in der Anthologie eines kleinen christlichen Verlages sprechen, er hat die Korrekturfahnen gelesen und findet meinen Beitrag ungeheuer interessant.

Die nächste Nachricht ist von einer Siri, ihren Nachnamen verstehe ich nicht, aber glücklicherweise ihre Telefonnummer. Sie ist freie Mitarbeiterin der Zeitschrift »Cupido« und möchte mich ebenfalls interviewen, und zwar zu den Reaktionen auf meinen letzten Roman.

Endlich ertönt Rickards Stimme. Bei der ersten Nachricht ist er betrunken. Er will seinen Schlüssel zurückhaben. Es scheint mitten in der Nacht zu sein. Er hat Tee und Gin getrunken, in dem Versuch, das zu bekämpfen, was sich in ihm zusammenbraut, erklärt er.

Sein Schlüssel! Ich habe noch seinen Schlüssel! Und den will er zurückhaben, was nur eins bedeuten kann: Er hat mich bereits abgeschrieben. Mehr kann ich nicht denken, denn bei der nächsten Nachricht kann ich seine Stimme fast nicht erkennen. Sie ist neu. Kristallklar. Hellwach.

»Ich bin's. Du musst versuchen, eine Bergenser Zeitung aufzutreiben, am Hauptbahnhof oder an dem kleinen Kiosk beim Grand, da gibt es welche. Im Puddefjord ist ein Mann ertrunken. Hier steht kein Wort über ein Gummiboot, ein Album oder eine Frau. Und ich habe die Polizei angerufen. Sie hatten keine Ahnung, wovon ich redete, als ich diese drei Dinge erwähnte. Oder ... eine Frau ist natürlich kein Ding, aber ... ich musste einfach sagen, wir hätten einen idiotischen anonymen Tipp bekommen, und ich habe gesagt, sie sollten das vergessen. Aber du musst sie anrufen, Emma. Und ihnen sagen, was du weißt. Aber ruf zuerst mich an!«

Ich rufe niemanden an. Ich stürze in die Rezeption und reiße die Bergens Tidende an mich. Im Lokalteil finde ich eine winzige Notiz:

Ertrunkener gefunden

Ein bisher nicht identifizierter Mann wurde gestern gegen sechzehn Uhr vor dem Dokkeskjærskai von drei jungen Anglern entdeckt. Vermutlich ist der Mann ertrunken. Die Polizei wollte sich nicht zu möglichen Verletzungen äußern und geht bisher von einem Unfall aus.

Der Mann war Mitte fünfzig, 178 cm groß, blond, er trug eine helle Hose und ein helles Hemd. Die Polizei bittet alle, die bei der Identifizierung helfen können, sich zu melden.

Ich lasse die Zeitung fallen und sinke auf dem Bett zurück. Bisher sind mir die Bilder an der Wand noch gar nicht aufgefallen. Zwei sinnlose Schmierereien, dazu ein Kunstdruck von Man Ray. Weiße Zickzacklinien zerschneiden einen nackten Torso. Wie passend.

Es wird an die Tür geklopft. Bescheiden und leicht, natürlich ist es ein thailändisches Zimmermädchen, müde und erschöpft vom Einsammeln der Frühstücksreste.

»Sie brauchen das Zimmer heute nicht aufzuräumen«, rufe ich, aber sie klopft noch einmal. Ich renne zur Tür und öffne.

»Please clean your room?« Sie lächelt kurz und still. Sie ist so groß wie eine norwegische Neunjährige.

»No need. Not today. Thank you.«

Es regnet auf die Plastiktüte, die ich am Fensterhaken befestigt habe, kleine, unregelmäßige Tropfen. Ich sehe seine Körperbewegungen vor mir. Die Bügelfalte in der Hose, die Spannung im Bein unter dem Stoff. Braune Haut unter weißem, kurzärmeligem Hemd. Den Flaum an seinen Ohrläppchen, die kleine Runzel, wo sie die Wange berühren, eine solche Runzel, wie ältere Männer sie bekommen. Dänische Farben im Gummiboot, das Album auf seinen Knien, seine Augen, das Lächeln. *Das werden Sie nie vergessen!*

Und der Puddefjord war gestern doch so schön. Blank wie Alufolie, undurchdringlich. Warum wollte der Fjord einen Mann verschlingen? Einen ganzen Mann verschlucken, weil er ein wenig übertrieben und sich ein zu positives Bild von seiner Seetüchtigkeit gemacht hat. Wird Mut auf diese Weise bestraft? Wird fehlende Verankerung in der Realität mit dem Tod bestraft?

Gestern lebte er noch, heute ist er tot. Plötzlich hat er große Gemeinsamkeiten mit den grünen Flecken auf den Treppenstufen, die ins Wasser führen, in die Kloake: Beide sind sie Materie, die jetzt zersetzt wird. Der Inhalt seines Gedärms, seines Magens, seine Gehirnmasse, sein Knochenmark, überall dort hat der Verwesungsprozess schon eingesetzt. Egal, ob er kühl liegt, was sicher der Fall ist, es geht schon los. Ihm müsste das Blut abgepumpt werden, man müsste seinen Körper einfrieren, um die Milliarden von Bakterien zu bezwingen, die sich jetzt über ihr eigenes Wirttier hermachen. Bakterien, die immer dort sind, die sich dort wohl fühlen, jetzt begehen sie Selbstmord. Jedes Haar, das Schneckenhaus hinten im Ohr, der Nagel des kleinen Fingers, die Wadenknochen, der Nasenflügel, das Ohrläppchen mit dem feinsten Flaum, das alles muss weg, es wird pulverisiert und in undefinierbare Ewigkeit verwandelt.

Wie hat er geheißen? Himmel ich kenne seinen Namen nicht. Plötzlich erscheint es mir als lebensnotwendig, seinen Namen in Erfahrung zu bringen. Ich muss wissen, wie er über fünfzig Jahre lang genannt worden ist.

»Hallo, Rickard, ich bin's. Ich habe deine Nachricht gehört.«
»Verdammt, Emma. Hast du eine Bergenser Zeitung auftreiben können?«
»Ja.«
»Hast du die Polizei angerufen?«
»Nein.«
»WARUM NICHT?«
»Reg dich ab. Bist du übrigens krank geworden?«
»Nein, ich glaube, ich hab's noch rechtzeitig in den Griff gekriegt. Aber Scheiß drauf. Das ist doch dieser Mann, oder? Du hast zwar nicht gesagt, wie er angezogen war, aber ...«
»Er ist es«, antworte ich und zeichne schon auf meinem Papier herum. Blumen, seltsamerweise, Blumen kritzele ich sonst nie. Sie haben fünf Blütenblätter, alle, ich habe inzwischen vier Blumen gezeichnet, und jetzt werden sie schraffiert.
»Hör mal, du musst mir jetzt zuhören. Tust du das, Emma?«
»Ja.«
»Die Polizei wird in diesem Fall keinen Finger rühren, wenn du ihnen nicht Bescheid sagst. Sie werden das als Selbstmord behandeln. Wo wir doch beide wissen, dass seine Tochter dabei war ... wie siehst du das?«
»Weiß ich nicht. Keine Ahnung.«
»Die Tochter kann es gewesen sein. Sonst wäre der Mann doch sofort identifiziert worden. Wenn sie sich sofort nach

seinem Ertrinken an die Polizei gewandt hätte. Oder sogar schon bei seinem Ertrinken.«

»Daran habe ich noch nicht gedacht.«

»Die Tochter kann jetzt schon über alle Berge sein.«

»Das glaube ich nicht. Und vielleicht ist sie ja gar nicht seine Tochter. Vielleicht hat er das nur behauptet.«

»Wieso glaubst du das?«

»Keine Ahnung.«

»O verdammt, du weißt so wenig, Emma. Aber genug, um die Polizei anzurufen.«

»Das tu ich nicht.«

»Das MUSST du!«

»Nein.«

»Dann rufe ich an. Und verweise sie an dich. Ich sage ihnen, was du mir erzählt hast.«

Ich setze mich auf, begegne im Spiegel meinem Blick, sage langsam und leise: »Das ... tust ... du ... nicht ... du verdammter SCHEISSjournalist! Das ist MEINE Geschichte, ist das klar?«

Rickard schweigt sehr lange, dann antwortet er: »Ich glaube, ich habe mich eben verhört. Hast du gesagt, das sei deine Geschichte?«

»Ja. So ist es.«

»Das ist nicht deine Geschichte, Emma. Das ist die Geschichte dieses Mannes. Des Toten!«

»Ja, er ist tot. Er ist ertrunken. Er kann nicht wieder zum Leben erweckt werden. Und ich will darüber schreiben. Ich will es nicht in den Fernsehnachrichten sehen. Ich will nicht deine mitfühlende Visage sehen müssen, wenn du von den Booten und dem Album und der Mutter erzählst, die mit einem weißen Taschentuch winkt. Das ist *meine* Geschichte.«

»Was bist du doch für ein Miststück!«

»Miststück? Und willst du mir jetzt auch noch erzählen,

dass mir die Verankerung in der Realität fehlt? Gerade du, wo du nichts anderes machst als loszustürzen, wenn es irgendwo brennt?«

»Na gut. Ich werde nicht mehr mit dir reden. Gut, dass du nach Oslo zurückgefahren bist. Das finde ich sehr gut. Schick mir meinen Schlüssel. Sofort. Scheiß Egoistin? Scheiß *Narzisstin*!«

Die Novelle, die ich für den kleinen christlichen Verlag geschrieben habe, basiert auf der Schöpfungsgeschichte in der Bibel, einem Buch, bei dem ich es immer schon seltsam gefunden habe, dass es im Norwegischen, das alle Substantive klein schreibt, mit einem Großbuchstaben beginnt. Wirklich gute Vermarktung. Aber das darf ich um Gottes (auch großgeschrieben) willen im Interview nicht sagen. Ich möchte doch um jeden Preis als respektvolle und nachdenkliche Autorin erscheinen, wo ich mich schon auf dieses Projekt eingelassen habe. Außerdem ist es politisch korrekt, sich in religiöse Betrachtungen zu vertiefen, in unserer Zeit, wo Wunderheiler und Astrologen die hungrigen Leerstellen stopfen, die vom alten, ehrerbietigen Glauben geblieben sind. Die Allerraffiniertesten suchen sich natürlich einen philosophischen Zugang zu den Leerstellen und werden damit Millionär, während wir anderen uns an der Bibel zu schaffen machen, vor allem an der Bibel. Der Koran ist doch zu anstrengend. (Und bei genauerem Nachdenken fällt mir ein, dass Buchtitel immer großgeschrieben werden.)

In meiner Novelle habe ich Eva vorbehaltlos dafür gelobt, dass sie die Frucht des Baumes gegessen hat. Auf diese Weise hat sie für Adam und sich die Erkenntnis errungen, was richtig ist und was falsch. Ich gehe sogar so weit, dass ich beschreibe, was passiert wäre, wenn Eva nicht vom Baum gegessen hätte: Sie und Adam wären Tiere geblieben; weil sie keine Scham kannten, hätten sie sich wie Tiere verhalten, sie hätten sich mit ihren eigenen Nachkommen gepaart und sich um das Essen geprügelt. Selbst wenn es genug zu essen gibt, streiten sich Tiere darum.

Tomås vom NRK ist entzückt, als er erfährt, dass ich mich in Bergen aufhalte und mich einfach in ein Taxi setzen und zum Funkhaus fahren lassen kann. Ich hoffe, ich rieche nicht nach Suff, aber sicherheitshalber kaufe ich mir an dem einer chinesischen Pagode nachempfundenen Kiosk auf dem Torgalmenning eine Schachtel Mentholpastillen.

Alle Berggipfel sind von Nebel und Regen verschleiert, nur der Løvstakken ist noch zu sehen. Wie gut. Die Sonne hat lange genug geschienen. Es war lange genug gutes Wetter, das die Welt zu einer illusorischen Idylle macht und den Menschen ein übertriebenes Vertrauen in ihre eigene Unsterblichkeit gibt. Die Sonne muss geschienen haben, als er aus dem Wasser gezogen wurde. Es muss ein scharfer Kontrast gewesen sein, Regen und Wind passen besser zum Tod durch Ertrinken, so wie sie besser zu einer Beerdigung passen.

Die Kopfhörer umschließen meinen Kopf wie warme Hände, ich kann meine eigene Stimme hören.

Sie isst. Der Saft des Apfels tropft über ihr Kinn. Weiße Zähne reißen neue Stücke aus dem Fruchtfleisch. Die Schlange windet sich vor Begeisterung, die Frau geht in die Hocke und streichelt sie. Und gesegnet seist du, Frau, die isst und den Mann von derselben Frucht anbietet! Gesegnet seist du, weil du Gottes Gebot getrotzt und nach Wissen gestrebt hast. Und gesegnet seist du, Mann, der es wagt, seiner Frau zu glauben, wagt zu erkennen, dass diese Stärke auch dir Stärke geben wird. Sie essen sich satt und wissen, dass es nicht richtig ist. Sie genießen dieses Gefühl, denn plötzlich sehen sie alles Schöne. Den Garten, der sie umgibt, die Bäume, den Himmel, der sich glänzend über ihnen wölbt, den vom gelebten Leben grünen, unscharfen Horizont. Sie essen und lachen. Sie ist jetzt verlegen. Schämt sich ihrer Nackt-

heit. Sie errötet. Er lacht lauter. Sie dreht sich weg, schaut ihn aber über ihre Schulter hinweg an, lässt ihn ihren Blick für einen langen, kochenden Moment fest halten, und sein Glied erhebt sich zu ihr, zu der Frau, die auf ihn wartet, mit einem Geschlecht, das vor Hunger und Säften pocht, das pocht von einer Zukunft von Millionen von Generationen ...

Tomås nickt. Ich klappe das Buch zu. Er hat diesen Abschnitt ausgesucht. Ich selber hätte bei einer so kurzen Lesung das direkt Erotische vermieden, in dem ich ja aus Effekthascherei durchaus auch einige Pornoklischees eingebaut habe. Aber Tomås nickt und fragt, wie ich mich dem Text genähert habe. Der Heiligen Schrift. Der Urgeschichte, dem Schöpfungsbericht, mit großen Buchstaben in wirklich jedem Wort.

»Ich weiß ja, dass es eine heilige Schrift ist, aber ich als Nicht-Gläubige kann mich dem Text doch auf etwas freiere Weise nähern als eine Gläubige ... glaube ich.«

Es ist immer wichtig, sich zu Beginn eines Interviews als ein wenig unsicher darzustellen, als suche man die richtigen Wörter, als gebe man hier und jetzt alles, um Klarheit zu schaffen. Doch in meinem Kopf strömen die Gedanken nur so dahin, ich warte darauf, dass ich die Profischaltung einlegen kann, lautlos rufe ich nach einem Autopiloten, der die Kontrolle über Kehlkopf und Sprachzentrum übernehmen kann, ich versuche, mich an einen Gedanken beim Schreiben, an meine genialen Schlussfolgerungen zu erinnern. Ich sage: »Ich musste den Text immer wieder lesen, um die Demut aufzugeben, die wir doch mit uns schleppen, es ist ja trotz allem die Bibel. Ich hatte Angst, diese Demut könne mir den intellektuellen Zugang zu den Worten und dem, was sie ausdrücken sollen, unmöglich machen.«

»Die Demut aufgeben? Meinen Sie, den Respekt?«

»Nein, nicht den Respekt. Eher diese Haltung ... alles hinzunehmen.«

Ich lache kurz. Tomåš lacht nicht.

»Es kommt doch auch vor, dass Theologen«, sage ich dann, »dass auch Theologen das, was in der Bibel steht, kritisch sehen. Oder ... nicht kritisch, aber sie sagen, dass der Text auch über den konkreten Sinn der Sätze hinaus gedeutet werden kann.«

»Und das haben Sie gemacht. Die Theologin gespielt.«

»Nicht gespielt, aber ... aber ich habe im Text einige offenkundige logische Brüche entdeckt.«

»Und worin bestehen diese ... logischen Brüche?«

Ich rutsche auf dem Stuhl hin und her und konzentriere mich auf den Mentholgeschmack, aber das hilft nicht. Meine Ohren sind glühend heiß, meine Stimme klingt fremd und kalt. Und dumm. Ich kann mich schlucken hören.

»Vor allem in der Scham«, sage ich. »Ehe sie vom Baum essen, können sie sich nicht schämen. Und es ergibt keinen Sinn, dass Gott ihnen diese Fähigkeit nicht geben wollte. Scham, so wie ich das sehe, sorgt dafür, dass wir dem Bösen widersagen. Aber Gott wollte die Menschen in Unkenntnis über das lassen, was richtig und was falsch ist. Warum?«

»Ich weiß es nicht«, sagt Tomåš. »Aber ich glaube, das reicht.«

Ich nehme die Kopfhörer ab und schiebe klitschnasse Haare hinter ebenso nasse Ohren. So ist es im tiefen Wasser, denke ich, man wird nass hinter den Ohren, auch wenn man sich einbildet, schon seit Jahren trocken zu sein.«

»Wann wird das gesendet?«, frage ich.

»Wir müssen erst entscheiden, ob wir es überhaupt senden«, erwidert er. Ich nicke. Das klingt logisch. Eine junge Frau führt mich über den Flur zum Fahrstuhl. Draußen zu atmen wird zu einem Geschenk. Ich bleibe stehen und atme.

Ein Auto hält, ein Mann kommt vorbei, ich atme. Vielleicht sollte man einfach schreiben, was man schreiben will, und nachher nicht so viel darüber reden? Vielleicht sollten wir das Gerede der Literaturkritik überlassen? Ein Text soll immer klüger sein als die Person, die ihn geschrieben hat. Warum also soll ich darüber hinaus noch gezwungen werden, etwas zu meinen? Ich hätte nicht herkommen müssen. Ich hätte Nein sagen können. Ich kann immer Nein sagen. Und die Art Autorin werden, die als verschroben gilt, weil sie nicht reden will, weil sie nicht verrät, dass nicht der Intellekt Literatur erschafft. Peter Høeg hat das begriffen. Aber er kann noch dazu reden, kann genau das sagen. Weil er klug ist und ich nicht? Weil ich nur so getan habe, als interessiere ich mich für Gott, für Eva und die Scham? Vor fünf oder sechs Jahren habe ich ein ganzes Wochenende bei einem Schamanen verbracht. Er trommelte. Ich lag neben einem Lagerfeuer auf dem Rücken und reiste in mein Inneres. Ich begegnete meinem Begleittier, und zwar bei G. Näher mein Gott zu dir werde ich wohl nie gelangen. Ich beschließe, Cupido noch einen Tag aufzuschieben, um mich nicht in den Ideologien zu verirren. Und der Mann hat an seinem Auto die Scheinwerfer brennen lassen.

Im Taxi kaue ich wie besessen Mentholpastillen und betrachte die Scheibenwischer, die ihr Werk verrichten, ohne zusammenzustoßen. Sie arbeiten zusammen, ohne Berührung, spiegelverkehrt, das ist schön.

Ich erzähle dem Taxifahrer, dass ich mir die Sache anders überlegt habe und nicht in die Innenstadt will. Ich will nach Svartediket und in der Dämmerung am Wasser entlanglaufen. Ich habe keinen Regenschirm. Ich freue mich darauf, im Gesicht nass zu werden und meine Scham über meinen Mangel an Scham wegzuwaschen, obwohl ich doch weiß, dass es viel leichter ist, Scham und Schuldgefühle zu ertragen als Verrat. Eva verstieß gegen das Gebot, das Gott ihr auferlegt hatte, worauf Gott seinerseits Eva im Stich ließ, als Strafe, als sichtbare Konsequenz. Natürlich war es leichter für sie, die Schuld auf sich zu nehmen, als sich mit ihrer Trauer über Gottes Verrat auseinander zu setzen. Habe ich beim Schreiben so gedacht? Dem Taxifahrer erzähle ich nichts davon. Für ihn bin ich ein schmales Stück spiegelverkehrtes Gesicht, zwei Augen über einer Nase. Ich bezahle, was mich in seinen Augen zu einem anständigen Menschen macht. So wenig ist nötig, um würdevoll und aufrecht vor ihm zu stehen. So viel ist nötig.

Dass ihr es überhaupt über euch bringt, ein Buch nach dem anderen zu schreiben. Es gibt doch schon massenhaft Bücher, da kann es doch gar nichts geben, worüber ihr noch schreiben könnt?«

»Tut es auch nicht. Wir schreiben immer wieder über dasselbe. Mehr oder weniger.«

»Und zwar über ...«

»Das Meer, den Tod und die Liebe.«

Ich stehe in Dyvekes Weinkeller an der Bar und trinke Kaffee. Es ist spät. Der Mann neben mir ist fremd und redselig, er hat seine Zeitschrift ausgelesen. Ich habe rote Wangen, nach dem langen Spaziergang am Wasser und zurück zum Hotel. Ich habe die blanke Wasserfläche angestarrt und mir vorgestellt, wie ein schwimmender Leib darin festhängt. Ich lebe. Ich bin jung und stark, meine Oberschenkelmuskeln sind glühend heiß, meine Haare frisch gewaschen, ich hatte eine fantasievolle Idee für ein Liebesgedicht an eins der kargsten Bilder von Svalbard, ein Bild, auf dem Wollgras vor einem Gletscher aus dem Eis wächst. Und morgen werde ich frisch und munter erwachen und mich vielleicht auf die Suche nach Tövchen machen, um festzustellen, warum diese verwirrende Person einen solchen Hass an den Tag gelegt hat. (An den Tag legen, witziger Ausdruck.) Der Mann neben mir will reden. Er lässt sich nicht mit Klischees abspeisen. Abspeisen mit ... Mein Sprachgehör ist nach meinem Spaziergang geschärft. Ich sollte nicht hier sein. Ich sollte am Mac sitzen und dieses Gehör nach Kräften nutzen.

»Das Meer, der Tod und die Liebe. Über das Meer gibt's

verdammt wenig zu sagen«, sagt der Mann. Er ist schon ziemlich angetrunken. Ich beneide ihn nicht darum.

»Das Meer ist ein Symbol. Für das ewig Unverständliche«, sage ich.

»Was das Meer ist, ist leicht zu verstehen. Verdammt viel Wasser. Und ein paar Fische.«

»Ein Symbol«, wiederholte ich. »Ein Symbol dafür, warum wir hier sind. Wohin wir gehen. Das Leben. Sehnsüchte und Träume.«

»Scheißgefasel.«

»Richtig.«

Er lacht schallend. »Leute, die anderen ihre Meinung aufzwingen wollen.«

»Richtig.«

»Findest du wirklich?«

»Sicher. Aber trotzdem, wenn man ein wenig liest ... bekommt man ziemlich viel in den Griff.«

»Ein Beispiel!«

»Tja, wenn du viele Krimis liest, erfährst du, was eine Gesellschaft wichtig nimmt.«

»Wieso denn?«, fragt er und wischt sich Wein von der Oberlippe.

»Die Art der Verbrechen zeigt, was im Moment von Bedeutung ist.«

»Geld.«

»Sicher. Geld. Aber uralte Krimis handeln von Gottheiten, Kriegen und politischer Macht. In mittelalten Krimis geht es um Diebstahl von Silber und kostbarem Porzellan und um Fälschungen von wertvollen Gemälden. Krimis heute handeln von Betrug an Versicherungsgesellschaften, Banken, reichen Leuten. Davon, dass die Autoritäten fertig gemacht werden.«

»Krimis handeln von Morden.«

»Das auch. Aber ich rede von den Motiven. Denn gemordet wird immer. Die Menschen haben sich immer vor dem Tod gefürchtet, aber vielleicht noch nie so sehr wie jetzt. Wir fürchten uns die ganze Zeit mehr und mehr vor dem Tod.«

»Glaubst du wirklich? Und deshalb lesen wir gern darüber?«

»Sicher. Wir finden es wunderbar, uns zu fürchten und gleichzeitig ein wenig von unserem Hass auf die Mächtigen abzulassen. Danach fürchten wir uns dann ein bisschen weniger.«

»Aber es gibt doch nicht nur Krimis. Ihr schreibt doch nicht nur Krimis. Und wovon zum Henker handeln die vielen Bücher?«

»Ja, da sagst du was Wahres.«

»Hab gar nichts gesagt. Hab bloß gefragt.«

»Von … von normalen Menschen.«

»Hunderte von Büchern über normale Menschen? Wozu denn?«

»Weil einige von uns einfach schreiben müssen. Hast du von Bukowski gehört?«

»Nein.«

»Den solltest du lesen. Er hat schwachsinnig viele Bücher geschrieben. Und wenn wir durchzählen, dann kommen wir sicher auf zweihundert Seiten über seinen Stuhlgang.«

»Hör auf!«

»Wirklich! Großes Ehrenwort und bei den Augen meiner Eltern. Zweihundert Seiten. Darüber, dass er auf dem Klo sitzt. Wie die Exkremente seinen Leib verlassen, und wie sie riechen. Vor allem, wie sie riechen. Im Vergleich zu dem, was er gegessen hat. Oder noch lieber getrunken.«

»Aber … warum?«

»Weiß ich nicht. Er lebt nicht mehr. Am liebsten hatte er den Geruch am Tag nach zwanzig Halben. Beim Kacken.«

»Zwanzig ...?«
»Er war Alkoholiker. Ja, zwanzig.«
»Harte Arbeit, ich muss schon sagen. Zwanzig Halbe.«
»Aber der Geruch hing anderthalb Stunden in der Luft. Das fand er toll.«
»Und darüber hat er geschrieben ... und du, worüber schreibst du?«
»Na ja ... du hast in deiner Musikzeitschrift über Bob Dylan gelesen, habe ich gesehen.«
»Dylan ist Spitze. Dylan ist alles.«
»Er hat ja vor allem viel Text und wenig Musik, findest du nicht?«
»Tja ... doch. Nein.«
»Aber wovon handeln Dylans Texte?«
»Von Liebe. Frauen. Kleinen Leuten. Vom Menschsein.«
»Und sonst noch?«
»Nein.«
»Und darüber hat er geschrieben, immer wieder.«
»Ja.«
»So ist das auch mit uns.«
»O verdammt. Das ist ja der pure Volkshochschulkurs.«
»Du hast angefangen.«

Und plötzlich geht mir auf, dass es ein Fehler war, herzukommen. Nicht nur wegen meines vergeudeten Sprachgehörs. Denn als ich die Kaffeetasse an den Mund hebe, begegne ich dem Blick von einem von Rickards Kollegen. Er ist allein hier.

»Meine Güte, Emma. Ich dachte, du wärst wieder in Oslo«, sagt er.

»Bin schon unterwegs, fliege morgen früh. Musste erst noch ein Interview hinter mich bringen. Draußen beim NRK.«

»Und mit dir und Rickard ist Schluss, habe ich gehört?«
»Was hat er denn gesagt? Darüber?«
»Nur, dass Schluss ist.«

Alle starren ihn an. Den Promi. Nur wenige haben mich angeglotzt, und der Dylananbeter hatte keine Ahnung, wer ich bin. Aber ich hätte nicht herkommen sollen. Dyvekes Weinkeller ist für anständige Leute. Für solche, die die Bedienung zum Wahnsinn treiben, indem sie immer nur ein Glas aus immer neuen Flaschen bestellen, die geöffnet werden müssen, worauf diese Leute versnobte Adjektive über die Qualität des Abgangs von sich geben.

Aber der Spaziergang, zwei Stunden allein mit meinem eigenen Leib, draußen in der freien Natur, hat mich die Situation zu einfach sehen lassen.

»Ich muss jetzt los«, sage ich. »Muss früh raus.«

Der Dylanmann nuschelt einen Abschiedsgruß. Der Promi nimmt mich in den Arm, und für einen Moment schauen auch mich alle an.

Ich brauche nicht zu fragen, ob es im Ambassadeur freie Zimmer gibt; in diesem Hotel will nämlich niemand wohnen, außer Leuten, die noch nie in Bergen waren und blind dem eleganten Namen vertrauen. Das Hotel ist fast nie ausgebucht, abgesehen von extremen Zeiten, die mit Fest- oder Fußballspielen zu tun haben.

Im Erdgeschoss liegt die berüchtigte Fußballkneipe. Ich glaube, Rickard war noch kein einziges Mal dort. Und als ich mich außerdem als Lene Isaksen ins Gästebuch eintrage, fühle ich mich sicher.

Ehe ich das Hotel Norge verlassen habe, habe ich nach Treu Ausschau gehalten. Ich wollte so gern wissen, ob es ihm gut geht. Dass er mit seinem roten Halstuch und versorgt von dem fürsorglichen Rabulisten umhertrabt. Vielleicht hätte er sich heute Abend sogar streicheln lassen. (Treu, meine ich, nicht der Rabulist.) Sich streicheln lassen, weil ich ihn verlasse. Und ich muss noch etwas über Treu sagen, nämlich, dass er mit der eigentlichen Geschichte rein gar nichts zu tun hat; ich habe ihn weder aus Effekthascherei noch wegen Komposition oder Plot dazugenommen. Er ist Wirklichkeit. Und in der Wirklichkeit existieren Individuen, die ganz unabhängig davon auftreten, was unbekannte Beobachter gerade zu beobachten wünschen. In Wirklichkeit ist jedes Individuum nur für sich selber wichtig. Deshalb: Wenn ich erwähne, was Treu um den Hals trägt, was er macht und wo er pisst, dann nur, weil es Wirklichkeit ist, und nicht, weil ich einen schwarzen Hund brauche, der auf symbolische Weise verstärken kann, was ich sage. Oder nicht sage. Ja, ich würde sogar behaupten, wenn Treu nicht existierte, würde ich niemals auf die Idee kommen, ihn zu erfinden.

Es ist halb zwölf Uhr nachts. Rickard zappt jetzt sicher und zieht ansonsten Energie aus seinem grenzenlosen Ekel über eine großkotzige Autorin, an die er zufällig bei einem Auftrag in Oslo geraten ist; eine Autorin, von der er glaubt, dass sie nicht einen einzigen schwachen Punkt besitzt, nicht einen einzigen *undurchdachten* Punkt, überhaupt keinen Zugang zu rotem, bloßgelegtem nacktem Fleisch, eine Autorin, die bereits erwachsen und kompetent und freiberuflich und mit vollem Zugriff auf alles geboren worden ist. Ob er sein Bett wohl neu bezogen hat? Mir geht auf, dass er das während meines ganzen Besuchs nicht ein einziges Mal getan hat. Was für ein Schwein. Aber möglicherweise ist es jetzt ja so weit. Er putzt und räumt mich aus dem Haus und fährt mit feuchtem Klopapier durch die Fächer des Badezimmerschranks. Eine Frau würde das jedenfalls tun. Die

Wohnung eine symbolische Katharsis durchmachen lassen, um dann neu anzufangen, mit Wollmäusen, die aus einer unabhängigen Lebenssituation heraus entstehen. Gemeinsam erarbeitete Wollmäuse sind uns immer verhasster als die, die wir auf eigene Faust erwirtschaftet haben. Diese können wir fast lieb gewinnen, sie werden zu Freundinnen, auf die wir uns verlassen können.

Mein Zimmer im Ambassadeur könnte aus einem Kieslowski-Film stammen. Es gibt keine Bettdecke. Der Heizkörper unter dem Fenster ist von Rost gefleckt. Das Linoleum wirft Blasen. Das Waschbecken im Badezimmer hat einen Hahn für Kalt und einen für Heiß, von der Sorte, bei der wir uns entweder verbrennen oder Frostbeulen zuziehen. Das Wasser hat orange Streifen aufs Porzellan gemalt, wie mit einem breiten Pinsel. Die Badewanne weist auf dem Boden und in einem Kreis um den Abfluss dieselbe Farbe auf. Die Bodenfliesen sind gesprungen.

Doch der Lärm aus der Etage unter mir ist einfach beruhigend. Obwohl das Zimmer dramatisch gesehen ein wunderbar literarisches Zimmer ist, man könnte sich leicht zu einem finnischen Text inspirieren lassen. Auch der Lärm stimmt. Sufflärm, Alkgefasel. Bald werden sie sich prügeln, das weiß ich, ich habe sie von der Straße aus gesehen und noch nie hier gewohnt, aber bald werde ich ihre Stimmen durch das Fenster und nicht durch den Boden hören, denn sie werden auf Hamburgerjagd in die Stadt ziehen. Das erinnert mich an ... vor drei Wochen wollte Rickard einen amerikanischen Konzertpianisten herumführen, der in Troldhaugen ein Griegkonzert gab. Nach allerlei Sehenswürdigkeiten hatten wir Hunger, und ich schlug vor, ins Burger King zu gehen, um ein gewisses Gegengewicht zur ganzen Geschichte zu erlangen. Rickard lachte hämisch und spöttisch, der Pianist jedoch nickte begeistert, und Rickard hörte auf zu lachen und kam offenbar zu dem Schluss, dass nicht einmal kultivierte Amerikaner sich von ihrer dekadenten Hamburgerhörigkeit befreien können. Doch als wir im Burger King ankamen, fiel dem Ami das Kinn auf die Brust. Er hatte »Bergen King« verstanden. Aber wir blieben dort. Und aßen.

Es wäre eine gute Erinnerung, so beim Einschlafen. Wenn mir nicht plötzlich einfiele, wie wunderschön amourös Rickard später wurde, als der Pianist mit mir zu flirten versuchte.

»Gleich poliiär ich diär deine miese Frässe!«, schreit gleich darauf unten auf der Straße eine Fistelstimme. Das ist besser.

Das hier ist fast schlimmer. Als wirklich angerufen zu werden. Ich werde gewissermaßen handlungsunfähig. Der Einbahnstraßenkommunikation preisgegeben.

»Hallo, Emma, hier ist Åse vom Verlag. Eine Dame hat um deine Nummer gebeten. Ich hab sie aber nicht rausgerückt. Sie hätte ja lügen und sich als Journalistin ausgeben können, aber sie kam mir nicht ganz ... was soll ich sagen ... normal vor. Betrunken oder ... ich weiß nicht. Sie war auch ziemlich wütend. Sie heißt Tove, einen Nachnamen hat sie nicht genannt. Bergenserin. Ihre Nummer wollte sie mir auch nicht geben. Sag Bescheid, wenn sie deine haben darf. Falls sie sich noch einmal meldet.«

»Hallo, ich bin's. Scheiße, du bist doch in Bergen! Was soll das eigentlich? Hast du einen anderen? Lügst mich an und behauptest, du wärst in Oslo! O verdammt!«

Ich rufe Åse an und sage, wo ich bin.
»Und diese Tove kann mich hier im Ambassadeur erreichen«, sage ich, dann plaudern wir noch eine Runde über das Svalbardbuch. Was mir ein dermaßen schlechtes Gewissen macht, dass ich auf unglaubwürdig übertriebene Weise behaupte, wie wunderbar leicht das alles gehe.
»Du hast ja noch Zeit«, sagt Åse, die mich durchschaut hat. »Brauchst du Geld?«
»Das nicht.«
»Und Liebe?«
»Das doch.«

Erst, als ich aufgelegt habe, fällt mir ein, dass ich Lene Isaksen bin. Ich rufe die Rezeption an und erfinde eine lange Geschichte, warum sie meine Anrufe an mich durchstellen sollen, obwohl ich Lene Isaksen bin.

Auch heute regnet es. Ich stecke Rickards Schlüssel ein und gehe hinaus ins Bergenser Wetter. Das Verkehrsgeräusch ist normal und stetig. Ich muss noch einmal an meine Kollegin denken, die behauptet hat, dass mit dieser Stadt etwas nicht stimmt. Sie müsste jetzt hier sein und sehen, dass die Autos aussehen wie in Oslo, dass die Leute sich kleiden wie in Oslo, dass die regenschweren Wolken ebenso grau sind, dass die flirrenden Taubenscharen auf genau dieselbe Weise auffliegen, dass der nasse Asphalt genau die gleichen kreideweißen Kaugummiflecken aufweist, dass die Schaufenster ebenso schmutzig sind, dass auch die Leute hier auf ihre Treppen Krüge stellen, in denen die Blumenkronen sich langsam füllen, bis sie zu schwer werden und die Blume zur Seite kippt und sich leert.

Er hat ein schreckliches Chaos veranstaltet. Dieser Anblick macht mich fast glücklich. Die Wohnung riecht nach kaltem Kaffee, die Fernbedienung liegt genau an der Stelle, wo er in der vergangenen Nacht vermutlich gesessen hat. Der Bildschirm ist von Staub und Nikotin verklebt. Nächste Woche wird er darin sitzen. Dann wird er lange schlafen, ehe er zur Arbeit geht. Es waren schöne Wochen. Hektische Morgenliebe und lange Frühstücke mit frischen Brötchen; abends, wenn er fertig war, trafen wir uns zum Essen und zum guten Trinken in der Wesselstue, mit ganzen Horden von Journalisten, die diskutierten und sich stritten und es spannend fanden, mich kennen zu lernen.

Das Bett ist unverändert, mit seinen grellen Farben. Ich

würde gern etwas tun. Ihm zu verstehen zu geben, dass ich hier in seinen tiefsten Geheimnissen gestanden habe, während er sich sicher wähnte. Sich sicher wähnte. Man ist nicht sicher, das wähnt man sich nur. Obwohl wir den Ausdruck auch so deuten könnten, dass wir so lange und verbissen wähnen, dass wir uns allein deshalb am Ende sicher fühlen.

Ich kann sein Bettzeug stehlen und es wegwerfen. Ich kann mit meinem Lippenstift den Toilettenspiegel bekritzeln. Ich kann auf den Boden pissen. Ich kann CDs klauen. Der Spiegel, ja ... möglicherweise stelle ich etwas mit dem Spiegel an. Das wäre eine wahrhaft narzisstische Tat. Ich lache laut. Aber mein Lachen trifft auf Buchrücken und Staub und fremde Wände und überlebt nicht lange. Ich bin nicht hier, gehöre nicht dazu. Obwohl ICH doch in Westnorwegen aufgewachsen bin, während Rickard durch Groruddalen stapfte und seine schadenfrohe, sensationsgeile und exhibitionistische Persönlichkeitsabweichung aufbaute. Ich bin in dieser aus Zement gegossenen, gemauerten, spitzgiebligen Stadt ZU HAUSE. Rickard bezahlt in Bergen nur seine Steuern, das reicht nicht.

Neben dem Bücherregal hängt ein kleines gerahmtes Bild von ihm an der Wand. Er ist ein sieben Jahre alter Schulbub. Ich nehme mir eine Zigarette und stelle mich davor, vertiefe mich in sein Gesicht und seine Pose, in die Augen, die über einer sommersprossigen Nase und einem triumphierend verlorenen Milchzahn vor Leben leuchten. Meine Asche fällt zu Boden, er ist niedlich. Er ist ungeheuer niedlich. Manche bekommen Kinder, andere nicht. Manche trauen es sich zu, kleine Zellen einen ganzen Menschen aufbauen zu lassen, andere fragen sich mit etwa siebzig, ob sie jetzt vielleicht über genügend Lebenserfahrung und Reife und damit elterliche Kompetenz verfügen. Es ist ein Schwarzweißbild, aber bestimmt trägt er einen roten Schulranzen. Klein-

Rickard mit dem roten Ranzen, und zum ersten Mal weine ich in dieser Wohnung. Nicht sehr, aber genug, um meine Zigarette nass werden und sterben zu lassen. Und ich hätte dieses Bild gern gestohlen, aber die Befriedigung, mit der Rickard den nackten Nagel in der Wand entdeckt hätte, hält mich davon ab, es in die Tasche zu stecken.

Stattdessen gehe ich ins Schlafzimmer. Im Nachttisch finde ich die Kondome, die ich selber gekauft habe. Die Packung ist noch ungeöffnet. In der anderen sind nur noch zwei. Die stecke ich ebenfalls ein. Danach nehme ich die Batterien aus der Fernbedienung und stopfe sie in die Blumenerde um eine riesige Palme. Die Batteriesäure wird den Rest erledigen.

Der Schlüssel trifft mit totem Pling auf den Briefkastenboden auf, und ich bereue. Ich hätte noch mehr tun sollen. Alle Leckereien, die ich selber angeschafft habe, aus dem Kühlschrank nehmen, zum Beispiel. Wo ich doch in der Eile vergessen habe, die Flaschen aus der Minibar im Hotel Norge mitzunehmen.

Ich schaue mich in den Straßen um, betrachte das Dach des technischen Museums, die frischrenovierten Fassaden, die Spielplätze, die schmächtigen Bäume mit den engen, schmiedeeisernen Gittern um den Stamm, die Rhododendronbüsche vor den weiß getünchten Kellerwänden. Ich horche auf den Lärm der Møhlenprisschule, und höre aus der Ferne die Vögel im Park zwitschern. Die Menschen sind in der Schule und bei der Arbeit, nur die eine oder andere Tagesmutter regiert unangefochten in einer fremden Wohnung, durchwühlt Kommoden mit Unterwäsche, sucht in Nachttischen nach Pornoheften und Handschellen und anderen für sie unerklärlichen Requisiten; studiert Spermaflecken auf den Laken, liest Briefe, die sie im Bücherregal findet, stiehlt Kleingeld vom Dielentisch und findet es wunderbar, für diese Menschen keine Verantwortung zu empfinden, sondern deren Nachkommenschaft einfach nur im richtigen Moment Bananenpüree und Milch und ein Minimum an menschlicher Zuwendung liefern zu müssen.

Und die Affenschädel sind noch immer im Boden eingelassen. Geblendete Beobachter, die den Nacken des Nachbarn dicht vor Augen haben, in alle Ewigkeit. Alles ist so still. Einsam. Geht mich nichts an. Aber ich könnte dorthin gehen, wo die Kloake in den Puddefjord strömt. Ich könnte mich am Geländer fest halten und mich bücken und die Stufen unten im Wasser anstarren, die heute wegen des Wetters eine andere Farbe aufweisen. Ich könnte mir Gedanken machen. Könnte ein Stückchen weiterkommen, ohne zu ertrinken. Könnte mich fragen, warum es mich so ergriffen hat, warum ich das weißrote Bild vor der sonnenblanken Fläche schützen wollte, wie ein Foto meines eigenen toten Kindes, das einzige, das ich aus dem Hausbrand retten konnte. Ich könnte mich fragen, warum ich unbedingt eine Verteidigungsmauer errichten will, deren Sinn ich nicht begreife. Könnte aus einer zufällig vorübertreibenden Minibinde, die alles in die richtige Perspektive setzt, die mir befiehlt, schleunigst die Stadt zu verlassen und Tövchen zu vergessen, Kraft ziehen. Könnte ganz einfach feststellen, warum ich auf den Grund will, um dann wieder nach oben zu treiben, um dann darüber eine Novelle schreiben zu können. Eine Novelle? Langsam hat die Sache schon Ähnlichkeit mit einem Roman. Wenn ich nicht bald mit Tövchen sprechen kann, wird das ein Roman, zum Henker.

Aber ich gehe nicht zur Kloake, ich wandere über Nygårdshøyden, über Treppen ohne Plattstickerei und blinkende Broschen, die am Ende warten. Nasse, unebene

Treppenstufen strecken sich unter meinen Fußsohlen aus. In der Sekunde, in der ich mein Gewicht nach oben geschoben habe, liegen sie da wie immer. Den Mikromillimeter Erosion, den ich dem Zement zugefügt habe, wird niemand auf mich zurückführen können, wie bei Tempelfjell gibt es keine Verantwortung für die Zerstörung; sie ist ein passiver destruktiver Effekt der Tatsache, dass die Zeit weiterrollt und ich mit ihr, wie ein Alk, der oben auf seinem Berg sitzt und nervös mit den Füßen scharrt; wie die Tatsache; dass eine Beobachtung von der anderen abgelöst wird. Mich älter macht. Mich zum personifizierten Zahn der Zeit werden lässt, zu einem Zahn, der es niemals schaffen wird, sich zu einem Ziel durchzunagen, den Knochen in der Mitte zu finden.

»Polizei Bergen, bitte sehr?«
»Es geht um den Mann aus dem Puddefjord. Den Ertrunkenen. Wissen Sie schon, wer er ist?«
»Mit wem spreche ich?«
»Inger ... Taraldsen.«
»Wissen Sie etwas über diesen Mann?«
»Sie wissen also auch nichts.«
»Ich habe Sie gefragt.«
»Ich weiß auch nichts.«
Die Telefonzelle ist von der aussterbenden Sorte. Alt und rot, ein kleiner Schlupfwinkel, wo nicht nur Schultern und Kopf von einer Plexiglashaube geschützt werden, sondern der ganze Körper. Es ist unangenehm, in den neuen offenen Telefonhauben reden zu müssen; man kehrt der Welt den Hintern zu, alle können sehen, ob man unsicher von einem Fuß auf den anderen tritt, können hören, wie laut man spricht, verstehen sogar einzelne Wörter. Eines Tages werden wir uns nach den roten, körperschmalen Häuschen seh-

nen, doch an diesem Tag wird es zu spät sein. Erst lange Zeit, nachdem der Fortschritt einen Gegenstand als veralteten Müll klassifiziert hat, fangen wir an, ihn zu lieben.

In hohem Tempo fährt ein Krankenwagen an mir vorbei. Ein Mensch bewegt sich gebückt hinter weißverschleierten Fenstern. Ich denke plötzlich an Blut. An viel Blut. Und muss mich einen Moment setzen, neben einen Krug voller Blumenköpfe, die bis an den Rand mit Wasser gefüllt sind, wie bodenlose Seen. Ich kann nicht an Blut denken; wenn ich zu lange daran denke, muss ich mich erbrechen oder mich hinlegen. Es geht eigentlich nicht so sehr um das Blut selber, ich kann die Vorstellung von Bluttransfusionen nicht ertragen. Dass ich welches bekomme. Das Blut eines anderen. Es ist immer ein Mann. Und dieses Blut soll durch mich hindurchströmen. Wenn ich mir in den Finger schneide und ihn in den Mund stecke, sauge ich wildfremde Blutstropfen in mich hinein. Und bei der Menstruation strömt Per Hansens Blut aus meiner ganz privaten Gebärmutter.

Ich schiebe den Finger in eine Blume. Die läuft über, muss nicht umkippen, vielleicht abbrechen, nicht sterben, ich habe ihr das Leben gerettet. Mit dem feuchten Finger fahre ich mir über die Stirn. Danach mache ich das Kreuzzeichen, aus einem Impuls heraus; weil es dramatisch und fremd wirkt, wenn jemand mich jetzt sieht, von einem Fenster her vielleicht, wenn mich jemand dabei sieht. Diese Person würde das nie vergessen. *Wie sie da im Regen auf der Treppe saß und sich an die Stirn fasste und sich dann bekreuzigte, du kannst dir ja nicht vorstellen, wie seltsam das ausgesehen hat. Wie unerwartet!*

Ich war nicht allein mit dem Schamanen. Es waren mehrere, die um das Lagerfeuer lagen und in inneren Bildern davonschwammen. Später, in wachem Zustand, haben wir die Bilder verglichen. Zwei hatten dasselbe gesehen, dieselbe Geschichte aufgesucht. Was sie erzählten, kam mir beeindruckend und erschreckend vor, sie hatten sich sogar gegenseitig gesehen. Ich bin am nächsten Tag ausgestiegen, ich wollte nicht mehr. Denn es gibt niemals zwei gleiche Geschichten. Ich stehe ein wenig unsicher von der Treppe auf und flüstere: »Es gibt niemals zwei gleiche Geschichten, das glaube ich einfach nicht.« Aber was ist aus seiner Mütze geworden? Die war in der Zeitung nicht erwähnt. Wie hat sie ausgesehen? Ich weiß noch, dass ich sie sehr jugendlich fand, aber das kann an der Farbe gelegen haben. Und als er im Boot saß und die letzten Worte zu mir sprach, hat er das Kinn ein wenig gehoben und die Sonne unter den Schirm gelassen. Es kann aber keine Aufsehen erregende Farbe gewesen sein, wo er in meiner Erinnerung doch rot und weiß ist, nur das Album fügte noch einen Grauton hinzu. Ich stehe von der Treppe auf und ärgere mich darüber, dass ich den Schlüssel zurückgegeben, dass ich ihn widerspruchslos in den Briefkasten geworfen habe.

Ich gehe gern bergab. Der Körper lässt sich selber los, physische Newton-Gesetze ziehen mich an sich wie große, warme Großmutterarme mit lockerem Unterarmfett und klein karierter Haut. Ich spüre den scharfen westnorgischen Winkel der Treppe in meinen Waden, ich gebe mich der Kraft hin, die mich zum Kern hinsaugt. Und plötzlich weiß ich es wieder! »Big Time« stand auf seiner Mütze. Und sie war ebenfalls rot. Ich lasse meinen Körper einige Zentimeter zu einem neuen Stück nasse Straße hinunter. Big Time, große Zeit, eine so riesige Zeit, dass das Licht verschwindet, auch wenn es ursprünglich ein Ziel hatte. Big Time, weiß gestickt. Die Mütze hat ihm sicher ein Mensch geschenkt, dem diese Wörter gefielen. Aber ich sehe sie jetzt allein durch den Puddefjord treiben. Verschmutzt. Hoffnungslos optimistisch.

Vom Hotelzimmer aus rufe ich Siri an, die freie Mitarbeiterin von »Cupido«. Ich habe es schon satt, einen Hörer am Ohr zu haben, noch ehe ich die Nummer wähle. Die Kondome liegen auf meinem Nachttisch. Dazu werde ich mir immerhin eine Nachricht von Rickard anhören müssen, und ich freue mich darauf.

Siri ist jung und ehrerbietig. Sie findet es mutig, dass ich eine solche Geschichte geschrieben habe, ich verkneife mir eine zustimmende Bemerkung. Sie sagt, mein Buch habe ihr Leben verändert, ich frage, ob es nicht eine Nummer kleiner geht. Ich betrachte beim Reden mein Gesicht und sauge Rauch hinein. Ich frage mich, ob ich mir einen anderen Lidschatten zulegen sollte. Etwas tun. Die Haare färben. Schneiden? Sie sagt, sie habe über das Ende geweint und will wissen, warum das so sein musste, so überraschend, so weh, so einsam. Aber jetzt habe ich gelernt. Ich gebe keine Antwort, sondern reagiere mit einer Gegenfrage; hat sie verstanden, warum sie geweint hat? Noch ehe sie antworten kann, sage ich, die Antwort auf diese Frage sei die Antwort auf ihre Frage. Ich blase Rauch gegen mein Spiegelbild und hülle mich in eine Wolke. Siri fragt, ob ich schreibe, um die Krise zu steigern. Ich antworte verwundert mit ja, ehe ich mir die Sache überlegen kann.

»Natürlich steigere ich die Krise. Ich kreiere keine Krisen aus existierender Wirklichkeit, sondern ich füge durch meine Geschichte eine neue Wirklichkeit hinzu, und das wird im Kopf der Leserin zum letzten Tropfen und löst etwas aus. Wenn die Geschichte trifft, natürlich nur.«

Sage ich. Siri versichert mir, dass die Geschichte trifft. Voll ins Schwarze. Mitten hinein. Ich frage sie nach dem, was sie auf meinem Anrufbeantworter hinterlassen hat.

Über die Reaktionen. Will sie nichts darüber wissen? O doch, sie hat Zeit genug, aber was ist mit mir? Ich antworte, in »Cupido« stünden doch sonst nicht so lange Interviews. Ja, aber das hier sei eine Ausnahme, dazu habe sie die Redaktion überreden können, denn die Rezeption meines Buches passe genau in die Diskussion über Grenzen, an denen es liegt, dass man »Cupido« nicht als Porno bezeichnen könne. Ich stecke mir eine neue Zigarette an, und mir ist schon schlecht. Aber an Blut werde ich nicht denken.

Und dann plaudern wir über Porno. Siri über meinen Roman, ich über Zeitschriften und Filme. Es ist die längste und vorhersagbarste Debatte der Welt, ihren Sinn habe ich noch nie verstanden. Aber ich erzähle ein wenig über fremde Männer, die anrufen, weil sie glauben, ich habe ihr innerstes Wesen verstanden, da es ihrer Ansicht nach nur um Sexualität geht, und ich erzähle über Kritiker, die sich zur Handlung eines Romans äußern, statt zu dem Projekt überhaupt. Das sind Reaktionen. Ich kann sie lieben oder hassen, aber es sind Reaktionen. Und wir reden über Einsamkeit, über Bedürfnisse, darüber, dass Frauen über Texten fantasieren und Männer über Bildern. Über solche Dinge reden wir.

Doch plötzlich mag ich nichts mehr sagen, obwohl es lange Zeit witzig war, viel zu sagen und trotzdem professionell verschlossen zu bleiben. Am Ende bin ich müde. Es ist anstrengend. Und Schriftstellern liegt es wohl auch eher als Schriftstellerinnen. Männer sind daran gewöhnt, mit Worten um sich zu werfen, ohne ihre wirkliche Meinung mitzuteilen. Ich sage, es klopft, ich habe einen Termin. Sie will mir das Interview vor dem Druck schicken, aber ich sage, das sei nicht nötig. Auch wenn sie alles missverstanden hat und mich als noch dümmer erscheinen lässt, als ich eigentlich bin ... das interessiert mich wirklich nicht weiter. Ich kenne die Leute nicht, die das Interview lesen, sie sind mir egal. Als ich auflege, kommen mir die Tränen, deshalb schalte ich ganz schnell den Mac ein. Das Licht des Bildschirms beruhigt mich, ich starre lange die Icons an, dann suche ich eine alte Novelle heraus, die vor drei oder vier Jahren in einer Anthologie erschienen ist, eine Novelle, von der niemand genug begriffen hat, um sie zu verabscheuen, einen angreifbaren und demütigen Text über ein kleines Mädchen, einen Text, in den alle sich hineinversetzen, einen Text, den die Kritiker »in Moll gestimmt« nennen können, ohne sich an ihrem eigenen eingerahmten »Weinenden Kind« zu verschlucken. Einen so wenig widersprüchlichen und widerspenstigen Text, dass niemand mehr weiß, wer ihn geschrieben hat.

Ich lese die Novelle dreimal.

Ich denke an Ruhm. Ich denke an Bücherstapel und Remissionsabsprachen, an Quartalsbände und Schmusebücher und Werbegeschenke und Lesungen und ganze Seiten mit Farbbild. Tief unten in meinem Bauch nimmt eine leise Aggression Form an, und ich lasse sie einige Minuten lang anschwellen, ehe ich sie als zarten Keim eines verkannten Genies identifiziere. Verkannte Genies sind verbittert. Kein Gefühl verschlingt mehr Energie als Verbitterung, und das kann ich mir einfach nicht leisten. Das weiß ich, ich glaube es nicht nur. Und damit bin ich nicht mehr traurig. Und auch nicht einsam. Denn ich kann mir nicht vorstellen, wer mir Gesellschaft leisten könnte. Und wir lernen aus allem. Es ist anstrengend, aber wahr. Was mich nicht umbringt, macht mich stark. Für mich ist es ein Symbol für absoluten Ruhm, wenn eine Boulevardzeitung mein Bild mitten ins Sonntagskreuzworträtsel setzt, mit einer langen grauen Kreuzwortstraße, die in meinem Pony beginnt. Solche Sonntagskreuzworträtsel sind ganz leicht zu lösen. Und dann bin ich berühmt. Dann bin ich einwandfrei zu Ruhm gelangt in einem Land, in dem kaum jemand mehr als drei Generationen von den Pflugfurchen getrennt ist. Aber mein Gesicht ist noch nie in einem Sonntagskreuzworträtsel aufgetaucht.

Ich greife in den Stapel der arktischen Bilder, schließe die Augen und ziehe eins heraus. Ich öffne die dazugehörige Datei und betrachte dabei das Bild. Es zeigt fossilisierte Blätter. Ich schreibe. Ich schreibe schnell.

Einmal sind diese Blätter von einem Baum gefallen. Der Sommer hat ihnen das Chlorophyll genommen. Ihre Farben glitten von Gelb zu brennendem Rot. Doch kein Kind hat sie aufgesammelt, um sie auf weißem Karton unter einem Stapel aus Lexika zu pressen. Niemand fuhr mit dem Rechen über sie hin, niemand baute luftige Pyramiden, an die dann ein Streichholz gehalten wurde. Kein verschmähter Liebhaber wanderte allein durch die Nacht und versetzte ihnen Fußtritte.

Die Jahreszeit wurde zu einer Millionenjahreszeit, zur Tertiärzeit.

Sie sind jetzt kalt, die Blätter.

Wenn du die Augen schließt und an ihnen leckst, kannst du die Zeit schmecken.

Ich sehe die Wörter nicht mehr. Es ist ein kurzer Text. Ein präziser Text. Ein richtiger Text. Zusammen mit dem Bild regt er zum Nachdenken an. Ich schließe die Datei, das war's. So arbeiten Profis: Auf den Wellen der Irritation kann schöne Literatur an Land gespült werden.

Aber du musst doch etwas über sie wissen? Du hast doch gewusst, was sie trinkt!«

»Sie hat gesagt, was sie haben wollte.«

»Du hattest sie noch nie gesehen, willst du das damit andeuten?«

»Ich versuche eigentlich, so wenig wie möglich anzudeuten.«

»Hör mal, Paul. Ich will ihr wirklich nichts Böses. Ich muss nur mit ihr sprechen. Wirklich!«

»Aber sie wollte ja offenbar nicht mit dir sprechen.«

»An dem Abend nicht, nein. Aber jetzt hat sie mich angerufen. Hat versucht, mich zu erreichen. Es ist wichtig.«

Paul schwankt schon. Wenn er das Glas in seiner Hand noch länger wienert, dann sollte er es einer Fernsehreklame für ein Spülmittel vermachen, statt es ins Regal einer Bergenser Karaokebar mit ostwärts gerichteter Schnapslizenz zu stellen.

»Ich respektiere deine Unbestechlichkeit«, sage ich und versuche, seinen Blick einzufangen.

»Die brauch ich hier auch«, sagt er, und kostet dieses lange Wort aus.

»Und ich brauche meine auch«, sage ich. »Deshalb kannst du mir unbesorgt sagen, wo ich sie finden kann.«

Avancierte Logik. Komplett unlogisch, aber sie wirkt.

»Sie kommt ziemlich oft her«, sagt er.

»Weißt du, wo sie arbeitet?«

Er kehrt mir den Rücken zu, stellt endlich das unglaublich saubere Glas ab und sagt leise: »Du kannst es unten am Strandkai versuchen. Aber es ist noch ein bisschen früh.«

Aha. Ich hab's ja geahnt. Ich hatte gerade angefangen, es zu ahnen.

»Aber kann sie in einer anderen Bar sein? Jetzt, was glaubst du?«

Ich rede schnell, um zu beweisen, dass seine feinfühlige Mitteilung mich nicht erschreckt.

»Vielleicht im H.C. Andersen.«

»Hast du sie schon mal mit einem älteren Mann gesehen?«

Jetzt endlich erwidert er meinen Blick. Hart. »Sie arbeitet hier nicht«, sagt er. »Nie.«

»Der Mann ist ein gemeinsamer Freund von Tove und mir«, sage ich.

»Ach.« Paul nimmt sich ein neues Glas.

»Er hat keine Arbeit«, sage ich und lobe mich, weil ich das Verb in die richtige Zeit gesetzt habe. »Also, hast du?«

»Vielleicht.«

»Weißt du, wie er heißt?«

Er dreht sich zu mir um: »Hast du nicht gesagt, er ist ein Freund …«

»Ein Freund, dessen Namen … ich nicht weiß.«

Ich lache dämlich, aber das hilft nichts. Paul schaut mir ins Gesicht, mustert mich.

»H.C. Andersen«, murmele ich und gehe.

Nichts, was ich vorher oder nachher gelesen habe, hat mich tiefer beeindruckt als »Das hässliche Entlein«. Ich war beim ersten Mal acht Jahre alt. Es sagt nicht viel über das, was ich bis zu diesem Zeitpunkt gelesen hatte, aber ziemlich viel über das, was später kam.

Ein junger Mann vor dem Dickens kann mir weiterhelfen.

»Unter der Johanneskirche«, sagt er und kaut weiter in

gefährlicher Nähe zu einem Pickel an seiner Unterlippe herum.

Für ihn ist das der Name einer Kneipe, ich glaube nicht, dass er dem Entlein dabei auch nur einen Gedanken widmet, ihm ist sein Pickel wichtiger, und außerdem hat er Hunger, Durst, ist satt, müde oder geil. Gut, dass wir mit der Sprache mehr können, als nur Grundbedürfnisse zu vermitteln, denke ich und wandere durch die Vaskerelvsmau. Ohne das geschriebene Wort wären wir nur Tiere, dann stünden wir mit Eva vor dem Baum, brav, ohne zu essen, und kämen nicht vom Fleck. Und es geht nicht nur um Sprache an sich, sondern um geschriebene Sprache. Denken wir doch nur an die Urbevölkerungen, von den Indianern bis zu den Aborigines. Die haben ihre mündliche Überlieferung, und was hat ihnen das gebracht? Wenig, wenn wir vom kulturellen Status ausgehen. Mündliches Erbe stirbt. Schriftliches Erbe lebt. Homer lebt, obwohl die Welt, in der er geschrieben hat, tot ist. Dante lebt. Das Kulturerbe der Indianer stirbt mit ihnen zusammen aus. Und das der Sami. Der Eskimos. Wohlmeinende Völkerkundler können diese Kulturen noch für eine gewisse Zeit am Leben erhalten, mit Hilfe von Sauerstoffzelten und ... Bluttransfusion, aber sie können nur, hier und jetzt, die Reste einfangen. Während wir Homer mit Hamsun vergleichen und die Bandbreite dieser Literaturen erleben. Es bringt nichts, von einem Punkt aus eine Linie zu ziehen, wir brauchen zwei Punkte. Erst dann sehen wir, wo die Linie weitergeht und können Abweichungen definieren und deuten. Ich fühle mich für einen Moment feierlich gestimmt und stolz, weil ich große Literatur kenne, weil ich in meiner eigenen Zeit ein kleines Rädchen bin, ein lächerlich kleiner Punkt, aber eben doch ein Punkt, an den in hundert Jahren die Literaturforschung ein Lineal anlegen kann; aber wenn ich an das Schicksal glaubte, würde ich ihm Vorwürfe machen, denn schließlich gibt es der Geschichte einen komischen Anstrich, wenn es gerade mich in eine Kneipe dieses Namens schickt: Genannt nach einem Schriftsteller, der in mir vermutlich den ersten Keim des Neides gepflanzt hat, weil er mich dazu gebracht hat, vor Glück zu weinen. Und literarischer Neid ist meine stärkste Antriebskraft.

Doch nicht einmal H.C. Andersen war unfehlbar. Der beste Satz im »Hässlichen Entlein« ist im Text viel zu gut versteckt, so einfach mittendrin, obwohl er doch an den Schluss gehört, das Ende bilden sollte: »Es schadet nichts, in einem Entenhofe geboren zu sein, wenn man nur in einem Schwanenei gelegen hat.«

»Einen Halben und einen Gammeldansk.«
Ich war noch nie hier, aber es ist genau die Sorte Lokal, wo ich mich hätte verstecken und mir Kriegsmatrosengeschichten anhören sollen, statt am Puddefjord zwischen den Lagerhäusern herumzuirren und Wasser zu suchen. Das ist nicht nur eine braune Kneipe, denn vieles kann als braun bezeichnet werden, sogar helles Beige. Diese Kneipe ist braun wie in Frankreich gebrannte Espressobohnen, dieses Braun grenzt an Kohlschwarz. Diese Kneipe ist geradezu perfekt. Unter der Decke hängen in den Ecken riesige dänische Flaggen, wie alte, eingestaubte Hängematten für tote Fliegen; die Flaggen hingen wahrscheinlich schon hier, als wir unsere Steuern noch an Kopenhagen zahlten. Einmal waren sie weihnachtsrot und perlweiß, und ich nehme das als Omen. Sie wird kommen. Auch, wenn sie von meinen Farbassoziationen keine Ahnung hat.

»Zweiundachtzig Kronen.«
Oder so, sagt die Frau hinter dem Holzverschlag, der einen Tresen darstellen soll. Schwedin in einer dänischen

Kneipe, in einer Stadt, die nur mit sehr viel gutem Willen als norwegisch durchgehen kann. Ich klettere auf einen Barhocker, genauer gesagt auf eine Art hohen Küchenhocker, und betrachte das menschliche Interieur. In einem solchen Lokal sind die Menschen Interieur, keine Gäste. Sie scheinen hier zu wohnen, immer schon hier gewesen zu sein, widerstandslos verfließen sie mit Staub und Nikotin. Zwei junge Nutten lehnen laut lachend in der Ecke, sicher ist Tövchen ihnen bekannt. Eine Gruppe aus drei jungen Männern streut mit Tabak um sich, schlürft Bier und redet langsam und umständlich miteinander, ihnen ist offenbar kaum bewusst, dass sie hier nicht allein sind. Zwei einsame Männer betrachten ihre Finger, die ihre Gläser auf dem Tisch fest halten, um zu verhindern, dass Tisch und Glas ins Universum entschwinden. Eine ältere Dame schaut verstohlen und unwillig zu dem einen Mann hinüber; plötzlich springt sie auf und schnappt sich das Feuerzeug, das vor ihm liegt, mit einer ungeschickten, aber schnellen Bewegung, wartet auf die Beleidigung, die ausbleibt, und marschiert dann zu ihrem Tisch zurück, den sie bei diesem Manöver fast umgeworfen hätte. Die Tresenfrau beobachtet sie mit halbherziger Wachsamkeit. Ein Türsteher ist nicht zu sehen. Hier reicht eine Schlägerei nicht für den Rausschmiss, hier muss wenigstens ein Mord geschehen, ehe der Saal geräumt wird.

Es tut gut, im H.C. Andersen zu Hause zu sein. Und das bin ich wirklich, obwohl ich gut angezogen und nüchtern bin. Ich leere meine Gläser und bitte um Nachschub. In braunen Kneipen ist das Aussehen nicht wichtig, hier geht es um Einstellung und Zustand, um die Art, wie wir um uns blicken, um den Ausdruck in unseren Augen. Wir kommen her, um zu entspannen, um uns einen Rausch anzuarbeiten, und erst in zweiter Linie zum Reden. Und wir werden von

Fremden angesprochen, damit müssen wir leben; ich kann jederzeit zu irgendwem im Lokal gehen und ein Gespräch vom Zaun brechen, und niemand wird auch nur mit der Wimper zucken. Die Codes liegen fest. Und die Codes sind rund und vage, ihnen fehlt es an Primadonnenlaunen und herkömmlichen Manieren. Das hier ist eine Art menschlicher Ausnahmezustand. Eine Oase. Deshalb liebe ich braune Kneipen, inklusive die Espresso-braunen, und ich weiß zugleich, dass ich auf der Hut sein, Augen im Hinterkopf haben muss. In solchen Lokalen passiert alles schnell, überraschend schnell, wenn wir die Promille in Betracht ziehen. Wegen eines Streits um sieben Kronen oder wegen vier in der vergangenen Woche gehörten Wörtern kann ein Pulverfass hochgehen. Pulverfässer besitzen Messer und harte Fäuste; die Fäuste können plötzlich auf den Tisch hauen und Gläser mitreißen oder eine weiche Wange treffen. Und dann gilt es, die Blicke zu senken, sich nicht einzumischen, schon ein leises Wimpernzucken kann als übelste Provokation aufgefasst werden. Uns geht niemand hier etwas an, aber zugleich können wir mit allen reden. Distanz und Nähe vermischen sich auf eine Weise, die uns im Blut stecken muss, wenn wir damit zurechtkommen wollen. Und anständigen Leuten steckt das nicht im Blut. Menschen mit begrenzter Weltsicht wollen keine unvorhersagbare Welt, und es macht ihnen Angst, wenn Querstriche das lineare Fortstreben aufhalten. (Eigentlich kann auch ich das Unvorhersagbare nicht leiden, aber plötzlicher Streit in einer braunen Kneipe ist für mich erwartete Vorhersagbarkeit, in einem Vakuum, in einer Wirklichkeit, mit der ich umgehen kann, weil ich sie jederzeit verlassen könnte. Und, wie ich hinzufügen muss, das mit größter Leichtigkeit und mit größter Feigheit.)

Die Nutten in der Ecke sind jung und niedlich. Auf naive

Weise kräftig geschminkt, mit roten Nägeln, die durch die Luft jagen, und flaumweichen Spalten zwischen den Brüsten. Der Weg den Strandkai entlang ist weit, aber vielleicht arbeiten sie unterwegs, was weiß ich. Sie sind jedenfalls keine kleinen Mädchen mit Schwefelhölzern, die nicht. Sie kennen ihren Platz auf Erden und sitzen nicht barfuß in Torwegen und träumen von geschmückten Weihnachtsbäumen. Und hier kommt Tove.

Sie sieht mich sofort. Ich fange ihren Blick auf und gleite vom Barhocker. Ich registriere dieselbe Aggression wie beim letzten Mal, aber ihre Augen sind nicht mehr geschwollen, und sie ist anders gekleidet. Elegant, frisch, für eine Nutte. Sie strahlt eine Energie und eine Kraft aus, die ich vielleicht zu meinem Vorteil wenden kann.

»Kann ich mit dir sprechen?«, frage ich. »Dir ein Bier ausgeben?«

»Nein.«

»Bleib hier. Bitte. Ich weiß nämlich nicht, was du ...«

»Sag mal, wohnst du nicht in Oslo? Kannst du nicht nach Hause fahren?«

Immerhin bleibt sie ruhig stehen. Drei Schritte ins Lokal, mit einer kleinen silbernen Schultertasche, die wütend hin und her schwingt. Die Nutten in der Ecke verfolgen jedes Wort; ich nehme an, die anderen im Raum machen das auch.

»Ich fahre wieder nach Oslo. Sofort. Wenn du mir sagst, was ich verbrochen habe. Und warum du in meinem Verlag angerufen hast.«

Sie tritt an mich heran. Sie riecht nach Parfum und Zigaretten. Ihr sorgfältig aufgetragenes Make-up hat keine Risse, ihr Mund wohl.

»Es war deine Schuld«, sagt sie leise. »Das wollte ich dir

sagen. Du hast alles kaputtgemacht. Du hast mir alles kaputtgemacht.«

Ihre Augen hassen.

»Wieso habe ich alles kaputtgemacht? Ich habe euch doch geholfen!«

»Geholfen? In dem Moment, ja. Aber glaubst du, das ist eine Hilfe?«

Mein Puls ist lauter als ihre Worte, als meine Worte, ich habe das Gefühl, schreien zu müssen, um gehört zu werden, um zu hören. Sie ist zu plötzlich aufgetaucht, und ich kapiere rein gar nichts. Ich habe nur Blut, das ruckweise durch mein Adernsystem geschoben wird, vor allem durch meine Mundpartie und meine Ohren. Ich nehme ihren Arm, sie reißt sich los, und ich höre nicht einmal das Klacken ihrer Absätze auf dem Holzboden.

»Du bleibst hier«, sage ich. »Du musst mir sagen ... wie meinst du das? In dem Moment ... ich verstehe das nicht.«

Sie dreht sich zur Tür um und geht hinaus, die beiden anderen Nutten springen auf und laufen hinterher. Ich ganz zuletzt. Die Straße glänzt vom Regen, der graue Himmelsfleck am Ende sieht aus wie eine offene Kellerluke, die Autos sausen gleichgültig darauf zu. Sie rennt los. Hinter mir knallt die Tür ins Schloss. Sie hat schon ein Taxi angehalten.

Ich heule hinter ihr her: »Ich wohne im Ambassadeur! Frag nach ...«

Ich habe den Namen vergessen.

»Frag nach ... MIR!«

Sie sitzt im Taxi. Und das fährt los.

»Du musst mir sagen, warum. Sonst muss ich ... ALLES ERFINDEN!«

Das hat sie nicht mehr gehört. Ich spüre das Gewicht meiner Arme an meinem Körper, meiner Füße auf dem Boden. Ich kann diesen Menschen einfach nicht zum Sprechen bringen, das ist Wahnsinn. Ich bekomme keine Antwort. Ich will Antwort. Ich befinde mich in der wirklichen Welt und ich will Antwort. Ich konnte sie nicht einmal fragen, ob sie ihn umgebracht hat. Vielleicht, weil ich das nicht glaube.

Die Schwedin gibt mir abermals zwei Gläser. Der Schnaps brennt. Und meine Haut brennt von den Adrenalinmengen, die abgebaut werden und verschwinden müssen. Zum Glück kann ich jetzt wieder hören.

»Kennst du sie?«, frage ich.

»Sie kommt oft her«, antwortet die Schwedin auf Schwedisch.

Einer der jungen Männer tritt neben mich und möchte Bier und eine einzelne Zigarette kaufen. Seine stecknadelkopfgroßen Pupillen starren die Flaschen an.

»Du kannst von mir eine Zigarette kriegen«, sage ich müde. »Nimm zwei. Nein, nimm drei, für jeden eine.«

Er lächelt engelsgleich und greift zu.

»Du musst lieb zu Tove sein«, sagt er. »Sie ist lieb.«

»Ist sie das?«

»Sehr, sehr lieb.«

»Kennst du ihren Vater?«

Er öffnet den Mund zu einem schallenden Lachen. Seine Zähne sind von Zahnstein bedeckt.

»Ihren Vater?«

»Ja, ihren Vater«, sage ich.

»Vater, Vater, die Gefahr ist vorbei.« Er fuchtelt mit den Armen und lädt das ganze Lokal als Publikum ein. »Die Gefahr ist vorbei, sag ich. Denn ihr Vater ist tot. Der war doch …«

»Ist er schon lange tot?«

Plötzlich ist er ernst, schaut mir ins Gesicht, legt den

Kopf schräg, um mich durch das Loch in seiner Hornhaut zu finden.

»Schon sehr lange. Tove hat sich so gefreut. Er hat sie ganz oft gefickt. Tove ist lieb. Du musst lieb zu Tove sein.«

»Er ist nicht erst vor kurzem gestorben?«

»Vor kurzem? Meinst du, vor kurzem?« Er sieht zuerst verwirrt aus, dann verängstigt. Will sich an der Schläfe kratzen und trifft beim zweiten Versuch. Runzelt die Stirn und sagt mit ernster Stimme: »Nein, das ist länger her. Das war um Weihnachten. Als er gestorben ist …«

Er strahlt mich an und betrachtet dann die drei Zigaretten in seiner Hand. »Das war um Weihnachten. Bald danach war Weihnachten. So war das. Und du …«

Er richtet seinen Zeigefinger auf meine Brust und trifft.

»Musst lieb sein.«

Ich will ja lieb sein. Liiiieb. Ich bin lieb. Im tiefsten Herzen bin ich ein lieber Mensch. Im tiefsten Herzen und im tiefsten Grunde. Vielleicht nicht zu Rickard, aber das ging nicht anders.

Die Schwedin will auch nicht mehr sagen. Ich erkundige mich, ob mit Tove zusammen ein älterer Mann gesehen worden ist, doch die Schwedin zuckt nur die Schultern und widmet sich ihrem Kaugummi. Und ich leere meine Gläser und stelle fest, dass die einsame Frau sich zu dem Feuerzeugmann gesetzt hat und seine Haare streichelt, und dabei weint sie und er flucht. Kein Tisch oder Bierglas hat diese Hemisphäre verlassen, das Braune ist so braun wie bisher, und ich spüre, wie das Bier meinen Magen wärmt, ganz zu schweigen von den vielen supergesunden Kräutermischungen im Schnaps, in Bergen auch nach dem Showstar »Eddie Skoller« genannt. »Einen Skoller, bitte«, sagt man, und sofort wird ein Gammeldansk aufgetischt. Ich habe diesen

Ausdruck bisher noch nicht benutzt, war nur die zuhörende Beobachterin. Ich beschließe, ihn von nun an zu adoptieren.

Anständige Menschen würden mir raten, auf das vage Gestammel einer hergelaufenen Nutte zu pfeifen. Aber es gibt keine hergelaufenen Nutten, es gibt hergelaufene Menschen, die zu Nutten geworden sind, und Tove hat mit mir gesprochen, keine Nutte. Sie war keine Nutte, als sie in ihren dunkelblauen Shorts einen Männerfuß auf die Gummimatratzenpumpe dirigiert hat, oder als sie mich danach bat, ihre leeren Plastiktüten von Tybring-Gjedde wegzuwerfen. Sie war zwar wie eine Nutte gekleidet, als sie vor wenigen Minuten ihre Anklagen wiederholt hat, aber das zählt nicht. Wenn ich die Sorte wäre, die, um ihren Lebensunterhalt zu verdienen, Menschenwürde an den gespielten Rollen bemisst, dann wäre ich Journalistin geworden, keine Schriftstellerin.

Ich halte für einen Moment den Atem an.

Tybring-Gjedde.

Wer bei Tybring-Gjedde einkauft, braucht eine Kundenkarte. Eine Kundenkarte! Eine Kundenkarte mit einer Nummer!

Mit einer Nummer, die zu einem Namen zurückführen kann. Einer Nummer, die bestimmt auf einer Quittung steht, die vielleicht noch in einer der leeren Tüten steckt.

Erst als ich mich schweißnass und atemlos über einen übel riechenden Kehrichtbehälter beuge und feststelle, dass die Stadtreinigung ihre Pflicht bereits getan hat, komme ich zu mir. Oder ... zumindest fast: Der Rausch wird schwer durch meinen Leib gepumpt, die Kräuter haben sich in mein Blut gemischt.

Ich schwitze nicht nur, ich bin in Schweiß gebadet. Ich glaube auch, dass ich weine. Ich knalle den Deckel zu und schaue mich auf der Straße um. Die Zigaretten in meiner Tasche sind trocken. Ich beschließe, auf der Treppe eine zu rauchen. Auf meiner spanischen Treppe.

Heute stinkt die Kloake nicht. Die Regentropfen reinigen die Luft und zerwühlen die Wasseroberfläche, sodass sie fast sauber wirkt. Zum ersten Mal frage ich mich, warum die Treppenstufen im Wasser verschwinden. Ist der Unterschied zwischen Ebbe und Flut wirklich so groß? Der Wasserstand ist derselbe wie beim letzten Mal, aber da gab es noch mindestens fünf Stufen, die ich jetzt nicht sehen kann.

Ich stelle mir vor, wie die Stufen gegossen worden sind. In aller Eile, ehe das Hochwasser kam. Aber wie haben sie den halb getrockneten Zement geschützt, während sie auf die Ebbe warteten? Ein Mysterium. Eins von vielen.

»Ja, ja, was soll's«, sage ich laut. »Eins von vielen.«

Ich halte die Zigarette senkrecht unter meinen Fingern. Der Regen peitscht auf mich ein. Jeder Tropfen trifft meinen Scheitel wie ein sonnenwarmer Hieb. Eine Möwe landet weiter oben und schaut mich an. Vögel! Es macht immer Spaß, Vögel anzusehen. Vögel sind witzig; die Vorstellung, dass es sich um Nachkommen der Dinosaurier handelt, macht dieses Erlebnis noch schöner. Ich stehe auf und will zum Nygårdspark gehen, und ich bin mit mir zufrieden, weil ich auf derselben Stelle gesessen habe und nicht hysterisch geworden bin, sondern tiefsinnige Spekulationen über die Maurer verflossener Zeiten und ihre Versuche angestellt habe, die Stadt weit über die Grenzen der physikalischen Gesetze hinaus zu bebauen/vermauern.

Doch die Vögel im Park sind heute nicht witzig. Sie schieben die Köpfe unter die Flügel, als ihnen aufgeht, dass ich keine Tüte mit Brotresten in der Hand habe. Sie sitzen in Reih und Glied da, einige Enten haben sich hingelegt. Das Prasseln des Regens auf Wasserspiegel und Blätter erinnert mich an das Klirren von kleinen Münzen in einem Lederbeutel. Nein ... das war keine gelungene Metapher, ich sollte lieber mehr an Maurer denken. Aber mir fällt kein neuer Gedanke zu diesem Thema ein, deshalb gehe ich zurück und vorbei an Rickards Fenstern.

Das ist ein kühner Streich. Ich habe mich nicht einmal mit Umhang und hochgeschlagenem Kragen und weichem Filzhut getarnt.

Ich kichere vor Erleichterung, als ich sehe, dass er die Vorhänge geschlossen hat. Ich bleibe lange stehen. Relativ betrachtet lange. Aber ich höre auf zu kichern, als sieben Meter von mir entfernt eine junge Frau an der Haustür klingelt, die Gegensprechanlage in der Wand betätigt, worauf sich einer der Vorhänge im Luftzug einer Tür bewegt, von der ich weiß, dass sie sich auf der anderen Zimmerseite befindet. Einige Sekunden später bewegt der Vorhang sich noch einmal. Sie ist drinnen. Bei Rickard. Obwohl es im Haus noch sieben andere Wohnungen gibt ... der Vorhang hat sich bewegt. Und Vorhänge bewegen sich nicht aus purem Jux.

Verdammter Arsch. Bock. Nicht mal das Bettzeug hat er gewechselt. Dieses Schwein.

Ich durchquere Nygårdshøyden wie eine alte, gebeugte Bauersfrau aus dem Umland und pfeife auf die gegossenen Treppenstufen und alle meine kindischen Assoziationen zu Broschen und Waffeln und Plattstickerei und jage ins erstbeste Lokal. Triefnass und durstig. Ich könnte in die Wesselstue gehen, ich weiß ja, dass Rickard nicht dort ist, aber ich könnte seine Kollegen nicht ertragen, will seinen Namen jetzt nicht hören.
 Ich trinke und denke. Ich muss ganz schnell meine konstruktive Energie zurückgewinnen und in meinen Händen formen wie einen Schneeball. Und dann muss ich werfen und treffen.

»Wo bin ich eigentlich?«
 Er ist jung und hoch gewachsen, hält sich gerade, hat einen glatt rasierten Schädel und einen Ring in der Augenbraue. Er sieht verdammt toll aus. Er wienert Gläser. Offenbar wienern alle Barmänner Gläser, die Barfrauen ziehen an ihrem Kaugummi.
 »In Bergen.«
 »Ich meine, wo in Bergen?«, quengele ich.
 »In der Garage.«
 »In einer Garage? Parke ich hier?«
 Ich lache, das nüchternste Lachen, das mir gelingt.
 »Hier bekommst du nichts.«
 »Hab schon ziemlich viel bekommen. Drei Halbe.«
 »Und Wein kannst du haben. Aber sonst nichts.«
 »Nicht mal einen winzigkleinen Skoller?«
 »Hier gibt's nur Bier und Wein. Weder Skoller noch … sonst irgendwas.«

»Hab ich vielleicht danach gefragt?«

»Nein.«

»Ich hab bloß versucht, rational zu sein. Mich in der Realität zu orientieren«, sage ich. Er nickt. Und wienert.

»Jetzt ist es sauber. Das Glas«, sage ich.

»Ach.«

»Ich finde es schrecklich, wenn Leute böse auf mich sind, und ich nicht weiß, warum.«

»Ich bin nicht böse.«

»Dich hab ich auch nicht gemeint, Süßer.«

Ich lache wieder, mache mir aber nicht mehr die Mühe, meinen Rausch zu beherrschen. Weshalb mein Lachen ziemlich plump ausfällt. Er mustert mich forschend.

»Du«, sage ich. »Hast du von dem Mann gehört, der gerade im Puddefjord ertrunken ist?«

»Ob ich von dem gehört habe? Gerade?«

»Ja. Gerade. Nicht vor Weihnachten. Oder ... ich weiß ja nicht, ob er ertrunken ist. Ich nehme an, dass er natürlich und friedlich in seinem Bett eingeschlafen ist. Das passiert Vergewaltigern doch häufiger.«

»Ich kapier nichts von dem, was du da redest!«

»Ha! Das waren ehrliche Worte. Frisch von der Leber weg. Komisch ...«

»Was ist komisch?«

»Dass man von der Leber weg sprechen kann. Dieses Organ ist doch für ganz andere Zwecke bestimmt.«

»Ja, damit kennt deine Leber sich sicher aus.«

»Meine? Ich trink doch bloß ganz wenig. Aber jetzt ist doch Sommer und Sonne und ...«

»Regen.«

»Genau. Regen. Aber wir reden immer von Sommer und Sonne. Auch, wenn das gar nicht stimmt. Weißt du von dem Mann?«

»Ich glaube nicht. Im Puddefjord?«

»Er ist dir also nie begegnet? Zusammen mit Tove?«

»Eine Tove kenn ich auch nicht.«

»Das ist eine Nutte.«

»Davon kommen nicht viele her. Wir haben vor allem arbeitslose Jugendliche.«

»Ja«, ich werde nachdenklich. »Viele Nutten sind ziemlich jung. Aber arbeitslos sind sie nicht gerade.«

»Bist du eine Nutte?«

»Nein. Doch. Vielleicht. Ich schreibe Bücher.«

»Bücher? Wie spannend.«

Spannt. (So sprechen sie das aus. Und sie sagen *Frauh*. Nicht Frau. Das verstehe, wer will. *An dieser Stadt stimmt etwas nicht.* Vielleicht hat meine Kollegin das gemeint? Die Aussprache? Kann das so einfach sein?)

»Ja, nicht wahr. Das ist spannt.«

»Was schreibst du denn so?«

»Bücher. Über das Meer, den Tod und die Liebe. Und im Meer … da gibt es viele kleine Fische, das kann ich dir sagen. Vom winzigen Kapelan zum dicken Butt. Und Wale! Gib mir noch einen Halben, bitte. Süßer. Du bist doch nicht sauer?«

»Gehört zu meinem Job, nicht sauer zu sein. Ich kann böse werden. Aber sauer bin ich nie. Bist du ganz sicher, dass du noch mehr willst?«

»Sicher. Wie das Amen in der Kirche. Wie die Bank von Norwegen. Weißt du … da gibt es kein Gold mehr. Als Entsprechung für unsere Geldscheine und Münzen. Als unser Nationalschatz. Das war in alten Zeiten so. Jetzt gibt's nur noch Papiere. Obligationen und Wertpapiere. Zahlen auf Bildschirmen.«

»Du redest so sprunghaft. Wie eine Besoffene. Aber du drückst dich sehr gut aus. Hast die Wörter im Griff. Und das ist ja vielleicht auch kein Wunder.«

Er lächelt. Endlich lächelt er.

»Du hast ein zahnpastaweißes Lächeln«, sage ich. »Weiß wie Blendax. Weiß wie ein Ritter auf einem stolzen Schimmel. Oder wie Koks.

»Vergiss es.«

»Ich will gar nichts. Ich zieh dich nur auf, verstehst du? Meinst du, ich komm von der Zivilbullerei?«

»Du bist doch Schriftstellerin, hast du gesagt.«

»Ja, hab ich gesagt. Das hab ich gesagt, und das bin ich. Und das hier ist ein selten gutes Bier. Ganz fantastisch. Hast du eine Beziehung?«

»Ja.«

»Ich auch. Aber im Moment fickt er gerade mit einer anderen.«

»Sauerei. Weiß er, dass du das weißt?«

»Nein. Er weiß nicht mal, dass es mir etwas ausmacht. Denn eigentlich haben wir Schluss gemacht.«

»Und du bist gegangen?«

»Ja.«

»Das ist immer das Schlimmste. Dann weißt du sozusagen, dass sie so schnell wie möglich mit anderen vögeln werden. Aus Rache«, sagt er und nickt.

»Genau. Aber ich hab mich auch ein bisschen gerächt. Ich hab seine Kondome geklaut. Und er hat schreckliche Angst vor Ansteckung. Und er wird das erst entdecken, wenn er die Hand gewissermaßen leicht zerstreut in den Nachttisch schiebt, um eins rauszuholen, im entscheidenden Moment. Unmittelbar vor der Penetration. Weißt du ... Penetration bedeutet nicht Eindringen, wie viele glauben. Es bedeutet Vollendung.«

Er lacht das lauteste, fröhlichste Lachen, das ich seit einer endlosen Ewigkeit gehört habe. Ich habe kein so glückliches Lachen mehr gehört, seit ich es selber produziert habe, zusammen mit Rickard in der Wesselstue, in fröhlicher Gesellschaft, als ich mich sicher wähnte, in der Bewunderung, der anderen und meiner Schriftstellerinnenrolle.

»Du bist einfach unglaublich«, sagt er.

»Ich hab schon erwartet, dass du das sagst«, sage ich. »Außerdem ist er ein Promi.«

»Ach? Wer denn?«

»Rickard Revestad von TV 2.«

»O Scheiße. Das ist ein verdammt scharfer Typ.«

»O Scheiße«, sage ich. »Bist du schwul?«

»Ja.«

»Mist!«

»Aber wenn ich hetero wäre ...«, er zwinkert mir zu.

Ich verlasse ihn. An diesem Abend brauche ich mehr als ein Schwulenzwinkern, um den Status quo zu erreichen.

Rickard nutzt die Gelegenheit, um lange Monologe zu halten. Erst schimpft er mich wegen der Batterien aus der Fernbedienung aus. Er schimpft auf aufgeregte, beleidigte Weise. Wie ich es auch wollte. Dann folgt der Kondommonolog. Ich freue mich. Der Mann redet mit Fistelstimme, was ja nach einem Interruptus nur natürlich ist. Denn ich kann mir einfach nicht vorstellen, dass er es über sich gebracht hat, über Aids und Herpes und Tripper zu diskutieren, bestimmt hat er irgendeinen anderen Grund für den Abbruch der Session aus dem Ärmel geschüttelt.

Er nennt mich kontrollgeil und krank. Er hält sich lange beim Wort »kraaaank« auf. Immer wieder kommt er darauf zu sprechen. Ich soll mich um fachliche Hilfe bemühen, diesen Müll. Danach ist die Anfrage einer Hotelzeitschrift aufgezeichnet, die eine Novelle von mir aus einer alten Sammlung von Kriminalgeschichten kaufen will (die müssen heute angerufen haben). Und dann ist Rickard wieder zur Stelle. Wach, redet in gebildetem Tonfall. Kühl. Überlegt.

»Ich habe mich bei allen Hotels erkundigt. Aber du hast dich offenbar unter einem anderen Namen einquartiert. Um Jagd nach dieser Geschichte zu machen. In der BT ist heute ein Bild von ihm. Die Polizei versucht seine Identität festzustellen. Sie wissen noch immer nicht, wer er war. Und du weißt, dass er bei seinem Ertrinken mit einer jungen Frau zusammen war. Mit einer Frau, die vielleicht einen Finger mit im Spiel hat. Findest du das witzig? Auf einer solchen Information zu sitzen? Findest du es witzig, die Detektivin zu spielen? Ich rufe jetzt die Polizei an und sage ihnen, was ich weiß. Denen fällt es sicher leichter, dich aufzuspüren, als mir. Weißt du, was du bist? Du bist eine spekulative Autorin. Und ein spekulativer Mensch. Und in den Läden gibt es jede Menge Kondome, und ich werde mir noch heute welche kaufen und sie auch benutzen.«

Darauf folgt ein weiterer beruflicher Anruf. Ob ich im Herbst drei Wochen auf Lesereise durch die Gesamtschulen von Østfold und Vestfold gehen möchte.

Ich rufe sofort Hotelzeitschrift und Reisearrangeur an. Sage der Hotelzeitschrift zu und nenne Kontonummer und zuständiges Finanzamt. Die Lesereise lehne ich ab. Ich erfinde unsichere Reisepläne, sodass ich mich nicht anderweitig binden kann. Bei diesem letzten Gespräch steigere ich mich in einen dermaßen tiefen Ekel gegen alles, was mit Schule zu tun hat, hinein, dass ich heftig weiter über meine geplanten Reisen fabuliere. Als ich auflege, zittere ich vor Wut.

Spekulativ! Er will mich wirklich verletzen. Ich wähle seine Dienstnummer und habe nach wenigen Sekunden seine Stimme im Ohr.

»Ich habe mit der Polizei gesprochen. Die finden das sehr interessant«, sagt er.

»Ich melde mich selber bei ihnen. Ich habe nichts zu verbergen, ich weiß nämlich rein gar nichts. Nur, dass sie Tove heißt. Und ansonsten ist es mir scheißegal, was du machst.«

»Du bist heiser, Emma. Brütest du etwas aus? Hab ich dich doch anstecken können?«

»Nein, du hast doch immer Kondome benutzt. Ich bin heiser, weil ich eine lustige Nacht hatte. Zu viele Zigaretten, zu viel Sekt, aber nicht zu viel Schwanz. Gerade genug Schwanz. Und er war größer als deiner.«

»Du bist also immer noch in Bergen.«

»Ja. Ich wohne im Ambassadeur.«

»Diesem Loch.«

»Es ist ein witziges Loch, hat was Ethnisches. Im Speisesaal riecht es sogar nach Kotze.«

»Warum bist du nicht nach Hause gefahren?«

»Weil ich arbeite. Ich betrachte das hier als Urlaub. Als Arbeitsurlaub. Ich mag Regen. Und weißt du, was? Wir sind beide ziemlich spekulativ, Rickard.«

»Wie meinst du das?«

»Ich spekuliere *über* die Schattenseiten des Lebens. Du spekulierst *damit*. Und das ist schlimmer.«

Ich höre, wie er langsam und angestrengt atmet. Dann sagt er: »Ich hoffe, dein Buch wird ein Flop. Denn das passt zu dir. Du bist eine Null.«

»Es wird bestimmt ein Flop. Wenn ich über dich schreibe. Und das habe ich vor. Eine ganze Geschichte. Ich werde dir eine ganze Geschichte spendieren. Ich werde deinen Namen ändern, mehr nicht. Nur, damit du mir keine juristischen Bluthunde auf den Hals hetzen kannst.«

»Und wovon soll diese wunderschöne Geschichte handeln?«

»Warte ab. Alle werden wissen, dass du gemeint bist. Und stell dir vor, wie witzig das für die Leute sein wird, wenn sie erfahren, dass du nur Bier und Wein bekommst, wenn du ins Bull's Eye und zu dem Tresen gehst, auf den dein Schwanz zeigt! Sag mal, warum lässt du dich nicht operieren?«

»Ich …«

»Aber so schlimm ist das doch auch wieder nicht. Dass er so schief ist. Viel besser als der Liebhaber, den ich mal hatte, dessen Schwanz nach unten hing. Glatt nach unten. Er musste mich von hinten und auf dem Kopf ficken, um den G-Punkt zu treffen. Und das ist doch eine komische Stellung. Und absolut nicht erotisch.«

Er legt auf, ich renne aufs Klo und kotze. Es stinkt nach

Hefe. Nach Bierhefe und nach Körperhefe. Irgendein Indianerstamm spuckt ins Obstkompott, um den Gärungsprozess in Gang zu bringen. Ich kotze noch einmal. Ich könnte einen Weinberg aufmachen.

Es ist leicht, das Zimmer zu leeren. Ich bin keine einkaufsgeile Person, die auf Reisen Gepäck anhäuft. Meine Tasche ist so schlaff wie an dem Tag, an dem ich mit Rickard hier gelandet bin. Mit dem Mac in der Schultertasche und der Tasche in der Hand melde ich mich aus den Slums ab. Ich teile noch mit, wo sowohl ich als auch ich für etwaige Anrufe zu erreichen sind, dann wandere ich zum Hotel Norge zurück und checke als ich selber ein. Ich frage, ob Treu noch hier wohnt, was die Dame hinter dem Computer bestätigt. Und ich nutze die Gelegenheit, um die Großzügigkeit dieses Hotels zu loben und zu sagen, wie ungeheuer gemütlich ich es finde, dass ein Hund einfach frei herumlaufen darf. Gemütlich, wie zu Hause, so ist das. So und nicht anders.

Ich hoffe, damit einen Ausgleich zu schaffen, falls andere sich über Treu beschweren. Die Rezeptionsfrau weiß ja, wer ich bin, vielleicht spielt sie jetzt mit dem Gedanken, in der Rezeption eine Bronzetafel anzubringen, die mitteilt, dass die berühmte Autorin bei ihren Besuchen in Bergen immer hier absteigt. Und wenn die Berühmte auf dem Flur frei laufenden Hunden begegnen will, dann will die Hotelleitung ihr da nicht widersprechen. Aber das alles sage ich nicht laut, vor allem, weil ich weiß, dass Treus Besitzer in Bergen tausendmal beliebter ist als ich. Die Bronzetafel gehört im Grunde jetzt schon ihm.

Ich dusche in dem schönen Badezimmer mit der Badewanne ohne orange Streifen. Ich denke ein wenig an Zimt und rotes Farbbad, und überlege mir, dass ich ihn jetzt wohl genug verletzt habe. Eine Versöhnung ist ausgeschlossen. Mir ist nicht mehr schlecht, dafür habe ich einen gewaltigen Hunger. Und um noch mehr Dinge aufzuzählen, über die ich mich freuen sollte: Ich habe wirklich Urlaub. Ich bin nicht pleite. Ich schreibe ein wenig, obwohl es sehr langsam geht. Und frischgevögelt bin ich auch.

Ich richte die Handbrause vorsichtig auf die Stelle zwischen meinen Beinen. Ich könnte allerlei über den Mann der vergangenen Nacht erzählen, den ich in der Fußballkneipe aufgelesen habe, wo er in Trainingshosen und T-Shirt mit dem Aufdruck »Give it to me, baby«, und Metzgerschnurrbart und Flaschenöffner am rechten Mittelfinger saß. Ich könnte erzählen, dass ich ihn aufgelesen habe, weil ich dachte, er würde eine fantasielose, aber rohe und wirkungsvolle Version der voll zur Sache-Missionars-Kiste bringen, aber dass er die totale Überraschung war. Ich könnte erzählen, was er mit mir gemacht hat, mehrere Stunden lang, was wir unter der Dusche gemacht haben, was er ganz allein geschafft hat, und was ich ganz allein geschafft habe. Vor allem, weil er sich zu diesem Zeitpunkt nicht bewegen konnte, denn er hatte in meiner Garderobe eine Entdeckung gemacht: zwei lange Seidenschals. Einen mit Leopardenmuster, den anderen mit schwarzen und weißen Zebrastreifen.

Aber darüber verrate ich keinen Mucks. Ich sage nur, dass er Petter hieß. Und Petter hat mit dieser Geschichte nur wenig zu tun. (Treu hat das auch nicht, das weiß ich. Aber der ist ein einsamer Wolf, ein Findelkind, er hat sehr viel *gesehen* und trotzdem seine stoische gleichgültige Ruhe behalten, deshalb schreibe ich so gern über ihn.)

Ich bin nämlich keine spekulative Schriftstellerin, die ihre Buchseiten mit müßigem Sexgerede füllt, um ihren Leserinnen in einem ansonsten grauen und langweiligen Alltag einen kleinen Masturbationskick zu geben. Ich finde es besser, wenn sie echte Ware suchen, eigene Erfahrungen sammeln, statt sich um meine sexuellen Eskapaden zu kümmern.

(Wenn Petter Tove gekannt hätte, dann wäre mein literarisches Alibi gerettet und ich könnte bis ins kleinste Detail ausmalen, warum ich jetzt kühlendes Wasser über innere und äußere Schamlippen fließen lasse, um das hitziggeschwollene Pochen zu dämpfen.)

Natürlich haben sie mir nicht mein altes Zimmer gegeben. Deshalb rühre ich die Minibar nicht an. So lässt sich Geld sparen. Und dann können wir es uns leisten, welches auszugeben. Ich lasse mich von meinen Füßen zur Wesselstue tragen, endlich zur Wesselstue, wo niemand auch nur mit der Wimper zuckt, als ich als Vorspeise Schnecken in Knoblauch und als Hauptgericht Kabeljauzungen bestelle, obwohl es doch erst zwölf Uhr mittags ist. Ich bestelle außerdem eine ganze Flasche Weißwein. Meine nächste Station ist schließlich die Polizei, und ohne einen lindernden Schleier über den Nervenenden sollte man sich nicht in die Höhle des Löwen wagen.

In der Wesselstue liegt die BT aus. Ich finde ihn sofort, falte die Zeitung zusammen, kippe ein Glas Wein und schlage sie wieder auf.

Er hat die Augen geschlossen. Er ist tot. Tot und namenlos. Die Notiz unter dem Bild ist fast identisch mit der Ersten. Er liegt auf dem Rücken. Ich stelle mir vor, wie der Fotograf sich über ihn beugt und auf jeder Seite des Leichnams einen Fuß platziert hat, um den Porträtfotografen vorzugeben.

Hätten sie nicht wenigstens mit Streichhölzern seine Augen aufsperren können? Kann irgendwer einen Blicklosen erkennen?

Doch sicher, er sieht aus wie sonst. Sein Hemd ist am unteren Bildrand gerade noch zu sehen. Es ist nicht mehr weiß, sondern hat die Farbe des Wassers beim Dokkeskjærskai angenommen, wo ich selber schon einmal geangelt habe. Ich habe die Fische wieder ins Wasser geworfen, wie gewonnen, so zerronnen. Es war kein großer Verlust, braune, von den Abwässern verseuchte kleine Kabeljaus mit überdimensionalen Köpfen.

Die Kabeljaus sind unter ihm hindurchgeschwommen. Haben zu der schimmernden Oberfläche hochgeschaut, wo die Welt endet und ein unbegreiflicher Zustand beginnt, und haben entdeckt, dass ein ganz anderer Umriss als die vertrauten Bootskiele das Licht aussperrte. Vielleicht haben sie ein wenig an ihm herumgezupft oder an ihm geschnuppert, oder was immer Kabeljaus unternehmen, um sich die Dinge genauer anzusehen.

Ich bezahle und gehe, und dabei denke ich: Hoffentlich hatten die Jungs, die ihn gefunden haben, nicht so viel Hunger, dass sie ihre Fische auch gegessen haben.

Warum zum Teufel melden Sie sich erst jetzt?«
»Ich ... es war so schrecklich, als ich diese Nachricht in der Zeitung entdeckt habe. Dass er ertrunken ist. Und deshalb habe ich mich betrunken.«

Der junge Bergenser Bulle sitzt ganz still da und lässt meine Antwort in seinem Kopf nachhallen. Offenbar machen ihm die einzelnen Bildbestandteile Probleme, offenbar kann er sie nicht zusammenbringen.

Denn ich habe mir Mühe gegeben mit meinem Äußeren. Ich bin sauber und frischgeputzt, mit diskreter Schminke und ordentlicher Frisur. Ich spüre, dass mein Blick gerade ist und mein Mund (und ich hoffe, auch mein Atem) nach jeder Menge Kaugummi riecht. Ich habe meinen Namen genannt, mehr nicht. Doch als der Bulle sich nach meinem Beruf erkundigt, und ich sage, Schriftstellerin, wirkt er ungeheuer erleichtert. Das Bild fügt sich für ihn zusammen, so dicht, dass nicht einmal eine Rasierklinge in den Fugen Platz hätte. Schön, ausnahmsweise einmal von den allgemeinen Vorurteilen und vorgefassten Meinungen über das Leben als Schriftstellerin zu profitieren.

»Schriftstellerin, aha. Das erklärt natürlich alles.« Er lächelt sogar. »Ihr könnt doch trinken, so viel ihr wollt. Zur Inspiration, stimmt das nicht?«

»Genau«, antworte ich.

»Erzählen Sie, was passiert ist.«

Passiät. Ich beschreibe die Boote, die Kleidung, Toves Aussehen, den geografischen Punkt im Hafen, wo sie das feste Land verlassen haben, nenne Uhrzeit, Tag, Datum. Ich sage nichts – nichts! – über das Album. (Das nennt sich künstlerische Integrität und ist nicht einmal eine Notlüge.) Ich erzähle, dass der Mann Tove als seine Tochter vorstellte, nein, nicht gerade vorstellte, aber sie doch als Tochter bezeichnet hat.

»Was hatten die beiden wohl vor, was meinen Sie?«
»Keine Ahnung.«
»Sie haben nichts gesagt?«
»Nein. Zu mir nicht.«

Der Bulle notiert. Langsam. Das schenkt mir lange Pausen in meinem Bericht, die ich mit Stille fülle, was mir gar nicht ähnlich sieht. Ich spekuliere nicht, und ich habe schon längst beschlossen, meine weiteren Begegnungen mit Tove nicht zu erwähnen. Ich schaue mir stattdessen ausgiebig sein Büro an.

»Haben Sie sie später noch einmal gesehen? Diese Tove?«
»Nein.«
»Hm. Dann müssen wir uns wohl auf die Suche nach ihr machen. Sicher ist sie ebenfalls ertrunken.«
»Ach, übrigens ... ich habe sie wohl gesehen.«
»Ach?«
»Ja. Aber ich habe ... nicht mit ihr geredet. Ich habe sie an dem Abend kurz gesehen. Sie stieg in ein Taxi ein. Da trug sie nicht mehr die Shorts, sondern einen Rock. Einen hellblauen Rock.«
»Ach? Seltsam. Dass sie sich nicht bei uns gemeldet hat.«

Jetzt ist sein Misstrauen erwacht. Geschieht ihr recht. Wenn ich wenigstens meine eigene bescheidene Person vor seinem Misstrauen bewahren kann, ist alles in Ordnung. Und ich habe wirklich das Gefühl, die Lage ganz und gar zu beherrschen. Ich suche Zipfel meiner Geschichte aus, genau ausgewählte Stücke, das finde ich witzig. Und am Ende gibt es nichts mehr zu sagen. Ich sitze ganz still auf meinem Stuhl, versuche ungeheuer beeindruckt und aufmerksam auszusehen und sage: »Er kam mir so freundlich vor. Hat denn wirklich noch niemand angerufen, seit das Bild veröffentlicht worden ist?«

»Nein. Aber wir sind ja noch mitten in der Urlaubszeit. Trotzdem, komisch ist es schon.«

»Vielleicht sollten Sie eine ganzseitige Anzeige aufgeben. So eine kleine verschwindet doch in der Menge. Die BT ist ja so groß.«

Er hat keinen Sinn für Ironie und antwortet:

»Das erlaubt unsere Finanzlage nicht. Und für die Angehörigen wäre es ein Schock. Sein Gesicht ist doch einwandfrei tot. Nur noch eins ... warum haben Sie nicht die Polizei angerufen, als die beiden losgerudert sind? Sie konnten sich doch denken, dass das nicht gut gehen würde.«

»Ich ... ich weiß es nicht. Gleich danach kam mir das alles fast vor wie ein Traum. Als sei gar nichts passiert, verstehen Sie? Diese winzigen Gummiboote, das war absurd, es war wie in einem Buch ...«

Der Bulle nickt ernsthaft. Er hat begriffen, dass er es mit einer empfindsamen Künstlerinnenseele zu tun hat. Ich beschließe, den entscheidenden Stoß zu meinem Vorteil auszuführen:

»Ich habe sogar geweint. Als sie losgefahren sind und dann hinter einem Lagerhaus verschwanden. Das Ganze hatte etwas ... etwas Schönes. Es symbolisierte ... Hoffnung. Einfach Hoffnung. Dass zwei Menschen eine solche Reise für möglich halten können. Verstehen Sie?«

Wenn er es nicht versteht, dann will er das jedenfalls nicht zugeben. Aber es ärgert mich, dass ich meine Worte nicht mit ein paar Tränen anreichern konnte. Das muss am Wein liegen. An der Distanz, die der Schwips herstellt. Aber der Bulle ist trotzdem beeindruckt. Eine kleine Handbewegung verrät, dass er fast meine Schulter gestreichelt hätte. Hätte er gut tun können. Er sieht nicht schlecht aus, hat leicht schiefe Vorderzähne, die er beim Schreiben mit der Zungenspitze berührt.

Er notiert sich meine Adresse. Und meine Nummer in Oslo, falls ich abreise. Er akzeptiert sofort, dass ich nicht weiß, wie lange ich in Bergen bleiben werde. Auf dem nächsten Fest kann er alle eine Stunde lang mit einem Vortrag über das Wesen der Schriftstellerin unterhalten. Schön für ihn. Schön für mich. Gott, was für ein wunderbarer Beruf. *Hab mich betrunken* ... Aber ich muss ein wenig vorsichtig sein. Sollte vielleicht nicht erwähnen, dass ich ihm das erzählt habe. Ich sollte überhaupt nicht so viel über Alkohol schreiben. In der Literatur können männliche Hauptpersonen einen vierhundert Seiten langen Roman hindurch an alkoholisierter Paranoia leiden, ohne dass das als etwas anderes betrachtet wird denn als eine Tatsache, die die Glaubwürdigkeit steigert. Weibliche Hauptpersonen können sich das nicht leisten. Helden können besoffen sein und durch die Flasche ihre Frustrationen leeren, sie können ihr Herz erleichtern, und das fast leere Glas übernimmt die Rolle des jubelnden Publikums. Heldinnen dagegen haben teilnahmsvollen Freundinnen ihr Herz auszuschütten. Aber was, wenn sie keine haben? Meine weiblichen Hauptpersonen suchen nur selten weibliche Gesellschaft auf. Und da müssen sie doch trinken.

Doch gerade jetzt, als ich meinen jungen Bullen verlasse, steuere ich die Bibliothek an, und keine braune Kneipe. Ein kühner Sonnenstrahl bricht über dem Lungegårdsvann durch die Wolken, als ich über die Straße gehe. Mein Gespräch mit Rickard hat mir eine manische Energie geschenkt; mir fällt plötzlich ein, dass ich mich ein wenig über Ägypten und Mumien und Katzen und so informieren wollte. Also, ans Werk! Die Polizei ist informiert. Im Lauf des Tages werden sich bestimmt irgendwelche Bekannten von ihm melden. Tove wird sich ihre unbegründeten Anschuldigungen abschminken können – sie ist in diesem Fall doch die Hauptverdächtige! Und zwar dermaßen, dass sie wirklich Grund hat, mich zu hassen. Und das ist doch die typische kindische Reaktion: Wenn man immer wieder desselben Verbrechens beschuldigt wird, ohne es begangen zu haben, dann tut man es am Ende doch. *Du hast mir alles kaputt gemacht.* Ja, das habe ich. Die Bergenser Bullerei ist dir auf der Spur, und das geschieht dir Recht.

Die Kabeljauzungen haben mein System in Schwung gebracht, noch im kleinsten Zipfel Gehirnsubstanz brodelt der Blutzucker. Rickard kann mir nichts mehr tun, und meine Unternehmungen der letzten Nacht haben meinen Körper so geschmeidig gemacht wie ein Schweizer Uhrwerk. Ich fühle mich wohl, genieße, beobachte, auch wenn mir vor dem Bibliotheksbesuch graust. Ich verdränge die Unruhe, indem ich die Eindrücke in mich aufsauge: Der See mitten in der Stadt gibt Bergen einen Hauch von europäischer Größe, es ist eine selten schöne Stadt, Norwegens vornehmste, mit ihrem hanseatischen Baustil und den hohen, verzierten Fassaden. Hier haben sie sich nicht damit begnügt, die Häuser funktionell aufzustellen, nein, sie haben überlegt und abgeschätzt. Geplant und ästhetische Rücksichten genommen. Sie haben einfach eine unerwartet große ästhetische Energie an den Tag gelegt. Haben in der Schatztruhe gewühlt, haben auf die große Trommel geschlagen. Der Sonnenstrahl war nur ein Aufflackern, im wahrsten Sinne des Wortes. Die Menschen haben wieder ihre Schirme aufgespannt, denn ein schrägfallender Nieselregen steuert unentschlossen den Boden an. Ich habe keinen Schirm. Ich lasse mir gern die Haare nass regnen. Ich denke an den Eisbärkadaver, den die Kälte auf König Karls Land mumifiziert hat. Ich lache beim Gedanken an Rickard, der mit spekuliert, und nicht über. Das war genial von mir – dass zwei kleine Präpositionen einen solch abgrundtiefen Unterschied in Lebenssicht und Berufsethos aufzeigen können! Ich lächele zwei alten Bergenser Damen holdselig zu, als sie in ihren Burberry-Mänteln und Halstüchern an mir vorübertrippeln und dabei vornehm durch zusammengebissene Zähne reden. (Versucht das einfach mal, auf diese Weise klingt jeder Akzent bergensisch.) Sie erwidern mein Lächeln nicht. Das tun Bergenser Damen nie, wenn sie nicht wissen, welchen Beruf dein Vater hat, und was deine Mutter für eine Geborene ist. Ich lächele noch einmal, und sie tauschen einen verdatterten Blick. (*Verdattern? Verdattert* ... man denkt dabei an Dotter im Bart, und doch sind vor allem Frauen verdattert und lassen vor lauter Verdatterung unüberlegte Bemerkungen fallen.)

Ich bin fast glücklich. Rein und unbesudelt glücklich. Es ist fast unheimlich. Aber andererseits weiß ich ja auch einiges über moderne Biochemie, nämlich, dass sexuelle Aktivität den Serotoninzufluss zum Gehirn steigert. Und Serotonin ist der Stoff, der von Glückspillen stimuliert wird. Mit anderen Worten: Meine Stimmung wird sich bald wieder verschlechtern, eben, weil die Zufuhr unterbrochen ist. Meine Selbstachtung könnte niemals zwei aufeinander folgende Nächte mit einem Metzgerschnurrbart ertragen.

Eine Autorin, die Bibliotheken mag, muss wohl masochistisch veranlagt sein oder sich auf vorzügliche Weise vom Augenblick distanzieren können.

Ich bin/kann keins von beiden. Deshalb mache ich nach Möglichkeit einen Bogen um Bibliotheken und habe große Pläne, hinfort alle Recherchen per Internet zu betreiben. Aber mein Notebook schafft das nicht, ich müsste den großen Computer zu Hause nehmen, doch auch dessen Modem ist nicht schnell genug. Ich beschließe hier und jetzt, vom Herbst an in Computertechnologie zu investieren, denn ich ertrage es nicht.

Es sind die Bücher.

Es gibt zu viele davon. Eins neben dem anderen.

Zu viele Leute haben sie geschrieben. Es gibt so viele Bücher, dass ich fast aufgeben möchte. Warum soll ausgerechnet ich noch weitere schreiben? Oder, wie Storm P gesagt hat: »Es ist unbegreiflich, dass irgendwer zwei Jahre lang an einem guten Buch schreiben mag, wenn man sich für wenige Kronen ein fertiges kaufen kann.«

Zu seiner Zeit waren die Bücher billiger. Und hier sind sie sogar gratis. Es ist kaum auszuhalten. Vom Boden bis zur Decke. Autor und Autorinnen für jeden Buchstaben des Alphabets. Dicke Bücher, dünne. Ganze Serien, o Scheiße. Tausende davon. Wie viele Jahre der Selbstverherrlichung sich wohl in diesen vielen Einbänden verbergen! Zwischen diesen vielen Zeilen!

Sich als stolzes Rädchen und kleiner Punkt zu fühlen und aus dem Neid den Drang zum Schreiben zu saugen, das geht hier nicht, hier kann ich mich immer nur mit einem Buch auf einmal auseinander setzen. Das hier ist zu groß, zu endgültig. Deshalb lasse ich die belletristische Abteilung erleichtert links liegen und steuere Geschichte und Mythologie an. Die Historiker mögen schreiben, sie müssen die Tatsachen für die Nachwelt aufzeichnen, anders als die Urbevölkerungen, und gerade das kann mich durchaus ein wenig freuen. Belletristikabteilungen dagegen müssten den Schulen vorbehalten sein. Kindern und jungen Menschen mit Gehirnen wie gierige Schwämme. Erwachsene können sich ihre Bücher selber kaufen oder selber schreiben.

(Ähnlich, wenn auch nicht ganz so schlimm, geht es mir mit Buchhandlungen. Ich kaufe dort nie ein. Ich sitze auch nie hinter einem Tischchen mit Tischdecke und brennender Kerze und signiere. Ich bin dort nicht anzutreffen. Die Bücher, die ich lesen will, bestelle ich per Post direkt beim Verlag. Aber von Berufs wegen muss ich mich natürlich darüber freuen, dass es Buchläden gibt. Schrecklich freuen. Danke.)

Eine junge Frau mit rosa Schleife im Haar führt mich zum richtigen Regal. Und hier kann ich an einem Schreibtisch sitzen und mich in Werke über Ägypten vertiefen. Sie hat mir auch ein paar Blatt Papier gegeben (hatte ich natürlich vergessen) und mir einen frisch gespitzten Bleistift geliehen.

Aber ich finde kein Wort über Katzen. Habe ich mir das nur eingebildet? Haben moderne Katzenmenschen die ägyptische Geschichte mystifiziert, um ihre eigene Katzenhörigkeit zu legalisieren? Dann muss ich mir auch einen Besuch vor einigen Jahren in einem Kopenhagener Museum eingebildet haben, wo es von Katzen und Mumien nur so wimmelte, nachdem ich diverse Skulpturen von Rodin passiert hatte. Ich schlage noch einmal im Register nach, aber das bringt mich auch nicht weiter.

In den Büchern wimmelt es jedoch von anderen Tieren, von Gottheiten in Tiergestalt. Ich finde Falken, Schakale, Paviane, Kobras, Skorpione und Nilpferde. Die Vorläuferin der Sphinx ist zwar eine griechische Mischung aus Löwin und Frau, und in allerlei Zusammenhängen stoße ich auf Löwenfüße, aber nie auf eine Katze. Und plötzlich habe ich vergessen, wie ich überhaupt auf die Katzen gekommen bin. Katze und Eisbär? Was soll denn das für ein Zusammenhang sein? Ich vergesse die Katze und mache mich über Mumifizierungsprozesse her. Und hier gibt es Leckerbissen für jegliche makabere Fantasie.

Zuerst wird das Gehirn durch die Nase herausgeholt, danach werden die Eingeweide entfernt und die Bauchhöhle gesäubert. Nur das Herz bleibt einsam zurück. Die Innereien werden präpariert und in eigenen Gefäßen aufbewahrt. Der Leichnam mit dem Herzen wird für siebzig Tage in flüssiges Natron eingelegt, was Fleisch und Muskulatur dehydriert. Der Körper wird an der Luft getrocknet und mit Sand und Ton gefüllt. Die inneren Hohlräume werden mit in Parfüms und Kräutern eingeweichten Leintüchern ausgestopft, dann wird der Körper gesalbt und in duftende Bandagen gehüllt. Die Bandagen werden bemalt, um das Ganze der verstorbenen Person so ähnlich wie möglich zu machen. Unmittelbar vor der Beerdigung folgt dann das »Mundöffnung« genannte Ritual; die Mumie wird dadurch auf magische Weise zum Leben erweckt. Gesicht und Brustkasten werden abermals bemalt, und große Bonzen bekommen Goldmasken und Sarkophage und allerlei Geräte mit auf die Reise, außerdem werden die Wände der Grabkammern prächtig ausgeschmückt. Und dann beginnt das Leben in der Götterwelt. Jetzt beginnt das Leben! Bei einem Totenkult wie dem ägyptischen verstehen wir gut, dass sich niemand vor dem, was nach dem Tod kam, fürchtete. Mit Ausnahme der Sklaven natürlich, die sich bis aufs Blut abplacken mussten. Von denen steht nichts in diesen Büchern. Ich glaube nicht, dass sich irgendwer die Zeit nahm, ihre sterbliche Hülle mit Sand und Ton zu füllen, wenn sie beim Schleppen von Steinquadern für die Pyramiden tot zusammenbrachen.

Es sind schöne Bilder. Die in den Büchern und in meinem Kopf. Der Eisbär ist trocken wie ein frisch natronifizierter Leichnam. Und er liegt in einer Grabkammer, der sich kein Pharao zu schämen brauchte: einer Polarnatur, die erst dort aufhört, wo der Horizont sie zerteilt. Und die Geräte, die ihm im nächsten Leben, bei den Gottheiten, weiterhelfen sollen? Was ist die wichtigste Waffe des Eisbären? Zähne und Krallen, natürlich. Und die werden im Tod nicht zersetzt. Hm. Das wäre eine Idee. Das könnte einen guten Text für ein Svalbardbuch geben, aber noch ist es nicht greifbar.

Nicht greifbar! Zwischen die aufgeschlagenen Bücher und mich schieben sich wieder die Augen des Rentierkalbs und fegen alles andere beiseite. Die Augen bringen genau das zum Ausdruck, was ich über Svalbard sagen möchte, über die Tiere und die Natur. Aber ich bekomme es nicht zu fassen. Mache ich meine Aufgabe vielleicht schwieriger, als sie ist? Den Text über die Fossilien habe ich doch geschafft. *Wenn du die Augen schließt und daran leckst, kannst du die Zeit schmecken.*

Verdammt, flüstere ich. Und habe plötzlich schrecklichen Durst. Ich sage das ganz einfach im Klartext: Ich bin eine durstige Hauptperson. Die Schnecken waren sicher ein wenig salzig.

Auf dem Weg nach draußen begegnet mir ein echter Bergenser Autor. Er ist hergejoggt, dieser übermäßig gesunde Mensch. Er will sich einige alte Bergen-Karten ansehen und Kopien machen. Er fragt, ob ich etwas Neues schreibe, das tun wir alle immer, und alle haben eine Sterbensangst vor der Antwort; wir alle konkurrieren um den Platz in den Buchbeilagen der Hauptstadt. Ich antworte, dass ich es noch nicht so recht weiß, dass Bergen aber der perfekte Ort ist, um sich inspirieren zu lassen. Das hört er gern, und auch wieder nicht. Doch als ich mich über die lähmende Büchermenge in den Sälen hinter uns beklage, sagt er:
»Eben weil es so viele gibt, können wir doch unbesorgt auch noch ein paar schreiben.«
Das ist eine gute Antwort. Aber mein Durst wird davon nun wirklich nicht gelöscht. Und mir fällt plötzlich ein, dass Freitag ist, das Wochenende beginnt.
»Du schwitzt«, sage ich.
»Das ist ja auch der Sinn der Sache«, sagt er.
»Wenn du Muskeln haben willst, dann stopf dir doch einfach Sand und Ton unter die Haut.«

Ich gehe die Kaigate entlang und überlege mir, was mit dem Körper des Mannes passieren sollte. Er gehört eigentlich sofort in die Natronlösung. Aber wenn niemand ihn vermisst, wer wird dann den komplizierten Mumifizierungsprozess durchziehen, um ihn für die Nachwelt zu bewahren? Ihn bis an die Zähne fürs Götterleben bewaffnen? Tove hat ihn geliebt.
Das wird mir plötzlich schmerzhaft bewusst. Sie hat ihn geliebt. Diese Tatsache habe ich bisher total übersehen. Natürlich hat sie ihn geliebt, das war zu hören, als sie mit ihm gesprochen hat, auf diese liebevoll scheltende Art. Ich wäre fast zu dem jungen Bullen zurückgekehrt, um ihm das zu

erzählen, als wichtige Nachricht, als für den Fall entscheidende Information.

Er würde lachen. Als ob Tövchens Gefühle für den Toten irgendeine Rolle spielten.

Aber das tun sie! Sie arbeitet als Nutte. Sie muss sich blind auf ihn verlassen haben, sonst hätte sie ihn nicht auf dieser irrwitzigen Bootsfahrt begleitet. Er kann ihr Zuhälter gewesen sein, der sie beschützt hat. Und so, wie eine Geisel sich gefühlsmäßig an ihren Bewacher binden kann, kann es ihr auch ergangen sein. Während Kopf und Vernunft sie immer wieder an eins erinnerten: Dass er sie im Grunde ausnutzte. Und das wäre ein Motiv: Um sich zu befreien, hat sie ihn ertränkt.

Das alles kann stimmen. Nur eins trübt meine empirische Freude: Warum macht sie dann mir Vorwürfe? Was habe ich kaputtgemacht, wenn sie ihm doch den Tod gewünscht hat? Liegt es daran, dass ich ihren Aufbruch gesehen habe? Dass sie weiß, dass ich sie verraten kann? Aber wenn diese Bootsfahrt mit Ertrinken insgeheim passieren sollte, wenn Tove sie als kaltblütigen Mord geplant hatte, warum haben sie sie dann am hellichten Tag unternommen? Mitten auf dem Puddefjord?

Ich bleibe stehen und zünde mir eine Zigarette an. Ich hätte das alles meinem joggenden Kollegen erzählen sollen. Der kennt sich mit Mysterien und Morden und verborgenen Motiven aus. Sein literarischer Wolf in der Bergenser Unterwelt wäre der perfekte Sparringpartner.

Aber nein! Das ist meine Geschichte. Das ist *meine* Geschichte!

Und ich kann immer noch versuchen, mit den niedlichen jungen Nutten ins Gespräch zu kommen. Die haben bestimmt noch keine Zeit gehabt, um Hass auf mich zu entwickeln.

Unglaublicherweise finde ich eine gute altmodische Telefonzelle von der roten Sorte, so echt norwegisch wie rotes Telemarksvieh, und unglaublicherweise habe ich sofort Rickard an der Strippe, obwohl die Nachrichtenzeit näherrückt und ich eigentlich einen heißen Tipp für den Dreifachmord in Røa haben müsste, um überhaupt durchzukommen.

»Ich habe mit der Polizei gesprochen, Rickard. Du kannst dich also beruhigen. Alles liegt auf dem Tisch. Und geht jetzt seinen Gang.«

»Du meine Güte. Das hast du also gemacht.«

»Ja.«

»War es unangenehm, mit ihnen zu sprechen, was meinst du?«

Ich muss nachdenken. Ich denke nicht an die Vorderzähne des jungen Bullen und an seine Fragen, sondern an Rickards Tonfall. Er tut so, als wäre ihm mein Wohlergehen wichtig.

»Ja, ein bisschen.«

»Du kannst die Bergenser Polizei doch nicht leiden.«

»Nein. Ich kann überhaupt keine Polizei leiden. Und schon gar keine, die Leute in Fahrstühlen und Autos zusammenschlägt und das danach abstreitet.«

»Aber ansonsten ist alles gut gegangen?«

Himmel, ich habe nicht mehr genug Einheiten auf meiner Telefonkarte für so viel Sympathie.

»Ich fand es schwer, mich an alles zu erinnern. Es ist doch so lange her.«

»Nur ein paar Tage.«

»Das ist lange her.«

»Hast du getrunken?«

»Nein, noch nicht.«

Nicht, seit mir eingefallen ist, dass ich Durst habe. *Hast du getrunken?* So eine Frage kann einen zeitlichen Aspekt beinhalten, und zwar den Zeitraum von dem Tag, an dem wir zum ersten Mal an die Mutterbrust gelegt worden sind, bis heute. Besser, ich sage gleich nein.

In der Frage liegt außerdem ein Vorwurf, den ich nicht vertrage. Rickard erinnert mich plötzlich an norwegische Buchrezensenten.

»Du, Emma, können wir nicht am Wochenende mal zusammen essen gehen? Ich muss nur am Sonntag arbeiten. Wäre das nicht nett?«

»Wieso sollte das *nääätt* sein?«

»Aber wir können doch Freunde sein?«

»Wozu denn?«

»Emma!«

»Du willst über die Gummiboote berichten, so ist das. Du willst ein kleines nettes Feature drehen, das die Leute zu den Neun Uhr-Nachrichten lockt. Im Stil von Katze von Feuerwehr durch Mund-zu-Mund-Beatmung wiederbelebt.«

»Red keinen Unsinn. Ich weiß doch nicht genug.«

»Genau. Nix Essen, Revestad. Und jetzt ist meine Karte alle.«

Er ruft etwas, das ich nicht hören kann. Dieser Schleimi!

Die Tage sind zu lang. Ich müsste bald abreisen. Meine Post durchsehen und mich um meine Pflanzen kümmern, die von meiner freundlichen Nachbarin immer zu gut gegossen werden. Nach meiner letzten Reise musste ich mehrere Liter Blumenwasser ausgießen. Ein riesiger Avocadobaum war dabei verstorben, er kam mir in der Diele entgegengeschwommen.

Wasser Wasser Wasser. Alles ist ein Prozess, in Bewegung. Nichts ist unveränderlich, auch, wenn es so aussieht. Wir erwachen eines Morgens und halten uns für dieselben wie gestern. Wir akzeptieren problemlos, dass jedes einzelne Partikel im Universum Position oder Intention geändert haben kann, aber ich ... ich ... mein Körper und meine Gedanken, *mein Bewusstsein meiner selbst,* wollen sich für unverändert halten. Aber ich bin so veränderlich wie ein Wasserfall, so unveränderlich wie der Bogen, den die Wassermassen beschreiben. Neue und immer neue Wassermassen, die in der Luft ganz still stehen, wenn wir sie nur aus ausreichender Entfernung betrachten. Aber alles fließt. Mein Leben ist so beständig wie ein Prozess. Ich kann mich mit den einzelnen Komponenten in diesem Prozess auseinander setzen, niemals jedoch mit dem Prozess an sich. Ich habe keinerlei Kontrolle. Ich halte mich in jeder Sekunde für bewusst, aber jede Sekunde ist eine neue, das sagt mir meine Vernunft, in jeder Sekunde bin *ich* neu, und ich habe keinen wirklichen Grund, etwas anderes zu glauben. Ich habe also keine Ahnung, wer ich vor einer Stunde war. Leider. Ich sehe es lieber gleich ein und mache mich an die Trauerarbeit. Sorgen sollten wir uns im Voraus machen. Immer. Dann sind sie an dem Tag, an dem sie wirklich losbrechen, so übersichtlich wie die Südnorwegenkarten des norwegischen Automobilclubs.

Es wäre schön, das Meer zu sehen. Das Meer scheint stabiler zu sein als ein Wasserfall. Wenn überhaupt irgendetwas das Gemüt zum Glauben an zuverlässige Stabilität bringen kann, dann ist es das Meer. Tod und Liebe werden im Vergleich dazu zu Kleinigkeiten.

Der Hafen ist eine Portion Meer. Dorthin gehe ich und kaufe mir ein halbes Brötchen mit Räucherlachs, um womöglich noch durstiger zu werden, und ich kaue und betrachte die Segelboote. Die vielen in die Luft ragenden Masten, die Segeltörns, die in ihrem Bug ruhen, die Stürme, denen sie sich jederzeit zu stellen bereit sind. Ich habe den

Touristenstrom im Rücken, ein babylonisches Sprachgewirr. Ich spucke eine Fischgräte auf den Asphalt und bereue es gleich, ich hätte sie als Zahnstocher nehmen können.

Wo ist er jetzt? Danach hätte ich die Polizei fragen sollen. Zieht ihn in dieser Sekunde ein Pathologe aus einem Kühlfach, um ihn nachdenklich zu betrachten? Hebt er ein weißes Laken an, sieht das Gesicht aus der Zeitung und wundert sich? Macht er sich an dem Zettel am großen Zeh zu schaffen, wo die gepunktete Namenszeile leer geblieben ist?

Dann schiebt er den Leichnam zurück, und die rostfreie Stahlplatte, die von einem toten, namenlosen Körper bedeckt ist, gleitet auf weichen Gummirädern lautlos zurück. Die Tür fällt zu. Die Temperatur wird überprüft. Und der Pathologe empfindet ein leises Mitleid mit diesem Mann, der sich vermutlich auf keine überfüllte Kirche freuen kann, auf Bänke, voll gestopft mit weinenden, ihn vermissenden Menschen, die zu seinen Ehren schluchzen, und die sich keine Mühe geben, ihre Tränen zu verbergen, weil sie doch gerade zum Weinen hergekommen sind.

Der Tod soll der Beweis dafür sein, dass man gelebt hat. Der Trauergrad der Hinterbliebenen soll zeigen, wie sehr man geliebt und respektiert worden ist.

Aber wenn du nun so unbekannt bist, dass niemand weiß, wer du bist, selbst dann, wenn du nicht mehr *bist*. Wenn du nicht die Person bist, und trotzdem einen Namen hast, der in Stein gemeißelt werden soll, dann müsste jemand sich an dich erinnern. Ein Bankangestellter, mit dem du auf Grußfuß gestanden hast, eine Nachbarin, ein Straßenarbeiter, der noch weiß, dass du mit ihm gesprochen hast, weil du keinen Parkplatz für dein Auto finden konntest. Der Straßenarbeiter könnte dann einen Straßennamen nennen, eine Gegend, etwas, das die Polizei auf deine Spur bringen kann.

Das ist schlimmer als der Tod: Als Leiche der Welt unbekannt zu sein.

Aber vielleicht liegt es an den Augen. An der Tatsache, dass sie auf dem Bild in der Zeitung geschlossen sind. Möglicherweise wollen Menschen Fremde nicht erkennen, wenn diese die Augen geschlossen halten. Geschlossene Augen weisen auf etwas Privates hin, deuten an, dass die Person sich verstecken, ungesehen bleiben will.

Wenn ich nicht schon gewusst hätte, wer er war, hätte ich mich vielleicht auch unangenehm berührt abgewandt und schnell weitergeblättert, zu den Comics.

Ich drehe mich um. Auf dem Fischmarkt wimmelt es von lebendigen Körpern. Von geborenen Körpern mit Zellen, die langsam dem Untergang entgegen ticken. Von Füßen, die sich spielerisch leicht bewegen. Die Automatik der Muskeln sieht auffallend, fast wundersam einfach aus. Nie befinden sich beide Füße zusammen in der Luft. Die Arme schwingen asymmetrisch hin und her, um Passgang oder Balanceschwierigkeiten zu vermeiden. Und die Gehirnmasse in jedem Körper, vielleicht eine Tonne Gehirnmasse insgesamt, denn es befinden sich viele Menschen auf dem Markt und in den O-Bussen und den Autos, die in beide Richtungen fahren; die ganze Gehirnmasse ist immer an der Arbeit. Ununterbrochen! Wenn wir sie zu einem Klumpen sammelten, einem Riesengehirn, dann würden wir jede Menge Überlappungen entdecken. Homogen gedachte Gedanken, die einander einebnen. Von dieser Tonne würden vielleicht nur einige Hundert Gramm strahlend neue und originelle Vergleiche anstellen. Nein, was rede ich da ... einige Gramm! Mehr nicht. Und wem gehören diese armseligen paar Gramm?

Mir, möchte ich meinen.

Das möchte ich so schrecklich gern meinen.

Ich falle auf der Stelle tot um, wenn ich nicht mehr meine, dass sie mir gehören.

Im Lauf der letzten Jahre habe ich viele Nutten kennen gelernt. Ich kann kühn behaupten, auf diese Weise meinen Horizont erweitert zu haben. Mein Horizont ist durch das Wissen, wie andere mit Hilfe von Mund, Unterleib und melkenden Händen Geld verdienen, um einiges erweitert worden.

Nutten sind Menschen, für die ich tiefen Respekt entwickelt habe. Ich sage das nicht, um eine sozialerotische Wirkung zu erzielen, sondern, weil es stimmt. Nur selten begegnen uns rationalere Menschen als Nutten. Alles haben sie platziert. Alle Gefühle haben einen Merkzettel bekommen, auf dem steht, was dahinterliegt. Und dass viele von ihnen neben dem Job kein normales Liebesleben mehr führen können, liegt eher am Rauschgift als an Überarbeitung.

Es gibt unterschiedliche Nuttenkategorien, abhängig davon, wie sie in dieses Gewerbe geraten sind. Aber wenn ich von Straßennutten rede, und das tue ich, denn ich kenne mich, dann sind sie eine ziemlich homogene Gruppe, oder doch auch wieder nicht. Mit den alten Nutten bekannt zu werden ist fast unmöglich, und die ganz jungen können noch kaum ihre Erfahrungen in Worte kleiden. Die alten sind verbittert und desillusioniert und oft irgendeiner Sucht verhaftet, sie arbeiten auf der Straße, weil sie zu fertig aussehen für das grelle Licht der Massagesalons. Die ganz jungen leben in der rosa Illusion, sie könnten ihr Gehirn ausschalten, um an leicht verdientes Geld zu kommen, oder sie sind zu Hause vergewaltigt worden und in einer Opferrolle erstarrt, die immer wieder bestätigt werden muss: Erniedrigt zu werden ist sicher und übersichtlich, die Geschäftsmechanismen sind sicher und übersichtlich, die Scheiße riecht so, wie sich das gehört. Und die jungen arbeiten auf der Straße, weil sie sich dort frei fühlen; sie haben Angst, in einem geschlossenen Ausbeutungssystem hinter Perlenvorhängen mit üblen Arbeitsabsprachen und unbequemer Arbeitszeit zu landen.

Ich habe am liebsten mit denen dazwischen zu tun, die es schon seit einer Weile machen, aber noch nicht zu lange. Denen, die eifrig beteuern, dass sie aussteigen, wenn sie genug Geld auf die hohe Kante gelegt haben, aber die jetzt schon einen Rauschbedarf entwickelt haben, von dem sie nicht zugeben wollen, dass er dieses Ziel vereiteln wird. Ihre Lebenslüge fault von der Wurzel her, aber diese Nutten reden bereitwillig über ihren Alltag, sie verfolgen die gesellschaftlichen Entwicklungen, sie haben ihre Ansichten über Freier und militante Frauengruppen, über norwegische Drogenpolitik, über Männerrolle und Frauenrolle und Sexualpolitik. Und nicht zuletzt haben sie sich eine Meinung über die norwegische Frau gebildet und deren verkrüppeltes, verkrampftes Verhältnis zu ihrer eigenen Sexualität, das sie durch den norwegischen Mann kennen lernen, der nicht einmal wagt, ein wenig Bondage light vorzuschlagen, aus Angst, von seiner Frau dann als pervers abgestempelt zu werden.

Man entwickelt Respekt für Menschen, die am Rand von allem leben und das wissen, und die trotzdem eine krampfhafte Würde signalisieren, die auf dem Recht des Individuums auf Entscheidungsfreiheit basiert.

Sie sind heute noch ebenso niedlich, und sie sitzen am selben Tisch. Spielen sich zwischendurch mit lackierten Nägeln auf, erstarren dann aber, als ihr Blick auf mich fällt. Ich setze mich einfach zu ihnen und lächele sie an. Ich habe sie schon als junge, verträumte Nutten auf der Jagd nach leichtverdientem Geld eingestuft, mit einer übersichtlichen IQ-Höhe und einem naiven Weltbild, das ich durchaus nicht anbohren will. Mir geht es nur um harte Fakten.

»Kann ich euch zu einem Bier und einem Skoller einladen?«, frage ich freundlich.

Sie wechseln einen Blick, die eine nickt langsam und verwundert für beide. Ich mache die Schwedin auf uns aufmerksam und bestelle.

»Ich heiße Emma«, sage ich.

»Vergiss es«, sagt die, die genickt hat.

»Was soll ich vergessen?«

»Wie wir heißen.«

»Das habt ihr doch nicht gesagt.«

Ich lache. Sie lachen nicht.

»Die Polizei hat mir noch nie einen ausgegeben«, sagt die Nickerin.

»Die Polizei? Glaubt ihr, ich käme von der Polizei?«

Ich lache noch lauter, mit großer Energie. Dieser ganze Tag steht im Zeichen von Energie und Reflexion. Am Nachmittag habe ich die Minibar mit eigenen Naturalien gefüllt und sogar einen Text zu einem Möwenbild zusammengeschustert.

»Wer hat gesagt, ich wäre bei der Bullerei? Tove?«

»Soll das Bier eine Bestechung sein?«, fragt die, die nicht genickt hat. Ich entdecke plötzlich, dass die beiden sich unter ihrem Make-up sehr ähnlich sehen.

»Seid ihr Schwestern?«

Ich habe jede Menge Geduld. Sie antworten nicht, aber sie nippen an Bier und Schnaps, als ich bezahlt und sehr wenig Trinkgeld gegeben habe. Es bringt nichts, in einem Lokal mit Barfrau und ohne Türsteher mit Kohle um sich zu werfen.

»Seid ihr also Schwestern?«

»Das verraten wir nicht.«

»Aber ich bin Schriftstellerin. Und nicht von der Bullerei.«

»Schriftstellerin?«

»Ja. Und wenn ich mit Leuten rede, und wenn sie mir etwas erzählen, dann stehe ich unter einer Art Schweigepflicht. Nicht nach dem Gesetz, aber ich finde eben, dass ich das tue.«

Es ist immer befriedigend, wenn wir sehen, dass unsere zielgerichteten Lügen voll ins Schwarze treffen. Diese hier trifft die, die nicht genickt hat, ihr Blick richtet sich etwas fester auf mich. Aber die Nickerin bringt noch immer ihr Misstrauen zum Ausdruck:

»Aber warum hast du es auf Tove abgesehen? Wenn du nicht von den Bullen kommst.«

»Tove ist nur sauer auf mich. Und sie kommt sicher heute nicht hierher, wenn sie glaubt, dass ich hier bin.«

»Sie hat gesagt, sie wollte dir nicht begegnen. Gestern hat sie sich ziemlich darüber geärgert, dass du hier warst.«

»Kennt ihr sie gut?«

»Ach, was heißt schon gut Wir ...«

»Ich weiß, dass ihr auf den Strich geht. Und Tove auch.«

»Du bist doch von der Polizei. Suchst du Stoff?«

»Stoff, ja. Aber nicht solchen, wie ihr meint.«

»Tove hat dich als Geier bezeichnet. Genau dieses Wort hat sie benutzt.«

»Aber ich bin Schriftstellerin und mag die Polizei auch nicht sehr. Und wenn ihr mich für eine Drogenfahnderin haltet, warum sitzt ihr dann hier? Und redet mit mir?«

»Weil du uns einen ausgegeben hast. Und wir sagen doch gar nichts, oder?«

»Ich arbeite an deiner Geschichte«, sage ich.

»Ich habe auch schon Gedichte geschrieben. Ziemlich viele«, sagt die, die nicht genickt hat.

Ich lächele anerkennend, gewissermaßen überrascht aufmerksam. Wenn ich etwas restlos satt habe, dann, mir anhören zu müssen, was in den Schreibtischschubladen anderer Leute liegt. Vor einigen Jahren habe ich eine Wohnung verkauft, und unmittelbar zuvor hatte mein damals neuer Roman ziemlichen Staub aufgewirbelt. Der Makler hatte die Tatsache, dass ich als Verkäuferin auftrat, offenbar weidlich ausgenutzt, und ich glaube, dass etwa achtundvierzig von fünfzig Interessenten, die zur Wohnungsbesichtigung kamen, einfach nur sehen wollten, wie ich wohnte, und außerdem wollten sie mir erzählen, dass sie in den Sechzigerjahren neun Gedichte und zwei Erzählungen verfasst hatten. Drei von ihnen riefen später an und wollten mir ihre entsetzliche Lebensgeschichte erzählen, die einen ganzen Roman verdient hätte, und den Roman sollte keine andere schreiben als ich. Es war eine Zeit der Zumutungen, bis ich die Wohnung an einen kulturellen Gossenmenschen verkaufen konnte, der die Boulevardpresse las, nie von mir gehört hatte und ein fettes Bankkonto besaß.

»Ach«, sage ich und beuge mich vor. »Wirklich?«

»Kristin ist die Künstlerin von uns beiden«, sagt die Nickerin und scheint ihre Worte sofort zu bereuen.

»Eine echte Künstlerin, also?« Ich lächele das Vertrauen erweckendste Lächeln aller Zeiten und sage, begleitet von etwas, das ich für einen verträumten Blick halte: »Dinge zu erschaffen ist wunderbar. Ich habe heute Nachmittag ein Gedicht geschrieben. Über ein Bild einer Möwe.«

»Lass hören«, sagt Kristin.

»Es ist noch nicht fertig …«

»Lass trotzdem hören«, verlangt Kristin.

Ich wühle leicht zögernd und seufzend in meiner Handtasche und finde die Zettel aus der Bibliothek, wo das Möwengedicht am Rand meiner Notizen steht.

»Es ist noch nicht ganz fertig, wisst ihr, es ist nur ein Entwurf.«

»Lass endlich hören. Aber sag zuerst, wie das Bild aussieht.«

Die Nickerin lässt sich im Sessel zurücksinken und sieht erst Kristin an, dann mich.

»Also, die Möwe sitzt zwischen anderen Möwen«, sage ich. »Aber diese will gerade losfiegen. Sie hat die Flügel ausgebreitet, ein Fuß ist schon in der Luft, der andere hat gerade noch Kontakt mit dem Stein darunter. Das Bild ist im Bruchteil einer Sekunde vor dem Abflug aufgenommen worden.«

»Wie schön!«, sagt Kristin. »Ich kann es richtig vor mir sehen. Es erinnert mich an die Möwe Jonathan.«

Du meine Güte. Ich verliere fast den Faden. Die Möwe Jonathan. An die denkt sie also.

»Und jetzt das Gedicht«, sagt Kristin.

Ich lese vor: »Stille ist ein Vakuum, bevor etwas beginnt, das niemand erwartet hat. Mutig oder naiv, das sind zwei Seiten derselben Startlinie. Aber nichts kann mich erschrecken. Obwohl alles mir das Leben nehmen wird. Ich wage zu glauben, dass jemand es entgegennimmt. Tragen meine Flügel auch diesmal? Obwohl sie mich beim letzten Mal getragen haben? Fliege ich?«

»Du bist wirklich Schriftstellerin«, sagt Kristin. »Echt! Aber du musst das aufschreiben wie ein Gedicht. Die Sätze an komischen Stellen aufteilen, wo es eigentlich gar nicht passt, das sieht besser aus. Ich sehe alles vor mir. Das Bild und das Gedicht und … du bist wirklich gut! Hast du auch das Foto gemacht?«

Jetzt habe ich sie beide. Ich erzähle von Svalbard, und wir

bestellen mehr Bier und Schnaps, ich erfahre, dass die Nickerin Katrine heißt, und messbare Minuten werden zu lang gestreckter Zeit. Katrine fragt, woher ich meine Ideen nehme, und ich verbreite mich routiniert über die Arbeit einer Schriftstellerin. Ich fühle mich wohl in meiner Haut. Kristins Augen strahlen. Als ich mit dem Mann in Dyvekes Weinkeller gesprochen habe, habe ich die lebenssatte und desillusionierte Autorin gespielt, jetzt gebe ich die engagierte und bewusste, die temperamentvolle, angetrieben von künstlerisch unantastbaren Ambitionen. Zugleich merke ich, dass ich ins Gespräch hineingleite, dass ich dabei bin, statt einfach mit Goldkörnern um mich zu werfen, um etwas Bestimmtes zu erreichen. Diese beiden passen nicht in meine Nuttenkategorien, sie sind jung und durchaus nicht in verdrängter Wirklichkeit eingeschlossen, etwas hier stimmt nicht.

»Sagt er das wirklich?«, fragt Kristin.

»Er hat es gesagt. Er ist zweiundsechzig gestorben.«

Ich habe ein wenig über Faulkner erzählt, über das Einzige, was er für beschreibenswert hielt: *A heart in conflict with itself*. Das brauchte ich nicht einmal zu übersetzen. Ich staune mehr und mehr über diese beiden.

»Das muss doch bedeuten, dass man das eine macht und das andere will«, sagt Katrine.

»Ja, einen Konflikt«, sage ich.

»Konflikte gibt's überall«, sagt Katrine. »Die bleiben keinem Menschen erspart.«

»Ich glaube nicht, dass Faulkner Konflikte *zwischen* den Menschen meinte, er meinte die *in* den Menschen.«

»Sicher«, sagt Kristin. »Genau das sagt er doch, aber du ... du schreibst über die Wirklichkeit? Über das, was du erlebst? Was du siehst?«

»Ich benutze die Wirklichkeit, aber es ist ungeheuer

schwierig, direkt über sie zu schreiben. Das ist nicht glaubwürdig. Nur Dichtung und Lügen sind glaubwürdig.«

»Warum ist das so? So komisch?«

»So komisch ist es eigentlich gar nicht. Die richtige Wirklichkeit ist voller Zufälle. Die nichts bedeuten. In Büchern muss alles etwas bedeuten. Und genau das habe ich restlos satt. Dass es in Büchern keine Zufälle geben darf.«

»Kümmer dich doch einfach nicht drum«, meint Katrine. »Schreib über Zufälle.«

»Das ist nicht leicht. Alle wollen Zusammenhänge, wollen ein Muster sehen. Verstehen. Auch das, was sie lesen. Im Leben lassen sie sich mehr gefallen als in Büchern. Im Leben ist alles möglich. Aber beim Lesen wollen sie … die Kontrolle haben.«

»Die Kontrolle? Sie können doch nicht entscheiden, was im Buch passiert?«

»Doch, in mancher Hinsicht schon. Weil sie den Überblick haben wollen. Wenn in einem Text etwas Unerwartetes passiert, dann muss das später von Bedeutung sein, wenn alle Fäden entwirrt werden und die Lösung gefunden wird. Wenn dieses Unerwartete dann keine verständliche Lösung erhält, dann sind die Leser sauer und reden von einem Scheißbuch. Und wenn so ein Leser dann auch noch Bücher rezensiert, dann lesen plötzlich hunderttausend Menschen in der Zeitung, dass ich ein Scheißbuch geschrieben habe. Der Rezensent kann einfach nicht hinnehmen, dass Literatur zu wirklich wird.«

»Und deshalb hat dieser Leser die Kontrolle über dich«, sagt Kristin. »Weil es dir nicht egal ist, was er erwartet.«

Ich starre sie an. »Ja«, sage ich langsam. »Ich kann ihm das nicht geben, was er nicht erwartet. Ich schreibe doch, worüber ich will, aber ich muss auf die richtige Weise darüber schreiben. Stellt euch mal vor, ich schriebe einen Liebesroman, und mitten in diesem Roman käme Prinzessin Diana bei einem Autounfall ums Leben. Stellt euch vor, sie wäre damals noch am Leben gewesen. Glaubt ihr, dass das geht? Nein. Dann müsste das ganze Buch von Diana handeln. Aber als es wirklich passiert ist, aus purem Zufall ... da wurde Dianas Tod ein Intermezzo in ziemlich vielen Liebesbeziehungen, die es damals im wirklichen Leben gab. Aber es geht nicht, über solche Zufälle zu schreiben. Das ist einfach unmöglich.«

»Worüber kannst du sonst noch nicht schreiben?«

»Tja, wie Leute miteinander reden, zum Beispiel.«

»Im Buch?«

»Ja. Wenn ich ein Gespräch wiedergebe. Dann muss alles etwas bedeuten, mit der Handlung zu tun haben. Und wenn ich die Personen zu viel sagen lasse, dann steht in den Rezensionen, ich hätte meine literarischen Personen zum Sprachrohr meiner eigenen Meinungen gemacht.«

»Aber trotzdem bist du das, die das alles schreibt.« Kristin lacht und trinkt. Sie lächelt wie ein kleines Mädchen mit Bierschaum auf der Oberlippe.

»Genau«, erwidere ich.

»Leute können in Büchern also nicht einfach drauflos reden. Sagen, was sie wollen.«

»Nein, spinnst du? Deshalb sind diese Gespräche oft ziemlich komisch. Aufgesetzt. Es gibt ein wenig Husten und Räuspern und Pausen, die Leute drücken sich falsch aus, benutzen das falsche Wort und berichtigen sich dann. Wie im echten Leben. Wenn das in einem Buch passiert, dann glauben die Leser, ich wollte diese Person ein bisschen dumm wirken lassen.«

Seit dem letzten Schriftstellerkongress habe ich nicht mehr so diskutiert und formuliert. Es ist ein wunderschönes Gefühl. Die Wörter vibrieren bis hinunter in meine Waden und funkeln in meinen Fingerspitzen, sie glühen in meinen Augäpfeln. Es ist fantastisch, an Literatur zu denken, statt an Literaturpolitik. Rickard und seine Freunde sprachen gern mit mir über Buchclubs und Preisbindung und Einkaufspolitik der Bibliotheken und literarischen Kommerz, Börse und Kathedrale, und natürlich debattiere ich liebend gern über diese Themen, aber über Literatur haben wir nie gesprochen. Und jetzt merke ich, wie sehr mir das gefehlt hat.

»Was ist für dich das Schlimmste beim Schreiben?« fragt Kristin. Und ohne überhaupt nachzudenken, antworte ich: »Die Dummheit. Die ganze Dummheit danach, wenn das Buch veröffentlicht wird. Dass das Publikum jedes Buch für eine Autobiographie hält. Und dass die Autorin für jede Reaktion bei jedem Leser und jeder Leserin verantwortlich gemacht wird.«

»Und bist du das nicht?«, fragt Katrine.

»Nein, natürlich nicht. Nicht einmal, wenn eine Person Selbstmord begeht, nachdem sie ein Buch von mir gelesen hat, bin ich verantwortlich. Soviel ich weiß, hat sich noch niemand umgebracht, aber mehrere haben sich scheiden lassen. Das weiß ich.«

Sie lachen beide. Und wir sitzen hier so gemüüüütlich, und mir geht plötzlich auf, dass ich die Führung wieder an mich reißen muss. Ich will tiefer in diesem Gespräch versinken, ich habe Schnee in der Hand, der zum Ball geformt und geworfen werfen muss und treffen soll, und endlich wage ich zu sagen: »Tove kommt heute wohl nicht.«

»Sie war eben noch hier«, sagt Katrine. »Sie hat dich durchs Fenster gesehen und kehrtgemacht.«

»Warum hast du nichts gesagt?«

»Sie will ja doch nicht mit dir sprechen«, sagt Kristin.

»Hat sie einen festen Kunden? Einen älteren Mann?«, frage ich.

»Keinen Kunden, aber ...«, fängt Kristin an und wechselt mit Katrine einen Blick.

»Sie hat lange nicht mehr gearbeitet«, sagt Katrine. »Zwei oder drei Monate nicht mehr. Sie hat erst vor wenigen Tagen wieder angefangen. Sie hatte nämlich einen Freund. Aber der scheint jetzt weg vom Fenster zu sein, mehr wissen wir nicht.«

»Wie hieß er denn?«, frage ich und nehme einen ausgiebigen Schluck, um den Eifer in meiner Stimme zu dämpfen.

»Heinz, aber wir haben ihn nie gesehen. Wir sind ihr eines Tages in der Stadt begegnet, und da hat sie das erzählt. Er wohnt irgendwo hier in der Gegend. Sie war so stolz. Jetzt ist sie nur noch sauer. Wütend. Aber ich glaube, vor allem traurig. Sie hat sicher geglaubt, sie brauchte nicht mehr zu arbeiten. So denken wir ja alle.«

Heinz. Heinz mit dem Album. Heinz, der Sohn seiner Mutter.

»Viele denken das«, sage ich. »Fragen sich, warum ihr auf den Strich geht. Warum ihr euch keinen anderen Job sucht.«

»Die meisten brauchen einfach mehr Geld, als sie mit einem normalen Job verdienen können.«

»Nehmt ihr Drogen?«

»Nein. Wir trinken nur ein bisschen. Um munter zu werden«, sagt Katrine ernst.

»Und Tove? Nimmt die Drogen?«

»Ein bisschen, glaube ich. Aber wir haben eine Wohnung. Und da brauchen wir Essen und Strom und ...«

»Ihr seid Schwestern?«

»Sicher, und wir wohnen zusammen«, sagt Kristin.

»Keine Ausbildung?«

»Hör auf. Du redest wie eine vom Sozialamt, nicht wie eine Schriftstellerin«, sagt Katrine mit scharfer Stimme.

»Ich finde das nur ein bisschen traurig«, sage ich. »Dass ihr keinen anderen Job finden könnt.«

»Das liegt daran, dass es uns nicht gibt«, kichert Kristin. »Au!«

Katrine versetzt ihr unter dem Tisch einen Tritt und ist plötzlich eine andere. Gereizt, kalt.

»Euch gibt es nicht?«, frage ich.

»Das war nur ein Jux«, erklärt Kristin.

Ich trinke und sehe sie an. Ich rieche etwas. Den schwachen Duft eines gut abgehangenen Geheimnisses.

Kristin sieht Katrine verärgert an. »Sie hat doch gesagt, sie hätte Schweigepflicht, und stell dir vor, sie könnte …«

»Halt die Klappe«, sagt Kristin. »Du hast zu viel getrunken.«

»Das macht doch Spaß«, sagt Kristin.

»Wein, Weib, Gesang«, sage ich.

»Ja, wir müssen jetzt los«, sagt Katrine. »Danke für Bier und Schnaps.«

»Nein! Ich will mich weiter mit Emma unterhalten. Das macht Spaß.«

»Kristin!« Katrine springt auf und wird zur hoch gewachsenen Autorität. Zur Zuhälterin. Kristin zwinkert mir zu, stemmt sich aus dem Sessel hoch und zieht ihre Leggins nach oben. Ich sehe für einen Moment ihre schmale Hüftpartie. Die könnte jedem jungen Mädchen gehören und noch kaum von Männerhand berührt worden sein. Sie streicht die Leggings gerade und lässt den Pullover wieder sinken. Über dem Pullover trägt sie eine kurze kleine Lackjacke. Bei beiden Mädchen ist der Spalt zwischen den Brüsten deutlich zu sehen, wie ein kleiner Verkaufsstand, ebenso flaumig und einladend wie am Abend zuvor. Im Grunde haben beide für ihr junges Alter einen sehr großen Busen. Was sicher bei ihrer Berufswahl von Vorteil gewesen ist.

Ich winke ihnen zum Abschied fröhlich zu, bleibe sitzen und schaue meine Papiere an. Meine Notizen über Mumifizierung. Das Gedicht über die Möwe Jonathan. Um das Blatt herum sehe ich die nassen Ringe, die mein Bierglas hinterlassen hat. Die wütende Frau mit dem Feuerzeug und den Tränen sitzt allein und mit gebrochenem Blick in einer Ecke. Niemand hat die Fliegen aus den Flaggen geschüttelt oder zum Lüften in den Wind gehängt, aber eine Möglichkeit kann nie dasselbe sein wie eine Wirklichkeit.

Er hieß Heinz. Die Leiche heißt Heinz. Ich müsste die Polizei anrufen.

Der Mann von der Auskunft kann mir in der Stadt Bergen vierzehn Heinze liefern. Der Zähler läuft, ich notiere wie besessen Namen und Telefonnummern. Hotelrechnungen nehmen leicht astronomische Ausmaße an, und diese hier wird astronomischer als jede andere, denn ich kenne die Straßennamen nicht und kann sie deshalb nicht den Stadtteilen zuordnen.

Einige Namen klingen typisch deutsch, vom Heinz bis zum letzten Buchstaben des Nachnamens. Andere sind Kombinationen. Heinz Anders, zum Beispiel. Und Ole-Heinz. Himmel, was für Namen Eltern kleinen, unschuldigen Wuscheln doch geben. Ich muss mir einen Stadtplan zulegen.

Auf dem Weg zur Rezeption begegnet mir Treu, und ich freue mich unsinnig über seinen Anblick. Ich gehe in die Hocke und locke ihn zu mir, und er gönnt mir wirklich einige Sekunden. Der Rabulist lässt sich nicht sehen, aber ich höre hinter einer Ecke sein Lachen, es wirft auf dem Flurteppich ein gedämpftes Echo.

»Was bist du für ein Feiner«, flüstere ich und kraule Treus Ohr. Es ist weich und glatt, warm in der Mitte, wo das dünne Stück lebendes Fleisch sitzt. Sein Nacken ist so straff und muskulös und wunderschön gerade. Er wedelt langsam mit dem gesenkten Schwanz, dreimal Wedeln, nicht schlecht, und ich kann ihn fast überall streicheln, ehe es ihm reicht; er weicht einige Schritte zurück, schaut sich um, wartet auf His Master's Voice. Aber hinter der Ecke wird noch immer gelacht, und ich hüpfe in der Hocke hinter Treu her und streichele ihn noch einmal. Er schaut mich jetzt an, sein Blick ist warm wie Kakao, seine Augen glänzen wie rohes Eiweiß, ich entdecke seine langen schwarzen Wimpern. Ein wenig spärlich, aber lang und geschwungen. Und sein Nasenknopf ist aus der Nähe wirklich ein Anblick. Kohlschwarz wie Lakritze, mit einem patinierten Feuchtigkeitsschleier und auf seltsame Weise kariert, wie die Risse in einem vertrockneten Flussdelta.

»Du bist ein schöner, feiner Junge, du. Fein und schwarz.«

Ich bin nicht daran gewöhnt, mit Tieren zu reden, aber ich verfüge offenbar über eine natürliche Begabung, denn Treu gefällt das, was er hört. Und ich denke plötzlich an die Bücher eines ehemaligen Vorsitzenden des Schriftstellerverbands; in seinen Büchern werden Hunde immer zum Opfer von Aggressionen. Die Hauptperson versetzt ihnen immer wieder Tritte, von rechts, von links, tritt kleine Schoßhunde mit minzgrünen Halsbändern ebenso wie große, streunende Köter. Diese Szenen sind immer lustvoll beschrieben, und ich habe oft gelacht, wenn ich über diese unmotivierte Gewalt gelesen habe.

»Aber ich mache das nicht, feiner Treu, du wirst nicht getreten und nicht gequält, nicht, wenn ich dir in Wirklichkeit begegne, und nicht, wenn ich dich in ein Buch stecke. Denn du bist einfach nur fein und schön.«

Und ich werde doch tatsächlich mit einem blitzschnellen Lecken belohnt. Ich sehe nur einen rosa Blitz, nehme ein wenig Hundemundgeruch wahr, und schon ist es wieder vorbei. Ich reibe mir die Nase, und dann steht der Rabulist vor mir. Im ersten Moment sieht er besorgt aus, als versuchte ich, eine ihm vorbehaltene Liebe zu stehlen, dann sieht er, dass ich es bin, und lächelt.

»Er scheint die schreibende Zunft zu mögen«, sagt der Rabulist, geht dann aber weiter, und leider folgt Treu ihm.

Ich bleibe noch einen Moment hocken und genieße den verflogenen Augenblick. Endlich verstehe ich, warum es Menschen mit hohem Blutdruck, Psychosen und Manien gut tun kann, Kontakt zu Tieren zu haben. Sie anzufassen. Es hat gut getan. Und so ein kleines Lecken, das genaue Gegenteil von blinder Gewalt. Das Lecken hat meine Panik gedämpft, meine Jagd nach einem Stadtplan, nach Tove und Heinz, wozu zum Teufel soll das alles gut sein?

So denke ich, vielleicht zwanzig Sekunden lang; ich genieße es, voll und ganz anwesend zu sein, befreit von äußerlichen Prämissen, ziellos. Bis ich mich recke und meine fast eingeschlafenen Knie aneinander presse und denke: Ich habe nicht eine einzige Sekunde zu verlieren.

Ich habe soeben die Finger um einen abgenutzten Stadtplan geschlossen und Luft geholt, um »tausend Dank« zu sagen, als ich ihn hinter mir höre.

»Konnte mir ja denken, dass du jetzt hier wohnst.«

Die Rezeptionsfrau verschlingt ihn mit den Augen, und sogar ich brauche einige Sekunden, um die Tresortür zuzuschlagen und seinen maskulinen Strahlenglanz auf Stahl treffen zu lassen.

»Na und?«, antworte ich und gehe auf den Fahrstuhl zu.

»Emma!«

»Ja, so heiße ich. Lass mich in Ruhe.«

»Das meinst du doch nicht im Ernst. Wir könnten doch … die andere … das hatte ich mir nur ausgedacht.«

»Ausgedacht? Ich habe sie doch gesehen.«

»Verdammt, spionierst du mir nach, oder was?«

»Sicher. Musste doch wissen, was du für einer bist. Und jetzt weiß ich es. Ein geiler Bock, das bist du. Hast nicht mal das Bett frisch bezogen. Ein Schwein, das bist du. Ein geiles Schwein!«

»Früher hat dir das gefallen!«

Es ist etwas Besonderes, mit einem Menschen zu sprechen, der hinter uns geht, versucht, Schritt zu halten, versucht, unseren Blick einzufangen. Es gibt ein Gefühl von Macht, auf diese Weise ein Gespräch zu führen, und ich entdecke, dass dieses Gefühl mir gefällt.

Endlich kommt der Fahrstuhl. Auch hier folgt er mir, aber ich lege die flache Hand auf seinen Brustkasten und schiebe ihn zurück, ohne ihm ins Gesicht zu sehen. Ich kann gerade noch mein Handgelenk retten, als die Türen sich schließen. Meine Handfläche brennt, die Tresortür vibriert.

»Es gibt noch andere Fahrstühle«, ruft er dramatisch, seltsamerweise wirkt das nicht pathetisch. Vielleicht, weil ich so daran gewöhnt bin, seine Stimme im Fernsehen zu hören.

Als ich gerade auf dem Bett den Stadtplan ausgebreitet habe, wird an die Tür geklopft.

»Bist du das, Treu?«, rufe ich.

Schweigen.

»Treu? Bist du das?«

Ich gehe zur Tür. »Hallo?«

»Natürlich ist das nicht Treu«, sagt Rickard leise.

»Dann nicht«, sage ich und gehe zum Bett zurück. Ich verdränge das, wozu ich es benutzen könnte. Alle Zutaten sind zur Hand, Rickards Körper, mein eigener, eine federnde Matratze, ein wunderbares Badezimmer, ich habe sogar Kondome. Ich könnte einen Leben spendenden, Serotonin stimulierenden Rückfall erleiden.

Er klopft weiter, und ich drehe MTV voll auf und öffne eine Bierflasche. Ich fühle mich stark und stolz, meine Integrität ist so riesig, dass sie das Zimmer zum Bersten bringen könnte, das Hotel, Bergen, die Welt. *Fehlende Verankerung in der Realität. Spekulativ.* Ha! Lieber reiß ich einen Metzgerschnurrbart auf. Jederzeit. Hier sollen nicht die Sekrete bestimmen, was Sache ist.

Nach fünf Minuten verstummt das Klopfen. Fünf Minuten. Mehr hat er vor Rapunzels Turm nicht investiert. Trottel. Eigentlich habe ich die ganze Stadt langsam satt. Nicht zuletzt den Akzent. Der hat etwas Quengeliges. Nicht nur, wie sie alles aussprechen, sondern die Satzbetonung an sich. Als heulten sie und bettelten sie um Aufmerksamkeit, wenn sie nur eine belanglose Bemerkung über das Wetter machen. Scheiß Drecksstadt.

Nachdem ich eine halbe Stunde lang in Fünfpunkt gesetzte Straßennamen angestarrt habe, habe ich drei Heinze eingekreist. Mein Herz hämmert aufgeregt, kleine Adrenalindosen werden von den Nebennieren in meinen Blutkreislauf gespritzt. So ist das Leben der Detektivin. Der junge Bulle sitzt sicher noch, falls er nicht nach Hause gegangen ist, und das ist er sicher, aber sagen wir, er sei nicht, einfach wegen des Textflusses, an seinem Schreibtisch und starrt das Telefon an, das klingeln soll, damit ein Bankangestellter oder ein Straßenarbeiter ihm mitteilen kann, dass die Leiche vom Dokkeskjærskai, ja, das muss doch ... das kann niemand anderer sein als ...

Ich dagegen renne durch braune Kneipen und betreibe teilnehmende Beobachtung, erschleiche mir das Vertrauen von skeptischen Nutten, rufe die Auskunft an, stolziere auf eigenen Füßen von dannen und besorge einen Stadtplan, kreise mögliche Identitäten ein. Wie professionell! Wie meisterlich!

Der Erste meldet sich mit Hans.

»Heinz?«, frage ich.

»Ich nenne mich Hans«, sagt er. Und ist keine Leiche

mehr. Ich bitte um Entschuldigung und behaupte, mich verwählt zu haben.

Ich müsste jetzt noch einige Male die falsche Nummer erwischen und immer wieder mit falschen Heinzen reden, aber in der wirklichen Welt ist alles möglich, und als ich als nächstes die Nummer eines Heinz in der Neumanns gate wähle, muss ich es lange klingeln lassen. Ich zähle. Es klingelt elfmal, dann wird abgenommen.

»Hallo?«, frage ich.

Schweigen.

»Hallo? Bin ich richtig bei Heinz Hermann Ottesen?«

»Ja.« Es ist eine Frauenstimme.

»Kann ich mit ihm sprechen? Ich bin eine Arbeitskollegin von ihm.«

»Sie haben sich verwählt.«

»Tut mir Leid. Wiederhören.«

Ich lächele, leere die Flasche und lasse mir Kohlensäure durch die Nase steigen. Ich fege Zigaretten, Tasche, Schlüsselkarte zusammen, werfe noch einen Blick auf den Stadtplan und meinen Zettel mit der Adresse und stürze los.

Die Stimme war die von Tövchen.

Die Neumanns gate ist eng und schmutzig, aber ich kann mir denken, dass die Wohnungen teuer sind. Die Steinhäuser ragen auf beiden Seiten auf wie die sunnmørischen Alpen. Aus einem offenen Fenster klingt hämmernde Musik, Menschen reden laut, um sie zu übertönen. Flaschen klirren.

Ein Laden an der Ecke hat sich auf Stuckimitationen spezialisiert, lange bewundere ich kreideweiße Deckenrosetten, ehe ich, im besten Detektivinnenstil, die Hausnummern unter die Lupe nehme. Mein joggender Kollege wäre stolz auf mich.

Ich habe jetzt das System durchschaut und stelle fest, dass Heinz in dem verdreckten Haus Nr. 4 auf der linken Seite wohnt/e. Johlende Betrunkene torkeln an mir vorbei und genießen das Wochenende auf traditionelle norwegische, zugedröhnte Weise.

Es wäre schön, so zu sein wie sie. Echten Urlaub und einen echten Liebhaber und einen echten Bestseller im Mac zu haben, echte Lebensfreude im Leib und Blick und Gehör, die teilnehmen und nicht nur als ewige Beobachtungsgeräte zur Stelle sind. Es wäre schön, einen Job zu haben, bei dem es Freizeit gibt. Es wäre schön, Freizeit zu haben, die nicht von einer Sekunde zur anderen zur Recherche wird. Es wäre schön, jeden Monat einen festen Betrag aufs Konto zu bekommen, egal, ob ich dafür viel oder wenig gearbeitet habe, einen festen Betrag als eine Art Vertrauenserklärung, die beweist, dass irgendwer glaubt, dass ich wirklich arbeite, auch wenn ich in diesem Monat keinerlei Ergebnisse vorweisen kann, eine Belohnung dafür, dass ich es über mich bringe, jeden Morgen aufzustehen.

Aber ich bringe es nicht über mich, jeden Morgen aufzustehen. Trotzdem habe ich niemals Freizeit. Mir geht auf, dass es Polizisten sicher ein bisschen ähnlich geht: Sie dürfen einem Verbrechen nicht den Rücken kehren, auch wenn sie gerade auf Hochzeitsreise sind und sich in die Vollendung vertiefen. Auf diese Weise besteht eine winzige Gemeinsamkeit zwischen mir und dem mit den erotischen Vorderzähnen. Nur, dass er morgens aufstehen muss.

Und ich muss an der Tür klingeln. Ich muss mich anstrengen, für meinen Lohn, für die Geschichte, für das Fortschreiten der Erzählung.

Ich finde sofort seinen Namen. H. H. Ottesen. Womit ich nicht gerechnet hatte, ist die Gegensprechanlage. Damit kann sie mich aus sicherer Entfernung abweisen, alle Kommunikation abbrechen und mich handlungsunfähig auf der Türschwelle stehen lassen.

Doch dann höre ich einen Dieselmotor mit sinkender Umdrehungszahl hinter mir, ein Taxi hält vor dem Haus. Rasch laufe ich zum Stuckladen zurück.

Gleich darauf kommt Tövchen mit einem Pappkarton in den Armen heraus. Sie bleibt im Licht der offenen Tür stehen, es ist dunkel, es ist spät, sie müsste zur Arbeit. Müsste heftig mit den Hüften wackeln, wenn Autos vorüberkommen, und Knöpfe und Hunderter zählen. Aber sie steht in Jeans und grünem Pullover in einer Haustür in der Neumanns gate, mit einem Pappkarton in den Armen: und mit dem einen Fuß zieht sie einen Besen heran, den sie in die Tür klemmt, ehe sie zum Taxi geht und den Karton in den Kofferraum stellt, den der Fahrer schon für sie geöffnet hat. Sie wechseln einige Worte, dann geht er mit ihr ins Haus. Ich renne zum Auto, öffne den Kofferraum, öffne den Karton, sehe einen silbernen Aschenbecher, einige silberne Vasen, einen Kaktus, CDs und allerlei in rosa geblümtes Küchenpapier gewickelten Kleinkram; dann stürme ich zu meinem Aussichtspunkt zurück. Oder ... vielleicht war das ja gar kein echtes Silber.

Sie kommen zusammen zum Vorschein, auch er trägt jetzt einen Karton. Sie hat zwei kleine Lautsprecher, auf denen drei kleine Bilder liegen. Es muss sich um Gemälde handeln, denn die Rahmen sind aus dickem vergoldeten Gips. Der Fahrer setzt sich hinter das Steuer, während sie zum dritten Mal im Haus verschwindet und gleich darauf mit dem Rest der Stereoanlage und einer Plastiktüte wieder vor uns steht. Sie legt alles nach hinten, setzt sich ins Auto, steigt wieder aus, entfernt den Besen, steigt abermals ein, und dann fahren sie los.

Ich fluche. Fluche in gebildetem Schriftnorwegisch und mit Bergenser Akzent. Ich fluche ausgiebig und betrachte die Stuckrosetten und zünde mir eine Zigarette an und spiele mit dem Gedanken, morgen wieder herzukommen und mir eine zu kaufen, sie mit Araldit Rapid an meine weiße Decke zu pappen. Langsam gehe ich zum Torgalmenning zurück und dann weiter bis zum Hafen, unterbrochen nur durch einen Besuch im Burger King, wo zwei Tüten Zwiebelringe den Weg zu meinem Mund finden, der jetzt auf Grund fehlender Variationsmöglichkeiten nicht mehr flucht. Außerdem denke ich jetzt, und ich denke weiter, als ich die Treppe zu einer anderen Fußballkneipe als der, über der ich gewohnt habe, hinuntergehe. Die Eingangspartie ist braun und anziehend, im Lokal wimmelt es von Fernsehschirmen, die alle einen Boxkampf übertragen, im Publikum ist kaum eine Frau zu sehen, und die Zuschauer stehen da wie Schattenboxer in Ruhestellung und trinken pissgelbe und fast schaumlose Halbe. Ich bitte um einen Dry Martini, um richtig wach zu werden, und betrachte den Faustkampf, der in einem Quadrat aus aufgespannten Seilen vor sich geht.

Der Ringrichter umtanzt die Boxer wie ein geiles Huhn, die Leute im Lokal machen erwartungsvolle Gesichter, sie wollen Blut, Rotz, Spucke, zerschmetterte Nase, Gehirnmasse in freiem Fall.

Ein Gefühl der Einsamkeit rutscht in meinem Magen, die vielen betrunkenen, johlenden Menschen haben es in Bewegung gesetzt. Glaube ich. Arme um Schultern, Finger, die berühren können, Hüften, die gegeneinander stoßen. Nähe. Und Zukunft, auch, wenn die nur für einige Stunden in die Nacht hinein gilt.

Ich nippe mein Glas leer und bestelle noch eins. Das, was durch meinen Magen geglitten ist, wird verwässert. Ich werde wach. Ich denke: Kristin ist der schwache Punkt. Kristin allein, ohne Katrine. Ich trinke meine neue Gindosis zu schnell und stolpere wieder zur Treppe. Der eine Boxer ist zu Boden gegangen, ich dagegen werde noch nicht ausgezählt. Und die Nummer der Polizei ist die letzte, die ich wählen werde, obwohl Tövchen gerade die Wohnung eines Toten plündert, mit dem sie meiner Ansicht nach absolut nicht verwandt sein kann.

Ich fühle mich in Nuttengegenden nicht wohl, obwohl ich zeitweise ziemlich oft welche besucht habe. Ich bin sogar durch die Nuttengasse Herbertstraße auf der Reeperbahn in Hamburg gegangen, verkleidet als Mann, um mir die Show anzusehen. Wenn die Nutten in ihrer Gasse eine Frau entdecken, dann übergießen sie sie aus Eimern und Tassen mit Urin; die Gasse ist an beiden Enden mit einem

Tor verschlossen, deshalb haben sie den Überblick. Ich habe mir die Schaufenster angesehen, die traurigen, viel sagenden Haltungen, die die Körper bei meinem Anblick annahmen, ich bin durch die Gasse gegangen und habe so getan, als sei ich gerade an diesem Abend nicht in Einkaufsstimmung.

Der Strandkai lässt sich jedoch nicht mit dem schrillen Lebenslügenlicht der Reeperbahn vergleichen. Ich gehe auf die Nykirke zu, und wenn ich nicht wüsste, wo ich bin, und wenn ich in Gedanken versunken wäre, würde mir vielleicht nicht einmal aufgehen, was in dieser Gegend für Geschäfte gemacht werden.

Aber ich rieche das alles. Die Art, in der die Autos fahren, das Unwahrscheinliche an der Tatsache, dass einsame Frauen rauchend vor solch gottverlassenen Häusern stehen. Ich sehe keiner ins Gesicht, und sie lassen mich in Ruhe vorübergehen. Keine sitzt nackt und nur mit Stöckelschuhen bekleidet auf einem Plüschhocker und zeigt hinter Glas und Fensterrahmen ihre Geschlechtsorgane. Sie sind angezogen, aber sicher tragen viele keine Unterhose, sie haben die Taschen voller Kondome und sind auf eine Weise geschminkt, die es fast paradox wirken lässt, dass sie sich von den Freiern nicht küssen lassen, dass keiner das kleine Gemälde über dem Warenangebot berühren darf.

Ich entdecke sie hinten bei der Nykirke, sie stehen nebeneinander und unterhalten sich. Ein Auto hält einige Meter von ihnen entfernt, und das Fenster wird heruntergekurbelt. Kristin schaut hinüber, schüttelt den Kopf, sagt etwas zu Katrine, und die streichelt ihr die Wange, steigt ein, der Wagen fährt los, und mir fällt ein, was ich gedacht habe, als Tövchen sich vorhin ins Taxi gesetzt hat: dass sie auf eine professionelle Weise eingestiegen ist. Sehr rasch und präzise, auf eine nuttenhafte, verdeckte Weise, die sie durch jahrelanges Training erworben hat.

»Hallo! Ich geb dir zwei Fickrunden aus.«

Sie lacht nicht. Schaut mich vage an, ohne Interesse im Blick. Sie ist im Dienst, losgelöst von ihrem Gehirn, das wird mir sofort schmerzlich bewusst. Sie zieht einen kleinen Metallflachmann aus der Tasche und nimmt einen guten Schluck, dann sagt sie tonlos: »Wirklich? Tust du das? Schön. Kannst du dir das denn leisten?«

»Zwei Stunden. Ich bezahle. Auch das, was wir trinken.«

»Okay.«

Eine leichte Beute. Ich komme mir ziemlich mies vor, als ich sie von ihrer schwesterlichen Zuhälterin weglotse, aber ich verdränge meine Reue.

»Du hast andere Schuhe angezogen«, sage ich, als wir uns in Bewegung setzen.

»Die hatte ich in der Tasche. Und überhaupt ... jetzt kann ich sie wieder ausziehen. Du fährst doch nicht auf Schuhe ab, oder? Willst du mich wirklich nicht kaufen?«

»Frauen sind nur selten Schuhfetischistinnen«, sage ich voller Erfahrung. »Das passiert höchstens echten Kampflesben, und das bin ich nicht. Keine Sorge, also. Ich will nur mit dir reden.«

»So, wie in Büchern geredet wird?«

Sie lacht. Ihr Lachen klingt freudlos und verstummt ganz plötzlich, als ob die Luft es nicht tragen könnte. Sie klammert sich unsicher an meinem Arm an, streift ihre Stöckelschuhe ab und zieht flache Stoffschuhe an.

»Katrine wird sauer sein«, sagt sie zum Asphalt.

»Wo ist sie hingefahren?«

»Mit einem Typen nach Hause. Das trau ich mich nicht.

Ich trau mich auch nicht im Notfall, Spray zu benutzen. Hab Angst, dass sie dann noch aggressiver werden.«
»Das kann ja auch sein. Aber Katrine hat keine Angst.«
»Hat vor gar nichts Angst.«
»Älter als du?«
»Drei Jahre. Sie ist zwanzig.«

Wir werfen einen Schatten wie ein Paar. Wir könnten wirklich Bekannte sein. Ich könnte ihre Tante sein, sie könnte die Tochter meiner viel älteren Schwester sein.
»Viel zu tun gehabt?«, frage ich.
»Nur Blasen«, ist die Antwort. »Scheißgeschmack, und ich hab keinen Kaugummi mehr. Ich hab Gummigeschmack bis tief in den Magen.«
»Ich hab auch keinen mehr. Aber jetzt kriegst du gleich ein Bier. Oder was du sonst willst.«
»Lieber Schnaps.«
»Wohin möchtest du gehen?«, frage ich.
»Ich komm nicht überall rein, aber ... gehen wir ins Strand.«
Kurz vor dem Torgalmenning führt sie mich in etwas, das Ähnlichkeit mit einem Hotel hat und dann doch wieder nicht. Irgendwo klingelt ein Glöckchen: Habe ich nicht in den Werken meines joggenden Kollegen über dieses Hotel gelesen? Doch, sicher, hier betrete ich literarischen Boden, das passt doch ausgezeichnet.
Wir fahren mit dem Fahrstuhl in den vierten Stock und stehen plötzlich in einer gemütlichen kleinen Bar mit einem lächelnden älteren Barmann, der sofort verkündet, dass sie Kaffee und Kognak im Sonderangebot haben. Er macht kein Aufheben von ihrem Alter, ihm ist es wichtiger, sich beruflich als großzügig zu erweisen.

Sie findet das Licht zu grell, deshalb suchen wir uns einen anderen Tisch.

»Ich mag Licht nicht, wenn ich bei der Arbeit bin«, sagt sie. »Ich will nicht gesehen werden, ich will nicht ich sein, aber ich bin schon ziemlich beschwipst, und das tut gut.«

»Im H. C. Andersen war es doch schön«, sage ich.

»Mm. Ja. Ich freue mich oft ... Bin gut gelaunt. Denke, jetzt passiert es vielleicht. Etwas Schönes.«

»Was denn? Ein Mann?«

»Nein, nicht so wie in dem Film mit Julia ... Julia ...«

»Roberts. Und Richard Gere. Pretty Woman.«

»Ja, der. Nicht so. Ich träume, dass jemand kommt und einen Film machen will. Und mich dafür aussucht. So richtig. Für eine Filmrolle. Nicht als Nutte, die gerettet werden soll, sondern eine andere Rolle. Eine echte.«

»Bewirb dich doch bei der Schauspielschule.«

Sie lässt sich nicht einmal zu einem Lachen herab, und ich höre selber, wie blöd dieser Vorschlag klingt. Vielleicht lässt er sich ein andermal verwerten. Irgendwann.

»Schreibst du, wie Leute nuscheln? Ist das schwer? Das zu buchstabieren?«

Ich sehe sie an. Sie befreit sich aus ihrer Arbeitstrance.

»Nein«, sage ich. »Ich schreibe ganz normal. Wenn du Leute nuscheln lässt, sieht das einfach aus wie jede Menge Tippfehler. Das bringt nichts.«

»In Büchern gibt es viel, das nichts bringt.«

»Das gilt auch für deine Gedichte.«

»Ach, die. Das sind nicht gerade Möwengedichte.«

»Ich würde sie trotzdem gern mal sehen.«

Das ist nicht gelogen. In diesem Moment glaube ich, dass Kristin vielleicht gut schreibt. Warum nicht? Wo ich das doch kann. Irgendwo muss sie doch anfangen. Wir alle haben mit Gedichten angefangen. Mit Schlüsselgedichten.

»Sie handeln sicher von dir? Deine Gedichte?«, frage ich.

»Nein, keins davon. Sie handeln von ... Katrine. Und meiner Mutter. Vielleicht handeln einige auch von ... uns. Von uns allen.«

»In der Bergenser Aussprache klingt es komisch, wie ihr *meine Mutter* sagt. Und *mein Vater*. Höflich irgendwie. Förmlich ... Lebt deine Mutter noch?«

»Ja. Ich will noch einen Kognak. Geht das?«

»Natürlich.«

Wir haben viel Zeit. Ich habe sie freigekauft. Wie eine farbige Sklavin von einem weißen Massa. Und nicht nur sie genießt den Alkohol im Leib. Ich habe das Gefühl, in meinem Sessel zu schweben, nicht zuletzt, weil ich weiß, was ich ihr erspare. Ich bin gerührt. Ich werde geradezu sakral. Ich breite die Arme aus und deklamiere:

»I celebrate myself, I sing myself, and what I assume you shall assume, for every atom belonging to me as good belongs to you ...«

Kristin kichert. »Mehr!«

»If I shouldn't be alive when the robins come ...«

»Robins?«

»Rotkehlchen, glaube ich. Oder vielleicht auch Dompfaff. If I shouldn't be alive when the robins come, give the one in red cravat a memorial crumb ...«

»Nein, das ist zu traurig. Sag was Lustiges.«

»Hm. How happy is the little stone that rambles in the road alone ...«

»Das ist zu dumm. Kindisch. Sag was ... Großes. So wie das Erste, was du aufgesagt hast.«

»Mal sehen ... was Großes?«

Wir trinken den Kognak zügig, übertreiben aber nicht mit dem Kaffee.

»Ja«, sagt Kristin. »Etwas Großes. Schwülstiges. Warum kannst du nur englische Gedichte?«

»Weil ich Englisch studiert habe. Jetzt weiß ich etwas … If you can talk with crowds and keep your virtue, or walk with kings nor lose the common touch. If neither foes nor loving friends can hurt you, if all men count with you, but none too much …«

»Nicht *men* wie Mannsbilder, sondern wie Menschen, nicht wahr?«

»Ja.«

Die am Nachbartisch lassen sich kein Wort entgehen.

»If you can fill the unforgiving minute, with sixty seconds worth of distance run, yours is the earth and everything that's in it. And, which is more, you'll be a man, my … son!«

»Jetzt hat es Mannsbild bedeutet.« Kristin prustet los, ich auch; die am Nachbartisch starren uns schweigend an und versuchen offenbar, uns zu klassifizieren, was ihnen nicht gelingt, dann erheben sie sich und gehen.

Die Nacht ist ein koksgraues Viereck an der Wand, wir können über den Hafen auf die Håkonshalle schauen, der Kognak wärmt, und es ist wunderbar zu lachen.

»André Bjerke hat dieses Gedicht ruiniert«, sage ich und werde ernst. »In seiner Übersetzung. Hat eine Art militärisches Paradegedicht daraus gemacht. Und dabei hat es eigentlich einen stillen, vorsichtigen Tonfall, auch wenn es schwülstig ist. Traurig.«

»Sehr traurig«, sagt Kristin und lacht weiter.

»O Scheiße, ich bin schon ziemlich …«

»Blau?«, vollendet Kristin. »Ich finde es schön, dass ich … dass wir … dass ich dich kennen gelernt habe. Diesen Satz hättest du nicht schreiben können.«

»Nein. Ich auch.«

»Ich würde so gern studieren.«

»Tu es doch einfach. Lass dir ein Studiendarlehen geben. Aber ein wenig musst du doch studiert haben. Oder ... ist deine Mutter Engländerin?«

»Nein. Ja ... ich habe schon studiert. Gewissermaßen.«

»Wo denn?«

Sie rutscht unruhig im Sessel hin und her. »Katrine wird sauer, weil ich gegangen bin.«

»Sie glaubt doch, dass du mit einem Freier beschäftigt bist. Du, weißt du übrigens, wie Tove mit Nachnamen heißt?«

»Ich hab das mal gewusst. Jetzt weiß ich es nicht mehr. Irgendwas Biblisches.«

»Johannesen? Markussen?«

»Weiter!«

»Himmel, mehr fällt mir nicht ein. Eliassen?«

»Sehr alt. Nicht das Neue Testament.«

»Adamsen? Evasen? Mosesen?«

»Adamsen ...«

»Adamsen«, sage ich. »So heißt doch kein Mensch.«

»Abrahamsen! Sie heißt Abrahamsen.«

»Tove Abrahamsen«, sage ich. »So also. Jetzt singen wir ein finnisches Trinklied, Kristin.«

»Was du alles kannst.«

»Das geht so ... NUN!«

Wir lachen uns fast schimmelig und spritzen mit Kognak um uns, und Kristin glaubt, dass wir bald vor die Tür gesetzt werden, und das kann schon sein, aber mir ist das restlos schnurz. Der Rausch liegt wie aufquellender Brotteig in meinem Körper, mein Kopf gibt jede Nuance mit größter Leichtigkeit wider.

»Warum gibt es dich und Katrine nicht?«, frage ich und hülle meine Frage in Lachen.

»Na ja, ganz so ist es nicht. Es gibt uns doch. Wir gehen ja auf den Strich. Und verdienen Geld.«

»Vergiss nicht, ich stehe unter Schweigepflicht, Kristinchen, meine Freundin. Mehr Kognak?«

»Wenn wir noch welchen kriegen.«

Ich gehe selber zum Tresen und sage langsam, aber sicher, dass wir noch mehr Drei-Sterne-Ware wollen. Ich bezahle und gebe dem noch immer lächelnden Barmann fünfzig Kronen Trinkgeld. Er lächelt breiter und reicht mir zwei kleine bauchige Gläser, deren Inhalt aromatisch über den Boden schwappt. Ich schaffe es, in gerader Linie zum Tisch zurückzugehen, und Kristin flüstert: »Du siehst aus, als ob du einen Besenstiel verschluckt hättest. Total steif.«

»So soll es auch sein. Erklär mir, was du vorhin gemeint hast. Als Katrine dir den Tritt verpasst hat.«

»Dräng doch nicht so. Das weiß nämlich kaum jemand.«

»Schweigepflicht, Kristin. Schwei. Ge. Pflicht.«

Sie schaut mich an. Sie ist erst siebzehn Jahre alt. Ich bin zweiunddreißig, fast doppelt so alt, doppelt so gerissen, ich kippe einen Schnaps und erwidere gelassen ihren Blick. Sie sieht aus wie ein Rentierkalb. Allein in der gelben Tundra. Ganz allein. Niedlich. Jung. Liebenswert. Ein Opfer. Auf dieses Kalb steht eine Abschussprämie. Das ganze Jahr.

»Du musst mir versprechen, dass du …«

»Versprochen«, sage ich. »Großes Ehrenwort und bei den Augen meiner Eltern. Mir geht es doch um Toves Geschichte. Nicht um deine.«

»Nicht? Aber warum …«

»Ich interessiere mich für dich als Mensch, Kristin!«

Ich begreife nicht, wie ich es über mich gebracht habe, das zu sagen. Aber ich habe es gesagt. Genau so. Es ist zum Kotzen, aber ich kotze nicht. Ich sitze ganz ruhig da und lasse meine Worte in sie einsinken. Ich beuge mich vor, um sie zurückzuholen und um Entschuldigung zu bitten. Lasse sie sie glauben.

»Es gibt uns nicht«, sagt sie, fast ein wenig feierlich. »Nicht auf dem Papier. Norwegen weiß nichts von uns.«

»Norwegen?«

»Wir ... meine Mutter hat uns zu Hause bekommen. Alle beide. Am Arsch der Welt, mit einem Hippiheini, der von Keramikkram gelebt hat. Er ist verschwunden, als wir noch klein waren, ist nach Alaska gegangen. Meine Mutter hat nie mehr was von ihm gehört.«

»Aber auch, wenn ihr beide zu Hause geboren worden seid, und nicht ...«

»Sie haben niemandem von uns erzählt. Keine Schule. Gar nichts. Und dann war es irgendwann zu spät. Es ist nämlich strafbar, Kinder nicht in die Schule zu schicken. Also durfte es uns weiterhin nicht geben.«

Diese lange Rede hat sie fast erschöpft. Ich glaube kaum, was ich höre, deshalb entspanne ich mich. Kein zusätzliches Herzklopfen, nicht der kleinste Spritzer Adrenalin.

»Das ist doch nicht möglich«, sage ich.

»Das ist möglich. Meine Mutter hat uns zu Hause unterrichtet. Als wir nach Bergen gezogen sind, hat sie so getan, als gingen wir in einem anderen Stadtviertel zur Schule. Da hat sie ein Zimmer gemietet und uns unterrichtet, in allen möglichen Fächern, nur nicht in Mathe. Davon hat sie nämlich keine Ahnung.«

»Aber das Geld. Sie musste doch ... Kindergeld und ...«

»Sie hat abends gearbeitet.«

»Als ...«

»Wir waren einige Male beim Arzt. Und das war unheimlich.«

Jetzt ist sie nicht mehr zu bremsen. Sie trinkt einen Schluck Kaffee, einen großen, für ihr Alter, und sagt dann: »Beim ersten Mal hat meine Mutter den Namen ihrer Kusine benutzt, Katrine hatte Keuchhusten. Diesen Namen haben wir dann mehrmals benutzt. Aber wir waren fast nie krank. Wir dürfen den Namen noch immer benutzen, wenn wir ihr vorher Bescheid sagen. Die Pille können wir auf der Straße kaufen. Und sonst ...«

»Und jetzt ...«

»Können wir nichts machen. Nicht, so lange meine Mutter noch lebt. Sonst kommt sie ins Gefängnis.«

»Stimmt das?«

Herzpumpe und Nebennieren sind am Werk. Meine Hände zittern.

»Das stimmt. Aber Himmel, Emma, du darfst Katrine nicht verraten, dass ich das erzählt habe.«

»Nicht doch, nicht doch, keine Angst.«

»Und du darfst nicht darüber schreiben. Nie im Leben! Oder ... erst, wenn wir selber ... nicht, so lange meine Mutter noch lebt.«

»Und sie ...«

»Stirbt noch lange nicht.«

»Und weiß sie, wovon ihr beiden lebt?«

»Ja.«

»Aber trotzdem übernimmt sie nicht die Verantwortung.«

»Sie ist ziemlich verrückt. Nicht ganz klar im Kopf. Aber sie ist unsere Mutter. Du bist die Erste, der ich davon erzähle. Ich habe es noch nie zu Worten gemacht. Oder ... in Worte gefasst, heißt das wohl.«

Plötzlich schlägt Kristin die Hände vors Gesicht, ihre Energie ist verflogen, ich beuge mich vor und streichle ihr nacktes braunes Knie.

»Mach dir keine Sorgen«, flüstere ich. »Niemand wird etwas erfahren. Großes Ehrenwort und bei den Augen meiner Eltern.«

»Das hast du schon gesagt.«

Sie setzt sich gerade und schnieft, fährt sich mit der Hand durch die Haare, zieht ihren Pullover gerade, sodass das Muster sich dem Spalt zwischen ihren Brüsten anpasst, reißt sich zusammen. Aber ich lasse nicht locker.

»Aber wenn du studieren ... dann müsstet ihr doch mit der Grundschule anfangen.«

»Genau. Und darauf haben wir keinen Bock. Ich hab auch schon als Tagesmutter gearbeitet. Ehe ich zusammen mit Katrine losgegangen bin. Aber viele Möglichkeiten haben wir nicht, Arbeit zu finden. Wir können nicht mal nach Mallorca fahren, wir haben doch keinen Pass.«

Plötzlich bin ich schrecklich müde. Der gute Rausch ist schwerer Trübsal gewichen. Mein Kopf ist voll, dieses Geheimnis ist zu groß. Ich würde gern aufstehen und es allen im Lokal erzählen, es aus mir herausbrüllen, die Geschichte hörbar machen, damit sie wahrer wird. Sie können nicht nach Mallorca fahren, denn es gibt sie nicht.

»Vielleicht könnten wir irgendwann mal was Lustiges unternehmen?«, frage ich.

»Irgendwann? Morgen?«

»An einem ganz neuen, frischen Tag.«

»Aquarium«, sagt Kristin. »Ich war schon jahrelang nicht mehr da. Aber Katrine ...«

»Wir tun so, als ob ich nichts wüsste. Gehn wir?«

»Wir sind aber noch keine zwei Vögelrunden hier.«

»Das Geld bekommst du trotzdem.«

»Gehen wir morgen ins Aquarium?«

»Ruf mich im Hotel Norge an, ich muss auch mit Tove sprechen. Du weißt nicht zufällig, wo sie wohnt?«

»Sie wohnt irgendwo in der Nähe vom Krankenhaus. Ich weiß noch, dass sie einmal gesagt hat, sie könnte auf dem Heimweg vorbeischauen.«

»Berufsverletzung?«

»Das kannst du dir ja denken. Sie hat schrecklich ausgesehen.«

»Aber wollte keine Anzeige machen.«

»Hier in der Stadt?« Kristin lacht, ein anderes Lachen, erwachsen und wissend. Und der Kalbsblick ist verschwunden. Die Tundra liegt nicht rein und unbesudelt hinter hier, sondern versoffen und erschöpft, mit gemusterten, verschlissenen Teppichen, mit Sesseln und Aschenbechern. Nur die Temperatur ist hier vorzuziehen, stubenwarm und freundlich, man könnte fast glauben, dass das hier eine schönere Welt ist, eine bessere Gegend, ein günstigerer Ausgangspunkt zum Überleben.

»Gehen wir eine Minibank suchen«, sage ich.

Ich gebe ihr das Geld, sie wechselt die Schuhe und geht über den Strandkai. Unsicher. Wenn sie stürzt und sich den Knöchel bricht, muss sie einen falschen Namen angeben, damit ein Arzt ihr hilft.

Der Torgalmenning kocht nur so von Menschen, es ist zwei Uhr, viele haben Essen in den Händen und mampfen mit offenem Mund. Die breite Straße mit den Neonlichtern auf beiden Seiten kommt mir peinlich normal vor. Ich drehe mich um und schaue zum Fløyrestaurant hoch, zum Großen Wagen, nichts hat sich verändert. In wie vielen Zusammenhängen müssen wir in öffentlichen Registern vertreten sein, um etwas vom System zu haben? In fast allen.

Ich mag nicht an den nächsten Tag denken. Ich kann das Aquarium nicht leiden. Jede Menge Wasser, an Land gehoben, mit eingesperrten Fischen. Und hier kommt ein Mann auf mich zu, vertritt mir den Weg, stemmt die Hände in die Seiten.

»Ich bin dir schon den ganzen Abend gefolgt«, sagt er.

Für einige Sekunden sieht er aus wie ein Teil der Menschenmenge, der gesichtslosen und essenden. Der mit zwei Beinen, zwei Armen und einem Kopf. Ehe er in all seiner Erkennbarkeit aus der Masse hervortritt und zu Rickard Revestad von TV 2 wird. Ich bleibe für einen Moment schwankend stehen, dann setze ich mich wieder in Bewegung. Rickard hängt sich an mich, ich kann seine unerträglich schicke Erscheinung aus dem Augenwinkel heraus sehen.

»Den ganzen Abend?«, frage ich.

»Du hast in der Neumanns gate an einem Taxi herumgeschnüffelt, dann warst du bei der Nykirke und bist schließlich mit einer Nutte ins Strand gegangen.«

»Wir waren in der Bar.«

»Ja, ich weiß, dass du keine Lesbe bist.«

»Du Arsch.«

»Ich bin Journalist. Mach meine Arbeit. Und du bist hinter irgendwas her.«

»Geh doch eine Runde wichsen. Das hast du verdient.«

»Du bist betrunken, Emma.«

»Und dafür solltest du verdammt dankbar sein.«

Er bleibt für einen Moment zusammen mit Ole Bull vor dem Hotel stehen. Das Wasser strömt in den Springbrunnen. Wieder und wieder, dasselbe Wasser, zu den Klängen des stummen Geigenspiels.

Ich lasse mir die Zimmernummer des Rabulisten nennen, fahre mit dem Fahrstuhl nach oben, hämmere gegen die Tür, aber niemand macht auf. Ich breche in Tränen aus. Ich wollte ihn für die Nacht leihen, wollte ihn am Fußende meines Bettes haben. Ich hätte ihm die halbe Decke gegeben, wenn sich die Gelegenheit ergeben hätte, hätte seinen Nasenknopf betrachtet, hätte ein Ohr in die Hand genommen. Von Treu, nicht von seinem Besitzer. Ich klopfe wieder, womöglich noch energischer. Kein Laut ist aus dem Zimmer zu hören.

Ich gehe auf mein eigenes. Weit und breit kein Metzgerschnurrbart zu sehen. Ich würde gern den Fernseher erschießen, so wie Elvis das gemacht hat, aber das würde zu viel kosten. Das einzig Witzige, was mir einfällt, ist Rickards Palme. Die Vorstellung, dass die Batteriesäure langsam aber sicher in die Blumenerde sickert und die Palme killen wird. Ich muss lachen, und der Spiegel überzieht sich mit weißen Zahnpastapunkten.

Das Zähneputzen vergesse ich nie. An dem Tag, an dem ich vergesse, vor dem Schlafengehen die Zähne zu putzen, ist alles verloren.

Die Toilettenschüssel hat mich aufgenommen wie eine alte Freundin. Alle meine Eingeweide habe ich ausgekotzt, nur mein Herz sitzt noch in meiner Bauchhöhle, alles andere treibt im Puddefjord. Diesmal kommt nur Wasser. Wasser, das sich mit Wasser vermischt, die Tränen sind das Tüpfelchen auf dem i. Wenn ich in diesem Moment meinen Leib in Natronflüssigkeit versenkt hätte, würde das British Museum in siebzig Tagen ein Vermögen für mich bezahlen.

Wie kann ich dieser Morgenstunde eine tiefere Thematik und Struktur geben? Es fehlt ihr an Relevanz, es fehlt ihr an innerer Logik und Triebkraft, es fehlt ihr an Sprache. Es gibt keine Sprache auf diesem Erdball, die diesen totalen Mangel an Verankerung im eigenen Leib beschreiben kann. Aber keine Rose ohne Dornen, sagte der Kater und vergewaltigte den Igel. Gestern war ein fruchtbarer Tag.

Vor dem Hotelzimmer lauern Sonne und Sonntag. Ich betrachte einen Moment den Pavillon, er gibt den Straßen etwas vom Paris des 19. Jahrhunderts. Von hier oben aus kann ich mir einbilden, dass die flanierenden Bergenser helle Sommeranzüge tragen und Blumen in den Knopflöchern haben, sie tragen Zylinder, die Bergenserinnen haben lange Kleider mit Schleppe, Hauben, Fächer, Sonnenschirmchen. Ich schließe die Vorhänge und segne die Hotelleitung, die in einen so schweren und undurchdringlichen Brokatstoff investiert hat, dass ich im Handumdrehen nächtliche Befreiung vortäuschen kann.

Ich hole mir ein Bier und trinke es im Stehen neben der Toilette. Langsam.

Es kommt nicht wieder hoch.

Noch immer nicht.

Ich bleibe einige Minuten ganz still stehen und warte, bis ich spüre, dass der lähmende Zugriff der Nüchternheit loslässt und etwas Zutritt gewährt, das fleckenweise Ähnlichkeit hat mit einem neuen Tag, einem neuen Leben, einer Wiedergeburt. Ich hole mir noch ein Bier, nehme mir eine Zigarette, gehe zurück zur Kloschüssel, betrachte mein widerliches Spiegelbild. »Ich interessiere mich für dich als Mensch, Kristin.« Ich trinke mehr, ich trinke aus, ich sage es, wie es ist, was schert es mich, dass weibliche Hauptpersonen zu diesem Zeitpunkt eine Freundin anrufen müssten. Und das Bier hilft, ist doch klar. Der Klapperschluck ist ein guter alter Trick, der für das biochemische Gleichgewicht im Gehirn wahre Wunder wirkt. Nicht, weil Bier Kalium und Magnesium und Natriumchlorid enthält, Stoffe, nach denen das Gehirn nahezu heult, sondern, weil eine neue Dosis Alkohol dafür sorgt, dass das Gehirn sich über solche banalen, kleinlichen Forderungen erhaben dünkt.

Auf einer heiligen Welle des Wohlbefindens schwimme ich zum Telefon und höre meinen Anrufbeantworter ab.

Diesmal kein Rickard. Zuerst zwei gute Nachrichten: vom Verlag. Vom Lektor, der mitteilt, dass mein letzter Roman nach Deutschland verkauft worden ist, hurra. Danach vom Lektor, der mitteilt, dass die Store Norske Spitsbergen Kohlekompanie das Svalbardbuch sponsert, sie haben fünfzehnhundert Exemplare bestellt. Er scheint sich darüber zu freuen wie ein Schneekönig, fragt am Ende aber noch, ob ich bald etwas Neues schreiben werde. Einen Roman? Eine Novellensammlung?

Danach kommen zwei Anrufe von älteren Verwandten, die in Oslo zu Besuch sind. Wortkarge Mitteilungen von

Menschen, die das Gespräch mit Anrufbeantwortern nicht gewöhnt sind, sie möchten sich gern mit mir treffen, will sagen, sie wollen in Oslo herumgeführt werden, statt mit dem Stadtplan auf dem Armaturenbrett verzweifelt nach Vigelandspark und Nationalgalerie zu suchen.

Aber ihnen bleibt nichts anderes übrig. Denn ich sitze in einem Hotelzimmer in Bergen, neugeboren und verwirrt, mit Kotze in der Nase. Zu irgendeinem Zeitpunkt muss ich meine Heimkehr in die Hauptstadt bekannt geben und eine weitere Niederlage an der Liebesfront eingestehen. Und ich muss ein Buchprojekt beginnen, das mehr ist als arktische Kurzprosa mit existenziellen Untertönen. Ich muss die Segel hissen, muss klar Schiff machen, muss den Profigang einlegen, muss in die Gänge kommen. Ich muss verdammt noch mal etwas unternehmen, was meinen Geldverbrauch rechtfertigt, etwas, das meine zahllosen Konten füllt, eins für Steuern, eins für feste Ausgaben, eins zum Sparen, eins mit Juxgeld. Von diesem lebe ich derzeit.

Ehe das Verdrängen einsetzen kann, rufe ich an, um meinen Kontostand zu überprüfen. Zweitausend. Zweitausend! Ich lache laut. Das ist nichts weniger als lächerlich. Doch, übrigens, es ist weniger als lächerlich. Ich muss sofort einen soliden Betrag von meinem Sparkonto überweisen, und das mache ich per Kontofon, und das sofort.

Wenn das hier ein Roman wäre, dann würde das, was jetzt passiert, die Handlung weiterbringen. Wenn es ein Kriminalroman im besten Chandlerstil wäre, so einer, wie die alten Knaben ihn mögen, könnte ich eine Person mit einer Pistole in der Hand mein Hotelzimmer betreten lassen und abwarten, was passiert, als ich gleich darauf einen eiskalten Druck gegen meine Schläfe spüre. Ich könnte auch beschließen, dass im Nachbarzimmer ein grauenhafter Mord geschieht. Oder ich könnte Treu von seinem zugedröhnten Exherrchen entführen lassen und ihm (Treu) die Starrolle in der Geschichte geben, die er verdient. Ich könnte mich von Rickard vergewaltigen lassen (hm). Ich könnte den Metzgerschnurrbart mitten in der Fußballkneipe vergewaltigen (hm). Ich könnte den Barmann Paul aus dem Bull's Eye zum Drahtzieher im illegalen Schnapshandel dieser Stadt machen. Ich könnte Rickards Besucherin zu einer Psychotin aus Sunnmøre machen, zum Mitglied einer fanatischen Sekte, die nach mir sucht, um die Welt von überflüssigen Autorinnen zu befreien, die über Urinsex schreiben. Ich könnte mich mitten auf den Torgalmenning stellen und den Koran auf so skandalöse Weise beleidigen, dass wirklich Schwung ins Hemd kommt, oder ich könnte mir einen spannenden und komplizierten Nervenzusammenbruch spendieren, sodass ich zu kryptischer Dekomposition und vagen Bruchstücken greifen muss, um mein weiteres Vorgehen darzustellen, dass ich meinen Bericht gewissermaßen verhallen und dabei den Stream-of-consciousness überhand nehmen lassen muss, ohne an die Sprache andere Forderungen zu stellen als die nach normal verständlicher Syntax, und vielleicht nicht einmal das. Oder ich könnte mich selber im Lotto zwei Millionen gewinnen lassen.

In Büchern kann so viel passieren. Aber hier sitze ich nun. Und will keine Handlung zusammendichten, die mir passt und die Erwartungen meines Publikums anschürt. Diesmal will ich nämlich ehrlich sein.

Also schminke ich mir Pistolen, Entführung, Koran, Schnapsschmuggel und Lottogewinne ab: Ich gehe wieder ins Bett. Und wenn ich aufwache, werde ich feststellen, warum Tove Abrahamsen aus der Wohnung eines Ertrunkenen Nippes und Gemälde gestohlen hat.

Ich kann schlafen und das Hotelzimmer verlassen, ehe Kristin anruft und mit mir ins Aquarium gehen will. Vermutlich bereut sie ihre Offenheit und will nicht mit ihrer Schwester allein sein. Und andererseits traut sie sich nicht, ihr zu sagen, dass sie mit mir allein losziehen will.

Das wäre etwas für Rickard, der davon träumt, die täglichen Nachrichten durch Programme von sechzig Minuten Dauer zu ersetzen. Ich glaube schon, seine Stimme zu hören, während mit der Handkamera aufgenommene unklare Bilder vom Strandkai gesendet werden, wie er zu Tränen rührende Szenen aus der Kindheit der Mädchen schildert, gewürzt mit gescheiterten Zukunftshoffnungen; wie er in die Tiefe geht, von A bis Z, wie er glaubt, was sich für Journalisten aber immer auf von K bis L oder höchstens bis M beschränkt.

Toves Haus ist lächerlich einfach zu finden, nachdem ich dasselbe Verfahren wie mit Heinz angewandt habe, mit dem Unterschied, dass ein Nachname die Arbeit ja noch erleichtert.

Ein schmutziger Bengel fährt vor der ebenfalls schmutzigen Haustür auf einem Dreirad durch den Schlamm. Die ganze Straße hat etwas Schmutziges, die Fensterscheiben im Erdgeschoss sind von den Autos mit Pfützenwasser vollgespritzt worden. Ich stelle mich neben den Bengel, stecke mir eine Zigarette an und betrachte die Straße hinter mir. Sie ist in der Mitte trocken und grau, die Schlammpfützen finden sich nur noch an den Rändern. Ein älteres Paar macht einen langsamen Sonntagsspaziergang, weiter hinten spielen andere Kinder. Ein Supermarkt hat auf dem Bürgersteig ein

Reklameplakat vergessen, ein Rad ist von einer Mauer umgekippt, fünf oder sechs Vögel jagen in hektischen Ellipsen über einen Himmel, der dem Blick den einzigen sauberen Punkt bietet, eine Sauberkeit, die die Schlammpfützen auf verräterische Weise widerspiegeln. Aber kein Rickard ist zu sehen.

Der Bengel stürzt. Ich sehe ihn an. Er weint nicht, er rappelt sich wieder auf und steuert zwei Steine an. Einen hat er schon auf eine rote Ladefläche hinten auf seinem Rad gepackt. Es handelt sich offenbar um ein zielbewusstes Kind mit klaren Plänen für diesen Tag, mit einer Mutter hinter einem der Fenster, die ihn die Welt auf eigene Faust erkunden lässt, ohne dass es ihr große Sorgen zu machen scheint, dass Autos vom Gesamtgewicht zahlloser Tonnen an diesem kleinen Menschen vorbeidröhnen, der nur ein wenig Haut und einen winzigen Schädel zu seinem Schutz hat. Ich rauche bis zum Filter und warte darauf, dass das Kind mich anspricht. Tun Kinder das nicht – sogar bei Fremden? Ab und zu? Aber ich werde total ignoriert. Der Kleine dreht sich um seine eigene Achse und verhindert durch seine Gleichgültigkeit, dass meine Existenz die seine auf irgendeine Weise beeinflussen kann; er lässt seinen Kurs nicht von meinem Magnetismus verändern, er lässt das Tempo in der Bahn, in die er hineingeschleudert worden ist, nicht drosseln. Aber obwohl er sich nicht durch seine eigene Aktivität/Originalität/Schicksalskraft in meine Geschichte hineinpresst, ist er schon dort gelandet, einfach, weil seine Mutter ihn vor kurzer Zeit angezogen und an die Luft geschickt hat.

Neben der Klingel an der Tür im ersten Stock klebt ein gelber Zettel, auf den mit rotem Filzstift »Tove« geschrieben worden ist. Hier wohnt also Tövchen. Ich habe noch keine Strategie entwickelt, als ich auf den Knopf drücke und die

Diele hinter der Tür mit einem nasalen »Plong« fülle. Und da steht sie. Vor mir. Und kann mir die Tür vor der Nase zuschlagen, worauf sie jedoch verzichtet.

»Du meine Güte«, sagt sie langsam, mit gesenkten Augenlidern.

»Du wirst sicher verstehen, dass es mich verletzt, wenn du mich beschuldigst«, sage ich und finde, dass diese Worte passen. Sie sind deutlich, kommen zur Sache, sind aus einem Zusammenhang gerissen, den nur Tövchen und ich kennen; sie binden uns aneinander.

»Verletzt ... dich?«, fragt sie.

»Ja, du hast mir ja fast vorgeworfen, an seinem Tod schuld zu sein.«

Sie schweigt.

»Ist das da draußen dein Kind?«

»Kind? Nein. Spinnst du?«

»Darf ich reinkommen?«

Das Adjektiv »unordentlich« greift längst nicht weit genug. »Chaotisch« kommt der Sache schon näher. »Bombentreffer« ist fast perfekt. Ich erkenne die Kartons und die Gemälde vom Vorabend, dazu eine alte Stereoanlage und zwei kleine, eingestaubte Lautsprecher, darauf liegende Lampen und einige Tischdecken.

»Du räumst seine Wohnung aus«, sage ich.

»Wie meinst du das? Ich bin gerade erst eingezogen, deshalb ... wie hast du mich eigentlich gefunden?«

Sie ist reichlich zugedröhnt. Auf ihrer Oberlippe sitzt ein Rotweinschnurrbart, aber ich glaube, ihr Rausch stammt nicht nur davon. Die Worte kommen auf eine Weise, die ich nur schwer wieder geben kann; wenn ich es nicht besser wüsste, würde ich sagen, sie spricht mit slawischem Akzent.

»Ich habe gestern Abend gesehen, dass du Sachen aus seiner Wohnung geholt hast«, sage ich kühn und entdecke eine Schachtel Paralgin forte neben dem Spülbecken. Tövchen hat sich einwandfrei einen schönen Sonntagscocktail gemixt. Zu meinem Glück. Ihr Visier ist hochgeklappt, sie hat nicht mit Gästen gerechnet.

»Hast du angerufen?«, fragt sie und gibt sich Mühe, die Augen zu öffnen. »Vor kurzem? Ich dachte, das wäre ...«
»Ja.«
»Das hab ich mir gedacht. Die Polizei weiß, wer er ist ... jetzt.«
»Keine Ahnung. Vielleicht.«
»Wissen sie das nicht? Und ich hab mich so beeilt, als du angerufen hast. Ich dachte ...«
»Ich weiß, wer er ist ... war. Was die Bullerei weiß, weiß ich nicht.
»Du weißt nur, wie er hieß und so?«
»Ja. Und dass ihr zusammen wart. Und dass du ihn vielleicht umgebracht hast.«
»Ich?«
Ihre Augen kullern auf mich zu, werden aber von den Augenlidern eingefangen. Ich stelle mir vor, wie ihr Gehirn arbeitet, wie Tangdolden, die durch Sirup gezogen werden. Herauskommen weder Angriff noch Verzweiflung, sondern tonlose Wörter in Reih und Glied: »Ich hab ihn doch nicht umgebracht. Und alles kaputtgemacht. Selber.«
»Nicht?«
»Nein. Er war doch ... er war doch so ...«
Sie bricht in Tränen aus, und die scheinen sie zu überraschen, offenbar wollte sie die vermeiden und hat deshalb fünf Tabletten mit zwei Glas Rotwein geschluckt. Ich verlagere mein Gewicht auf den anderen Fuß.

»Liiiieb zu mir«, sagt sie. »Alles ist kaputt. Vorbei. Zum Teufel. Voll ... zum ... Teufel.«

Ich lächele sie an, ich hoffe, es ist ein mitfühlendes Lächeln, ich weiß nicht, ob ihr das auffällt, aber ich habe keine Ahnung, was ich sonst tun sollte. Ich freue mich über ihren Rausch, er hat ihre Aggression gedämpft, gibt mir aber zu viel Macht. Ich kann sie melken. Glaube ich. Mir wird bei der bloßen Vorstellung schon schlecht, und ich muss mir eine alte Episode ins Gedächtnis rufen, eine relativ gesehen alte, meine Verzweiflung im Bull's Eye, als ich sie entdeckt habe, am Tag der Gummiboottour. Ich bin auf sie zugestürmt, freudestrahlend wie ein Kind, gespannt, erwartungsvoll, erfüllt noch von vielen anderen naiven, unschuldigen Gefühlen, und dann wurde mir ihre Aggression unverhüllt an den Kopf geknallt. Ich hatte getrunken, ich freute mich so über ihren Anblick, dass ich mich verletzlich machte, was mir nicht oft passiert, ich weiß noch genau, wie schrecklich das war; ihre Vorwürfe und die Tatsache, dass sie weggelaufen ist, dass sie meinen Anblick nicht ertragen konnte, obwohl ihr doch aus Pauls warmen Händen eine ganze Flasche Rotwein fröhlich zuwinkte. Die Erinnerung an meine eigene Verzweiflung rührt mich zutiefst. Sie war echt, zum Henker, kapiert die Frau das nicht?

»Ich verstehe gar nichts mehr«, sage ich. »Er ist tot, das ist klar. Aber dass ich damit etwas zu tun haben soll ...«

Ich würde mich gern setzen, etwas tun. Die Hände um eine Teetasse schließen, eine Kaffeetasse. Ja, Himmel, ich würde sogar mit Tövchen Rotwein trinken, wenn ich nur die Hände um etwas schließen könnte. Sessel und Sofa sind von Heinzens Habseligkeiten bedeckt, dem Zimmer fehlt eine ruhige, ungestörte Ecke. Ein winziger Küchentisch ist nicht bedeckt mit Habseligkeiten, aber es gibt keine Küchenstühle. Auch Tövchen steht, ich frage mich, wo sie gewesen ist, ehe ich geklingelt habe. Sie weint noch immer.

Gleichmäßig und tonlos, als wolle sie das Wasser aus ihrem Körper loswerden, nur deshalb.

»Hast du keine Küchenstühle?«

Sie sieht mich an. Und ich möchte das sofort sagen: Es ist kein tausend Klafter tiefer Tierblick. Wenn es ein Tierblick wäre, dann der eines Tieres, das soeben von einem Daktaripfeil getroffen worden ist, worauf der Fotograf den Blick zwischen zwei unsicheren Schritten einfangen konnte, einen zu jeder Seite, und in der Sekunde nach Auslösen der Kamera wäre das Tier mit gespreizten Beinen zu Boden gefallen.

»Ich habe sie weggeworfen. Ich hatte darauf gekotzt. Und das ... das ging nicht mehr ab.«

Ich fühle mich überhaupt nicht wohl in meiner Haut. Ich würde mir gern etwas ausdenken, worüber mein Durchschnittspublikum sich amüsiert, was Fantasie und Verführung in den Bericht bringt. Aber hier stehe ich nun und habe keine Ahnung, wie es weitergeht. Ich weiß nur, dass ich mich nicht geschlagen geben will. Die Sache ist zu weit gediehen, es ist zu spät, ich könnte nie mehr an mich selber glauben, wenn ich mir die Geschichte jetzt entgleiten lassen würde, wenn ich mich nicht mehr um Tove kümmerte und ginge, nur weil sie mir keine zusammenhängende Geschichte liefert.

Es geht um meine Selbstachtung. Es geht um eine Verankerung in der Realität, die, wie ich zu meiner Schande gestehen muss, ziemlich neu für mich ist. Ich haue nicht ab. Ich stehe. Ich habe keine Kontrolle, aber ich bleibe stehen (ich habe zwar Macht, weil ich nüchtern bin, aber Macht und Kontrolle sind zwei sehr verschiedene Dinge). Aber ich fühle mich nicht wohl. Wohl fühlen tue ich mich nicht. Wie ich mich fühle, ist nicht wohl. Nein.

»Vielleicht sollten wir irgendwo hingehen? Hast du Hunger? Ich lad dich gern zum Essen ein, Tövchen.«

»Nenn mich nicht Tövchen! Tu nicht so, als wenn du mich kennst!«

Das heißt, so tun als ob. Das denke ich, während ich einige Schritte zurücktrete und den Blick einer Irren auffange und zugleich dankbar bin, weil es mir erspart bleibt, weitere Sympathie für sie zu empfinden. Brüll du nur. Mach du dir nur dein Gehirn kaputt und werde ungenießbar. Mach dich nur so ekelhaft, dass für mich nur noch das Fortschreiten der Handlung und die Informationsfetzen wichtig sind, die ich brauche, um das Werk zu vollenden und den Lektor glücklich zu machen.

»Gut«, sage ich. »Ich werde dich nicht mehr Tövchen nennen. Sondern nur Tove.«

Sie rennt zu ihrem Pillenglas, stellt es dann aber ungeöffnet in den Küchenschrank. Sie weint jetzt nicht mehr, und das macht mir Sorgen.

»Ich wünschte«, sage ich.

»Ich auch«, sagt sie.

»Dass du nüchtern wärst, dann könnten wir …«

»Ich auch.«

»Habt ihr die Stelle gefunden, wo seine Mutter …«

»Ja.«

Sie reißt die Reste einer Küchenpapierrolle an sich, reißt die letzten Stücke herunter und reibt sich das Gesicht.

»Ja. Die haben wir gefunden. Es waren noch weitere Häuser gebaut worden, aber vom Wasser aus war sie leicht zu finden. Er hat geweint. Der Arme … Erst, als er mich kennen gelernt hat, konnte er …«

Sie schluchzt auf und stützt sich aufs Spülbecken. Über ihrer Nagelhaut sitzen Reste von knallrotem Nagellack. Es ist heiß hier.

»Sich ein Bild von ihr ansehen. Das hatte er nicht mehr gemacht, seit … viele Jahre … nach dem Waisenhaus.«

»Sie ist gestorben, als er noch klein war?«

»Hat sich erhängt. Er fand sie eines Morgens in der Küche. Da war er sechs. Sie war ... Nutte. Sie auch.«

Tövchen lacht. Ich wünschte, ich könnte mich irgendwo hinsetzen. Stattdessen steuere ich ein sauberes Glas an, das ich im Küchenregal entdeckt habe, und fülle es mit Wasser. Ihr Oberarm berührt meinen, als ich das Glas unter den Wasserstrahl halte, ihr Gesicht hat sich abgewandt.

»Und sein Vater?«

»Ich glaube, du solltest jetzt gehen. Ich bin doch nicht ganz ... ich will nicht reden. Ich will nichts sagen. Deshalb musst du gehen.«

Sie fängt wieder an zu weinen, aber das scheint ihr selber gar nicht bewusst zu sein.«

»War er Deutscher? War Heinz ein Deutschenkind?«

»Ja. Das hat sein Leben kaputtgemacht, aber andere können das nicht verstehen.«

Die Berührung an ihrem Oberarm hat ihr nicht gefallen, und deshalb ist sie mitten ins Zimmer getreten, hat es in Besitz genommen, mit übereinander geschlagenen Armen. Sie versucht sich zusammenzureißen, das ist leicht zu sehen. Es ist auch leicht zu sehen, dass ihre Kraft begrenzt ist. Ich kann ihre Schwäche ausnutzen oder sie respektieren. Tove schnauft.

»Das ist doch klar. Dass ein Deutschenkind es schwer hat«, sage ich.

»Pa.«

»Doch, das ist so.«

»Niemand kapiert, wie schwer das ist. Dass es ein ganzes Leben kaputt machen kann.«

Du meine Güte. Jetzt wird sie beredt. Diese Frau ist immer wieder für eine Überraschung gut. Vielleicht brauche ich sie für eine Weile nicht zu respektieren.

»Ich kapiere das«, sage ich brav.

»Darum geht es nicht!«, ruft sie gereizt. »Es geht darum, dass es keine besondere Geschichte ist. Das hat er sich nur eingebildet. Dass sie so toll wäre.«

»Schon gut, schon gut. Ich wollte doch nicht ...«

»Hättest du ein ganzes Buch über ein Deutschenkind geschrieben? Nur darüber?«

»Ja. Aber mit ein bisschen Würze, mit einem originellen Dreh, und ...«

»Es gab aber ... im Leben von Heinz keinen originellen Dreh. Trotzdem hat er geglaubt, es gäbe genug. Sein Leben sei superspeziell. Niemand hätte so gelitten und sei so ... anders gewesen als er. Wenn man mitten drin steckt, kommt einem alles immer viel größer vor ...«

Sie starrt den Boden an, scheint auf das Echo ihrer eigenen Worte zu horchen und ihren Wahrheitsgehalt abzuschätzen, dann schaut sie wieder zu der leeren Küchenpapierrolle hinüber und geht in die Diele und weiter. Genau damit habe ich gerechnet, dass sie auf dem Klo oder im Badezimmer oder in einem anderen Zimmer verschwindet. Ich habe auf einem Karton ein Schlüsselbund gesehen, das ist mir schon beim Hereinkommen aufgefallen. Ich will mit dem kompletten Schlüsselbukett durchbrennen, doch als ich es leise hochhebe, sehe ich, dass auf einen Schlüssel mit rotem Nagellack ein H gemalt worden ist. Ich breche mir den Daumennagel ab, als ich den Schlüsselring aufstemme und den Schlüssel herunterziehe. Ich stecke den Schlüssel in die Tasche und lege das Bund zurück.

Sie kommt wieder und drückt sich Klopapier ins Gesicht.

Mit schwacher Stimme murmelt sie: »Geh. Ich will schlafen.«

Ich lasse mich aus der Tür schieben. Ich weiß, wo sie wohnt. Sie weiß, dass ich weiß, wo sie wohnt, wo sie arbeitet. Als letztes sagt sie: »Du kannst der Polizei von mir aus Bescheid sagen. Aber erzähl nichts von mir. Er hat keine Verwandten. Niemanden. Die Gemeinde Bergen bekommt alles. Abgesehen von dem, was ich geholt habe.«

Die Tür wird hinter mir ins Schloss geknallt, zu schnell.

»Ist es deine Schuld, dass er ertrunken ist?«, rufe ich.

»Trottel!«, wird hinter der Tür geantwortet.

»Warum ist er ertrunken? Wie bist du an Land gekommen?«

»Ich bin gerudert. Hau ab!«

L'esprit de l'escalier. Aber sie hat ihn nicht umgebracht. Und sie hat seine Wohnung ausgeräumt, weil die Gemeinde Bergen alles bekommen und es der Heilsarmee oder einem Bogenschützenverein oder was weiß ich wem vermachen wird. Das leuchtet ein.

Die Geschichte sieht nun ungefähr so aus: Er ist ihrer Ansicht nach zu früh gestorben. Und eins ist noch unklar: Warum hat sie mich in die Sache hineingezogen, denn das hat sie? Und deshalb bin ich hergekommen. Um zwei vage Anklagen mit einem korrekt passenden Ursachenzusammenhang zu versehen.

Ich knabbere an meinem Nagel und fluche so laut, dass der Bengel es hört. Für einen Moment schenkt er mir seine Aufmerksamkeit, dann wendet er sich wieder ab. Aber ich habe schon die winzigen Goldkugeln an seinen Ohren entdeckt. Er ist ein Mädchen. Und das ist nicht alles, was hier nicht stimmt. Ich renne die Treppe wieder hoch und verursache ein weiteres nasales »Plong«. Genauer gesagt, drei davon. Sie öffnet nicht. Ich hämmere gegen die Tür und rufe:

»Woher hast du gewusst, dass ich Bücher schreibe?«

Niemand antwortet. Nicht einmal Tövchen.

Wenn ich mir einen normalen Beruf suchen sollte, dann würde ich mich an ein Fließband stellen. Und ich habe mir oft überlegt, was auf diesem Fließband vorbeifahren sollte.

Keine Fische. Die sind zu schleimig, und außerdem weiß ich, dass Fischsortierhallen kalt und nass sind, ich will nicht auf ein gutes Wort hin krank werden, von einem bösen ganz zu schweigen.

Keine Eier, die durchleuchtet werden müssen, es ist zu makaber, im Hinblick auf ein gemütliches Sonntagsfrühstück Missgeburten studieren zu müssen.

Keine zu füllenden Flaschen, das macht zu viel Krach, das habe ich beim Coca Cola-Streik von einem Fernsehreporter erfahren.

Nein, ich will Pralinen. Ich will vor einem Stapel jungfräulich leerer Pralinenschachteln stehen, deren Boden von diesem wunderschönen Plastikabguss bedeckt ist, in dem jede Vertiefung genau die Form des Schokoladenstücks aufweist, das ich hineingeben soll. Jede Grube wartet auf ihre formatierte Auserlesene, und die bekommt sie. Von mir. Plopp, und schon liegt sie da. Die Nächste bitte. Krokant, Nougat, ein dunkles Oval voller Marzipan. Wenn die Schachtel voll ist, stimmt alles. Die Löcher sind gefüllt, nicht ein einziges steht leer, ich lege den Deckel darauf, bedecke die Symmetrie. Ich kann mir keine befriedigendere Arbeit vorstellen. Ich arbeite die vorgeschriebene Zeit ab, fülle die vorgeschriebenen Schachteln, hole meine Lohntüte, gehe nach Hause, schlafe traumlos, erwache traumlos, habe den Überblick über die Geschwindigkeit des Bandes, über Warenmenge und -beschaffenheit, über die Anzahl der Schachteln, der leeren wie der vollen. Was ich mache, kann gezählt und gewogen werden, mit Maßband gemessen. Ich erledige eine Arbeit, deren Zeit gestoppt werden kann. *Für eine Pralinenschachtel braucht sie 3,54673 Sekunden. Nicht schlecht.*

Als Kind habe ich Kerzenwachs in leere Pralinenschachteln gegossen. Wenn das Wachs erstarrte, drückte ich die Stücke heraus und gab das imaginäre Konfekt in Schüsselchen. Schon damals.

Aber ich kann Buchstaben, Wörter, Seiten, Bücher zählen, ich kann sie wiegen und ihr Format messen. Wenn mich jemand fragt, wie viel ich geschrieben habe, könnte ich zum Beispiel antworten: elf Kilo, insgesamt 3,7 Meter hoch und 2,2 Meter breit. Und dieser Text enthält bisher:

> *Zeichen: 336.695*
> *Wörter: 46.801*
> *Zeilen: 5.581*
> *Absätze: 1.359*

Auch die Zahlen können für mich sprechen. Aber es gibt einen großen Unterschied: Ich weiß nicht, wann die Pralinenschachtel voll ist. Oder wann sie das sein sollte.

Die Vögel sind verschwunden. Ich stampfe mit dem Fuß in eine Pfütze, hart, es spritzt, ich werde nass, das tut gut, und ich mache es nicht für den Fall, dass jemand mich sieht und mich für immer als die, die mitten in der Lars Hilles gate an einem ganz normalen Sonntag unachtsam in eine Pfütze getreten ist, in Erinnerung behält, nein, ich tue es meinetwegen und kann mich auf die Feuchtigkeit konzentrieren, die durch meine dunkelblaue Socke dringt und danach Zehen und Zehennägel blau färbt, sie werden erfroren und pflegebedürftig aussehen. Die Verfärbung zu betrachten wäre eine Erleichterung für einen Menschen, der sich danach sehnt, Ursache und Wirkung in handgreiflicher Eindeutigkeit zu sehen, ich werde sofort begreifen, dass meine Zehen nicht gefroren sind, dass es sich einfach um eine Illusion mit einer ganz anderen Vorgeschichte als Minusgraden handelt. Ich brauche sie nur zu waschen, das Wasser braucht nicht einmal heiß zu sein, und schon ist das Problem gelöst. Dann habe ich es gelöst.

Ich stampfe noch einmal in die Pfütze, diesmal mit dem anderen Fuß, für den Fall, dass das Mädchen mit den Goldkugeln zusieht.

Sie sitzen vor dem chinesischen Zeitungskiosk auf der Bank und lesen Sonntagszeitungen, jede in Minirock und Sandalen gekleidet, sie sind leicht gebräunt und sehen gesund aus, es ist wirklich beeindruckend, wie sehr ein jugendlicher Teint Unschuld vortäuschen kann.

Während meiner Wochen in Bergen habe ich mir einen witzigen Bekanntenkreis zugelegt: eine Bande von Fernsehjournalisten und drei Nutten. Alles leicht zu verwechseln. Abgesehen von der halbdeutschen Leiche, die ich nicht mehr richtig kennen lernen konnte.

Sie haben mich noch nicht gesehen. Im Adverb *noch* liegt eine Erwartung, dass sie mich sehen werden. Bald. Aber ich bleibe bei Ole Bull stehen.

Meine Schuhe sind aus geblümtem Stoff, die Spitzen sind schmutzig und jetzt zu allem Überfluss auch noch nass. Ich habe die Wahl, ich habe eine Unmenge Wahlmöglichkeiten. Von diesem Punkt aus kann ich gehen, wohin ich will, ich kann den Leuten ins Gesicht starren und sagen, was ich will. Ich kann essen oder nicht, ich kann arbeiten oder nicht, ich kann lieben oder nicht, ich kann leben oder nicht, ich kann nach rechts, links, vor und zurück gehen oder einfach fünf Stunden auf der Stelle stehen bleiben, bis ich von Weißkitteln abgeholt werde.

In der Wirklichkeit gibt es kein Ende, weder ein glückliches noch ein trauriges. Das einzige Ende ist der Tod und das nur für jeden einzelnen Menschen. Der Tod lässt sich niemals in epischer Breite und unter Einbeziehung verschiedener Menschen abwickeln. Ein Ende muss mit Absicht herbeigeführt werden, und nicht einmal dann steht fest, dass es uns gelingt. Seht euch doch mich und Rickard an. Es kam kein Ende dabei heraus, dass ich seine Wohnung verlassen habe, auch wenn ich das damals glaubte. Ich kaufte mir Zimt und verlängerte damit die Geschichte, und jetzt – jetzt streicht er immer wieder durch die Kulissen. Und Katrine und Kristin haben eine Mutter, der es an Verstand fehlt, um den Selbstmord zu begehen, zu dem sie sich moralisch verpflichtet fühlen sollte. Und wenn sie das tut, ist das für die Mädchen kein Ende, sondern ein Anfang, wenn auch nicht aus dem Nichts, so doch zwischen allen Stühlen, denn ein eventueller Beginn wäre von der Vorgeschichte gefärbt.

Zugleich ist jeder einzelne Punkt in der Zeit eine abgeschlossene Handlung in sich selber, jede Szene hat einen Anfang und einen Schluss, wenn auch kein Ende. Ein Ende ist definitiv für eine ganze und messbare Welt, daran bin ich aus Filmen und Büchern gewöhnt. Hinterlassene Eindrücke bilden zwar eine Art mentale Fortsetzung, aber die *Handlung* läuft nicht weiter, denn sie setzt selbstständiges Dichten voraus, und dazu bin nicht einmal ich im Stande, auf Grund der schlichten Tatsache, dass es sich um die Geschichten anderer Menschen handelt. Ich habe an Novellenstaffetten teilgenommen und Kapitel mitten in der Handlung geschrieben, das jedoch mit Hilfe loser Fäden, die mir die früheren Mitwirkenden gereicht hatten, und ich habe genauso pfiffige Fäden an die weitergegeben, die nach mir kamen, aber das ist etwas anderes.

Und was mich jetzt am meisten beunruhigt, ist, dass dieser Hyperrealismus, in den ich geraten bin, mir die Erleichterung nehmen wird, ein Ende zu erreichen, die Ziellinie zu überqueren und fertig zu sein. Meine Großmutter saß mit zwei Freundinnen zusammen; sie hatten Halma gespielt und schalteten den Fernseher ein. Es lief ein Schwarzweiß-Drama, und ich weiß noch, wie meine Großmutter sagte: »Fernsehspiele machen gar keinen Spaß mehr, die haben heutzutage so einen seltsamen Schluss.«

Sie hatte Recht. Und deshalb sind mir meine Schuhspitzen so schmerzlich bewusst, weil ich entscheiden kann, wohin ich sie führe, weil ich die Wahl habe. Ich kann mich für und gegen sie entscheiden. Oder für etwas ganz anderes. Für die Arktis, zum Beispiel, ich kann innerhalb weniger Stunden dort sein, meine Stoffschuhe durch wasserdichte Wanderstiefel ersetzen, diese Stiefel ansehen, sie dann heben, auf Weiten aus gefrorenem Wasser blicken und mich auf einem Bett aus losen Fäden zur Ruhe legen und mich um nichts mehr kümmern. Doch wenn ich das tue, dann bin ich geflohen, statt zu wählen. Es wäre eher eine Niederlage als eine Entscheidung für einen Weg, auch wenn die vielen möglichen Erlebnisse, die mir dort oben widerfahren können, bestimmt ein paar Buchseiten füllen würden, zur großen Freude meines gierigen Publikums, vorausgesetzt, dass dieses Publikum alle stringenten epischen Forderungen an den Nägel hängt. Doch da Stringenz streng genommen als Gedankenklarheit definiert wird, ist diese Reise für mich unmöglich. Und ich bin auch noch nicht in der richtigen Stimmung, um meinen frisch gestohlenen Schlüssel zu benutzen. Vielleicht heute Abend.

»Hallo. Sonntagsspaziergang?«

Vermutlich unbewusst kneift jede im hellen Sonnenlicht ein Auge zu, auf genau dieselbe Weise, während sie zu mir hochschauen.

»Wieso denn?«, fragt Katrine.

»Kein Wieso denn. Ich hab doch nur gefragt, ob ihr einen Sonntagsspaziergang macht.«

Ich bin plötzlich unsicher, ob ich das Aquarium erwähnen kann, ob Kristin von unserem Treffen erzählt hat, aber sie rettet mich, indem sie sagt: »Ich würde so gern ins Aquarium gehen, und zwar schrecklich gern mit dir.«

»Ach, ins Aquarium?«, sage ich.

»Kristin hat sich in den Kopf gesetzt, dass du ihr Tipps fürs Schreiben und so geben kannst«, sagt Katrine und blättert in ihrer Zeitung.

»Ach, ja, ja. Als Singer den Nobelpreis bekommen hat, sollte er für angehende Schreiberlinge Tipps geben, und er sagte, sie sollten über das schreiben, was sie kennen. Write about the things you know, hat er gesagt.«

»Du meine Güte«, sagt Katrine. »Hier kullern die Goldstücke ja nur so. Wie auf Knopfdruck.«

»The things I know ...«, sagt Kristin und lässt die Zeitung sinken.

»Du kannst über dein Leben schreiben. Wie es gewesen ist. Bisher«, sage ich kühn. Katrine setzt sich gerade, blättert.

»Ich will nicht, dass andere über mein Leben lesen. Das ist meine Privatsache«, sagt Kristin.

»Du kannst persönlich schreiben, ohne privat zu werden. Und du kannst unter Pseudonym veröffentlichen.«

Ich stehe turmhoch vor ihnen, in meinen nassen Schuhen, und habe mir eine Zigarette angezündet.

»Ich bin nicht so ganz in Form«, sage ich dann. »Ziemlich verkatert. Weiß nicht, ob Fische heute das Richtige sind. Habt ihr Tove gesehen, seit wir uns unterhalten haben, und ihr gesagt, dass ich schreibe?«

»Nein. Sie glaubt doch, du bist bei der Bullerei.«

»Wollte mich sicher nur bestrafen. Wegen irgendwas.«

»Weswegen denn?«

»Keine Ahnung.«

Ich kaufe eine lauwarme Flasche Cola und noch mehr Zigaretten; die beiden haben die Zeitungen zusammengefaltet, als ich aus dem Kiosk komme.

»Kannst du nicht mitkommen«, bittet Kristin.

Ich starre meine Schuhspitzen an und nicke. Ich habe einen Punkt erreicht, wo ich die Handlung ihrem Schicksal und der Erzählung die Führung überlassen muss. Deshalb gehe ich zusammen mit den beiden weiter, ohne das übergeordnete Ziel, irgendetwas zu erreichen, eine klare Antwort, eine Lösung oder einen Zipfel eines unerwarteten Horizontes.

Aber ich hatte Pinguine und Seehunde vergessen. In meiner Erinnerung enthielt das Aquarium nur Fische in allerlei Formen und Größen.

Schon aus hundert Meter Entfernung hören wir die Nebelhorngeräusche der Pinguine, vermutlich ausgestoßen mit in den Nacken geworfenem Kopf und geschlossenen Augen, hoch zu einem Bergenser Himmel, von dem sie nicht begreifen können, warum sie sich darunter befinden. Ich schaudere, bekomme eine Gänsehaut.

»Ich hasse wilde Tiere in Gefangenschaft«, sage ich.

»Sei nicht so verdammt politisch korrekt, wir machen einen Sonntagsausflug«, sagt Katrine, und ich starre sie an.

»Nutten haben nicht so zu reden«, sage ich.

»Du hast doch keine Ahnung«, sagt sie.

Ich nicke. Wörter sind Lügen. Körpersprache nicht. Aber ich kann mich nicht beherrschen und sage trotzdem: »Ja, ich habe keine Ahnung. Ich habe nicht viel Ahnung. Viel Ahnung habe ich nicht. Nicht viel Ahnung habe ich.«

Kristin lacht laut.

»Darf ich deine Gedichte mal lesen«, sage ich.

»Wenn wir dich besser kennen«, sagt Katrine.

»Aber ich wohne doch nicht hier, ich kann jeden Moment abreisen.«

»Dann kannst du sie auch nicht lesen«, sagt Katrine.

»Mir geht es nicht gut. Mir ist schlecht. Schwindlig. Ich hatte vergessen, dass es hier Pinguine und Seehunde gibt. Sagt mal, bin ich hier die Einzige, die einen Kater hat?«

»Das nicht«, sagt Kristin. »Aber es ist doch Sonntag. Da müssen wir was Nettes unternehmen.«

»Arbeitet ihr sonntagabends nicht?«

»Nie.«

Scheiden, Hände und Münder dürfen sich ausruhen. Am siebten Tage ruhte Gott. Heute müssen die Freier wichsen oder ihr Glück bei ihren Gattinnen versuchen. Mir wird immer schlechter, je mehr wir uns den Pinguingeräuschen nähern, Katrine kauft Eintrittskarten, bezahlt auch für mich, sagt, ich könnte später einen Kaffee ausgeben.

»Hier gibt es frisch gebackene Waffeln«, sagt Kristin, sie sieht aus wie eine Zwölfjährige. Schmal und biegsam. Die Sehnen in ihren Kniekehlen treten scharf hervor, sie hat weißen Flaum an den Waden, ich stelle mir vor, wie Spermien daran hinunterfließen, und nun sind wir drinnen. Ein Seehund schaut hoch, richtet sich gerade auf und verschwindet dann im Wasser. Sein Pelz ist glatt und undurchdringlich wie Glas, ich sehe noch, wie seine Schnurrbarthaare sich sträuben, als er schon längst verschwunden ist. Die Tiere wimmeln in allen Ecken des Beckens herum. Menschengesichter pressen sich an die Glasscheibe, sie sehen aus wie Fotos von Vermissten.

Die Seehunde schwimmen, als hätten sie nie etwas anderes gemacht, mit blitzschnellen Kursänderungen, legen sich ab und zu auf den Rücken, glotzen das Publikum an, stoßen seltsame Geräusche aus, die gegen Betonmauern stoßen, statt hoffnungsvoll über die Wellenkämme der Barentsee zu fliegen und auf ein fremdes Seehundohr zu stoßen.

Die Pinguine sind an Land aufmarschiert und sehen blöd

aus, mit bunten Puscheln auf dem Kopf und resigniertem Blick. Sie streiten sich untereinander und fühlen sich nicht wohl in ihrer Haut. Ihre Füße sehen aus wie Gummi, Füße, die das Gewicht perfekt verteilen und nicht viel anders aussehen könnten, wenn ein Mensch auf eigene Faust den ersten Pinguin aller Zeiten konstruieren müsste. Die Sonne bricht über die Tiere herein, über die Seehunde im Wasser und die Pinguine an Land, und über alle Kinder, die mit den Fingern zeigen und mit Fistelstimmen rufen, mit Eis in der Hand und Schuhspitzen, die sie an die Mauer pressen, um den Körper weiter nach oben zu schieben. Einige Eltern sind nicht verkatert und heben ihre Kinder mit erwachsener Muskelkraft hoch. Ich setze mich auf eine Bank.
»Drinnen ist es sicher kühler«, sagt Katrine.
Ich stecke mir eine Zigarette an und ein fundamentalistischer Antiraucher starrt mich vorwurfsvoll an, ich blase Rauch hinter ihm her und muss husten.
»Scheiße.«
»Geht's dir so schlecht?«, fragt Kristin.
»Das nicht. Gehen wir rein«, erwidere ich.

Es gibt jede Menge Wasser, dieser Betrieb suhlt sich geradezu in Wasser. Sie müssen Wassermassen gezähmt haben, die dem Ringentjern entsprechen, und dieses Wasser haben sie portionsweise in Tanks, Betonteiche und Springbrunnensysteme eingelassen. Ich bin wütend und weiß nicht warum. Ich würde mich so schrecklich gern für etwas entscheiden; vielleicht hat der Mangel an Möglichkeiten meinen Zorn erregt. Aber ich sperre meinen Zorn auf der Innenseite meines Gesichts ein, halte es unter Kontrolle; die beiden haben frei und machen einen Sonntagsausflug. Ich kann ihnen diesen Punkt im Leben nicht verderben, ich kann nicht eine einzige Fischschuppe, eine Flosse, einen einzigen Krebs zerstören, der seitwärts über den saubergescheuerten Steinboden wankt. Außerdem habe ich den Schlüssel eines Toten in der Tasche. Wir schauen Lachse und Tintenfische und Seepferdchen an. Das Glas ist dick und bricht den Blick ent- zwei, wie schusssichere Schalter in Postämtern; mir ist wahnwitzig schwindlig.

»Ich glaube, ich brüte etwas aus«, sage ich. »Das hat nichts mit der Arbeit der Leber und der natürlichen Trägheit in der Transmittersubstanz der Neuronen zu tun.«

»Du sagst so komische Dinge«, sagt Kristin und lacht wieder. »Hast du nicht langsam Lust auf Waffeln?«

Ein Steinbeißer hat das Kinn auf einen Stein gelegt und schaut mir voll ins Gesicht. Er kommt mir wütend vor, ist aber unfähig, eine Gemeinheit zu begehen. Er ist von Wasser umgeben, von Wasser, das mit Luft Ähnlichkeit hat. Er ist von Leben für sich, von Tod für mich umgeben. Er atmet im Tod, aus und ein, aber nicht eine einzige entlarvende Luftblase kann erzählen, wie verschieden wir sind. Ist er sich seiner Gefangenschaft bewusst? Im Wasser? Im Aquarium? Kann das seine Wut erklären? Dem Steinbeißer zuliebe wollen wir hoffen, dass er dümmer ist als er aussieht, auch, wenn das Aquarium geräumig ist und die Wassermenge allein in diesem einen Tank mich sicher beeindrucken würde. Das Ziel jeden Fisches muss sein, dass die Menge Wasser die Wirkung aufhebt, wenn jemand hineinpisst. Auf dem Fischmarkt würden die Fische sofort sterben, wenn ich mich auf die Bottichkante setzte und urinierte. Dieser Steinbeißer jedoch würde vielleicht nur ein leises Unbehagen verspüren. Den Fischen im Puddefjord ist das alles schnurz.

Er sieht ziemlich gut aus, wenn man sich daran gewöhnt hat, wie hässlich er ist. Spiegelt er sich an der Innenseite des Glases? Oder betrachtet er wirklich mich? Sieht er mich als mit den Sinnen erkennbaren Abdruck einer Idee, als Schatten an einer Höhlenwand, den er selbst zu werfen glaubt? Ich meinerseits kann den Anblick dieses hilflosen Fisches nutzen, um eine kleine Dosis Glück zu erarbeiten; ich suhle mich in seinem Unglück, was seine Gefangenschaft und das Element betrifft, aus dem er seinen Sauerstoff saugen muss, und auch im Hinblick auf seinen tröstlichen inneren Irrtum, dass er auf dem Weg zu etwas und durchaus nicht im Augenblick gefangen ist.

»Vielleicht bringen Waffeln Schwung in die Sache«, sage ich. »Ja. Einwandfrei. Ich wähle Waffeln.«

Ich gebe Kristin hundert Kronen, und während die beiden bestellen und die Tabletts zu einem Tisch draußen im Schatten bringen, halte ich Ausschau nach der Toilette; ich brauche Wasser im Gesicht, Süßwasser, gereinigt und gechlort und ganz und gar ohne Fischausscheidungen.

»Du bist ja wirklich dauernd auf Trab. Und Freundinnen hast du dir auch zugelegt.«

»Du hast ja offenbar auch viel zu tun«, sage ich und drehe mich langsam weg.

»Ja, mehr denn je. Ich finde übrigens, du hättest dem Kleinen helfen können, als er gestürzt ist.«

»Das war ein Mädchen. EIN MÄDCHEN!«

»Nicht so laut. Ein Mädchen. Auch egal.«

»Wo warst du? Ich hatte doch überprüft, ob du mich verfolgst.«

»Im Auto.«

Daran hatte ich nicht gedacht. Dass er sich mit einem Auto tarnen könnte. Mein joggender Kollege würde über meine Detektivinnenkünste hämisch lachen, wenn er nicht einfach zu nett wäre, um über irgendwen hämisch zu lachen. Ich muss meine Strategie ändern. Ich schlucke meine Übelkeit herunter und lächele Rickard an.

Lächele!

Wenn er ein wenig weniger vögelnswert wäre, dann wäre alles einfacher. Die Frauen in unserer Nähe verschlingen ihn mit Blicken, sogar die mit kleinen Rotzgören am Rockzipfel, ja, vielleicht grade die mit Rotzgören am Rockzipfel, mit Männern zu Hause, die auf monatliche Lohnzahlungen und tägliche Irritationsmomente reduziert sind.

»Wer sind diese beide Mädels eigentlich?«, fragt er.

»Lehrerinnen. Hab sie hier letztes Jahr auf meiner Lesereise kennen gelernt.«

»Zu jung für Lehrerinnen. Du lügst. Was machst du hier eigentlich?«

»Arbeiten. Und lügen. Mach ich doch immer. Liebst du mich noch?«

Er schaut ganz schnell weg, schiebt die Hände in die Hosentaschen. Seine Unterarme sind braun und muskulös, die Armbanduhr hängt locker um das Handgelenk. Ich sehe, wie er das Armband mit einer raschen Bewegung öffnet, den Arm über mich ausstreckt und die Uhr auf den Nachttisch fallen lässt, damit sie nicht an meinen Haaren reißt, während wir uns lieben. Wenn ich einen Kater habe, bin ich immer geil; ich habe zu schnell gelächelt, das ist gefährlich, ich bin nicht zurechnungsfähig.

»Vielleicht«, antwortet er und sieht mich wieder an, ernst, ein wenig unergründlich, er spielt ein Schauspiel, da bin ich mir zu neunundneunzig Prozent sicher, und ich habe nicht gefragt, weil ich eine Antwort wollte; ich hasse nichts so sehr wie Antworten auf schlecht begründete Fragen, denn sie machen mich für den weiteren Verlauf des Gesprächs verantwortlich.

»Was willst du hören?«, fragt er und grinst schief. Er ist zum Kotzen wunderbar.

Ich serviere ein neues Lächeln und versuche, aus dem Nichts eine Strategie hervorzuzaubern, aus dem Blauen, aus dem Schwarzen, aus dem Roten.

Is it the sea you hear in me, its dissatisfaction? Or the voice of nothing, that was your madness? Love is a shadow, how you lie and cry after it. Listen – there are its hooves, it has gone off, like a horse.«

»Ach was. Ja, wenn du meinst.«

»Geh weg.«

»Ich habe die Bettwäsche gewechselt.«

»Wie interessant.«

»Ich war nicht mit Hilde zusammen, mit der, die du gesehen hast. Sie ist eine Kollegin und wollte nur mal vorbeischauen.«

»Pa.«

»Manche Leute machen das eben. Schauen vorbei. Das mit den Kondomen habe ich entdeckt, als ich nach einem Porno gesucht habe.«

»Nach deinen vollgewichsten Pornoheften.«

»Genau. Und du bist heute wunderbar, schön und rund. Herrlich. Vergiss nicht, dass es dir gefällt, wie mein Schwanz geknickt ist. Aber du bist heute wirklich zum Fressen. Ich habe dir ja schon häufiger gesagt, dass du nicht sexy bist, sondern erotisch. Das ist ein großer Unterschied.«

»Ach«, sage ich dämlich und trete von einem Fuß auf den anderen.

»Hm. Rubensschön. Ich könnte dich anknabbern«, sagt er mit leiser Schlafzimmerstimme.

»Halt die Klappe. Und außerdem hab ich Kaugummi in den Schamhaaren.«

»WAS? Kaugummi in den ...«

»PST! Ich wollte den Kaugummi ins Klo spucken, und dabei ist er hängen geblieben. Und ich hatte keine Schere oder Rasierklinge, sondern nur einen Nägelknipser, und damit hab ich es nicht geschafft ...«

Er übertönt mich durch sein Lachen und legt dabei den Kopf in den Nacken, genau wie die Pinguine, ehe er mich wieder ansieht und sagt: »Du fehlst mir so schrecklich, unter anderem auch aus solchen Gründen. Du bist ein frischer Windhauch, Emma. Und neulich hab ich wirklich was ausgebrütet, ganz bestimmt.«

»Das ist ziemlich unangenehm. Es ziept, wenn ich mich bewege«, sage ich.

»Ich hab einen Rasierapparat«, sagt er und beugt sich zu mir vor. »Ich könnte da im Handumdrehen Ordnung schaffen.«

Ich habe das hier nicht unter Kontrolle. Einer der wichtigsten und unterhaltsamsten Hohlräume des Körpers reagiert bereits auf Revestads Plattheiten und seinen leichten Zimtduft, den ich gerade aufgefangen habe.

»Du«, sage ich. »Gib mir doch eine ehrliche Antwort ...«

»Ich bin immer ehrlich.«

»Halt die Fresse! Dann wärst du doch arbeitslos, mein Lieber. Nein, jetzt sag mir ehrlich ... geht es dir um mich oder um meine Geschichte?«

»Ich wusste nicht, dass es da einen Unterschied gibt.«

Ich lasse ihn stehen. Innerhalb weniger Sekunden habe ich die Stirn dermaßen gerunzelt, das es infernalisch wehtut. Wie nach einem Insektenstich. Nein, nach einem Tigerbiss.

Sie sind nicht da. Ich sehe sie vor dem Eingang, auf dem Weg in die Stadt. Katrine zieht an Kristins Arm. Ich sehe sie wie durch ein Teleobjektiv; sie werden zu einer schmerzlich isolierten Form mit wogenden Konturen, wie der Sheriff im »Weißen Hai« in der Sekunde, in der er erfährt, dass sein jüngster Sohn zusammen mit dem Killerhai im offenen Meer treibt. Katrine muss mich mit Rickard gesehen haben, mit dem Feind, mit der gerissenen Muse des Populismus in Person. Ich drehe mich um und rechne damit, seinen Brustkasten anzusehen, aber auch er ist nicht mehr da. Alle sind verschwunden, ich stehe allein in der Menge von Wasser und Waffeln. Und es ist so heiß. Die Tiere machen einen Höllenlärm, jetzt werden sie zu allem Überfluss auch noch gefüttert. Die Seehunde wälzen sich auf die kleinen Pontonbrücken und büßen all ihre Eleganz ein, die Pinguine streiten sich ärger denn je. Und die Jungen ... von denen gibt es viel zu viele. Genetische Chromosomenkonstruktionen, die Augensterne ihrer Eltern, ein ganzer Strand von Steinen mit weit aufgerissenem Schlund und fuchtelnden Fingern, die nach Eis und Waffeln greifen, die die Tiere berühren wollen, sie besitzen, lieben, von ihnen geliebt werden, erleben, im blinden Verlangen nach neuen Erlebnissen, die die alten übertreffen.

Der Steinbeißer hat trotz seiner Wut doch immer noch Ruhe ausgestrahlt.

Ich glaube, das liegt daran, dass er von seiner eigenen Existenz einfach nichts begreift. Wenn alle Verwunderung durch Wissen ersetzt wird, sterben wir. Der mühselige Versuch zu verstehen, warum, hält uns am Leben, treibt unser Gehirn im Kreis, hält den Metabolismus im biorhythmischen Gang. Frage und Antwort sind unser Treibstoff, Frage und Antwort, widerstrebende Kräfte; der Drang nach Gewissheit gegen die Abscheu vor endgültigen Antworten ohne ein einziges Fragezeichen. Entfällt der Widerspruch, entfällt auch der Kosmos. Ich setze mich vor das volle Tablett, drei Tassen Kaffee, drei Teller mit Waffeln und Marmelade und saurer Sahne. Ich spüre, dass Rickard mich von irgendeiner Stelle her beobachtet, die ich nicht sehen kann, und ich schlage die Beine übereinander, arrangiere mich so schön auf dem Stuhl, wie das überhaupt nur möglich ist. Ich glaube, ich habe Fieber. Ich denke an Ingmar Bergman, der glaubt, die innigsten Momente seines Lebens dadurch ruiniert zu haben, dass er bei sich selber Regie geführt hat. Ich denke, dass ich nichts mehr von dem wissen will, was alle anderen gesagt, gedacht und geschrieben haben, dass ich etwas Eigenes erschaffen will.

Deshalb brauche ich Heinz.

Ich brauche den Anblick der Gummiboote, um nicht den Glauben an mich selber zu verlieren, daran, dass ich aus Kleinem Großes schaffen kann. Die dänischen Farben, als er auf einem glatten Puddefjord balancierte, die sind mein Strohhalm. Dass er vom Wasser her seine Mutter gesucht hat, dass sie sich aufgehängt hat, als er sechs war, dass er ertrunken ist, als er die Stelle gefunden hatte, dass er ein Deutschenkind war, dass er den Schmerz erst auskosten konnte, als er einem anderen Menschen nahe gekommen war, nämlich Tove Abrahamsen, in all ihrer Gebrechlichkeit, einer Nutte, wie seine Mutter eine gewesen war. Die Geschichte an sich kann sich mit einem Roman von Umberto Eco messen. Sie ist der pure »Name der Rose«, wenn ich sie nur zu fassen bekomme, wenn ich ihr Fleisch und Blut und ergreifende pittoreske Abschweifungen geben kann. In ihr wimmelt es von schönen Bildern, und ich will sie haben. Ich will sie beschützen und pflegen, will sie vor Rickards feuchtklammer Gier retten. Für ihn wäre die Geschichte nur ein Sprungbrett zu etwas anderem, während Heinz für mich ein ganzes Jahreseinkommen oder mehr bedeutet. Ich habe schon mit dem Gedanken gespielt, mit Stevie Smiths Gedicht »Not waving, but drowning« anzufangen. Und ich glaube, die erste Szene habe ich auch schon: Ein Bergenser Kreißsaal mit einer hochbusigen Hebamme und Schreien und Jammern und mattschimmernden Metallinstrumenten und einer Stimmung, die sich aus Mitleid und Abscheu zusammensetzt. Gesenkte Blicke, verstohlenes Halblächeln. Das verdammte Mitleid, das die Gebärende nur zu deutlich spürt, gepaart mit jammernd frohen Rufen beim Anblick eines neuen, gesunden Kindes. Eines perfekten, gesunden Deutschenkindes. Doch eine Mutter, die soeben entbunden hat, ist ein heiliges Wesen, das Respekt verlangen kann, so war es seit dem Morgen der Zeiten. Eine Gebärende ist nicht dasselbe wie eine Empfangende mit rotem Lippenstift und Schnaps im Blut. Ich habe jede Menge Stoff, für eine Seite nach der anderen.

Aber ich sitze einfach nur hier und starre dünne saure Sahne an, die gerade in der Sonne schmilzt, bis mir von diesem Anblick schlecht wird. Alles, was ich vorzeigen kann, sind Bruchstücke. Alles, was ich in letzter Zeit getan habe, ist ... ich habe fossilisierte Blätter, an denen man lecken kann, um die Zeit zu schmecken, und ich habe eine Möwe und allerlei vage Vorstellungen. Vor meiner Nase wartet ein Vermögen, aber ich komme nicht einmal dem Blick eines elenden Rentierkalbes auf den Grund.

Das einzige Handfeste, was ich habe, wenn ich mich entscheide, daran zu glauben, ist Rickards Begierde. Und er ist wie vom Erdboden verschluckt. Einfach weg. Wasser ist nicht sein Element. Er wird sich große Mühe geben müssen, wenn er sich dort hineinpressen will, wird sich mit Bleigewichten und dicken Steinen beschweren müssen, ich jedoch bin schon dort. Ich bin davon umgeben, kann mir jedoch die Kräfte, die darin wohnen, nicht zu Nutze machen. Eine Möglichkeit kann nie dasselbe sein wie eine Wirklichkeit, und in der Wirklichkeit liegen die Antworten, wie eine wogende weiche Hülle, die mich umgibt, wie eine wogende weiche Hülle um neue Verwunderung, das ist Literatur.

Ich hebe die Hand und packe mich an der Nase. Da ist sie. Ich habe allen Grund zu der Annahme, dass ich mich gleich dahinter befinde.

Und diese verschwindend geringe Gewissheit reicht aus, ich kann jetzt aufstehen und durch die Stadt gehen, zwischen Häuserreihen, die Licht und Schatten trennen, ich kann meinen Körper aufrecht halten, die Tür zum Haus in der Neumanns gate aufschließen, die richtige Wohnung finden, auch diese Tür aufschließen, die Diele betreten, die Tür hinter mir abschließen und auf einen wildfremden Hocker sinken, der unter einem in einen Hirschkopf aus Messing eingelassenen Thermometer an der Wand steht.

Wenn ich mir wirklich klar mache, dass ich eines Tages tot sein werde (nicht sterben, sondern tot sein, ich meine den Zustand an sich), stelle ich mir vor, wie andere mein Hab und Gut sehen. Meine Schwester, irgendwelche Bekannte, Kolleginnen, entfernte Verwandte, ich habe nicht viele, die mir nahe stehen. Wenn ich Staub wische, weil ich es nicht mehr über mich bringe, meinen Namen hineinzuschreiben, hebe ich Gegenstände auf, die für alle anderen keinerlei Wert besitzen. Gegenstände, an denen auch ich nicht hänge, die ich aber auch nicht wegwerfen will, weil gerade dieser Gegenstand oder dieses Objekt beim Bilanzziehen helfen. Eine blöde kleine Vase, die in einem Secondhandladen für fünfzehn Kronen angeboten werden könnte, und ich würde daran vorbeigehen, würde sie nicht bemerken, eine solche Vase wische ich sorgfältig ab und weiß, dass sie nur Wert hat, weil sie mir gehört, sich in meinem Haus befindet, in einem Pferch, weil sie ein Teil meines äußeren Lebens ist. Am Abend meines Todes ist sie nur eine Vase, das *Ding an sich*. Niemand wird Lust haben, sie wieder zu kaufen, sie wieder zu besitzen. Und niemand wird wissen, dass ich sie sauber mache, weil ich sie selber gekauft habe, einfach, weil sie mir da und dort, auf einer Reise nach Spanien, gut gefiel. Als ich nach Haue kam, fand ich sie nicht mehr schön, aber ich werfe sie nicht weg. Ich werfe auch keine Kleider weg, die ich nie anziehe, oder Kaffeetassen, die ich nie aus dem Schrank nehme, weil der Henkel zu unbequem sitzt. Mein Zuhause wimmelt nur so von Schrott, der für mich mein Zuhause ausmacht. Ich habe sicher den ein oder anderen grafischen Druck, den ein oder anderen

Silberlöffel und technische Geräte, weiße Waren und schwarze Waren, die Klang und Bild geben, aber Werte an sich? Nein.

Und ich sehe die Menschen dort stehen, verdutzt und überrascht, weil ich tot bin. Sehe, wie sie meine Schränke leeren, wie sie über halb vollen Kästen Kaffee trinken, sehe, wie sie Gegenstände in die Hand nehmen, wie sie versuchen, das herauszufiltern, was sie verwenden können, sehe sie den Rest in schwarze Müllsäcke füllen. Und die Gegenstände werden von ihnen auf ganz andere Weise betrachtet als von mir, die ihnen Kontext und Geschichte gegeben hat. Mit mir verschwindet ein Blick. Ein Blick, der mein Leben enthält.

Mit Ausnahme meiner Topfblumen und Zeitungen und Zeitschriften, die recycelt werden, werden alle Gegenstände in meiner Wohnung länger leben als ich. Und wenn die Vase in einem Müllsack landet, wird sie doch weiterhin existieren, während mein Leib sich zersetzt. Der Vorteil lebloser Dinge ist, dass sie nicht sterben müssen.

Meinen einzigen Trost finde ich in den Bücherregalen, in den Büchern, die ich selber geschrieben habe. Die, die ich dagegen gekauft und gelesen habe, werden für die Leute, die meine Wohnung ausräumen, auf dieselbe Ebene gestellt werden wie Vasen aus Spanien, sie werden sie für ein Butterbrot an ein Antiquariat verkaufen, doch meine Bücher, meine nagelneuen Belegexemplare, werden sie wohl nicht wegwerfen. Die eigenen Bücher einer verstorbenen Autorin – auf die greift man doch gern zurück; wenn meine Schwester ein Geburtstags- oder Weihnachtsgeschenk braucht, bringt sie eines statt einer Flasche Rotwein zu einer Essenseinladung mit, wenn sie vorher nicht mehr in den Weinladen gehen konnte. Auch die Vorstellung, dass meine

Bücher nach meinem Tod noch gelesen werden, macht mir Freude. Manche schreiben vor allem aus diesem Grund. Es schenkt ihnen zwar nicht Talent und Fähigkeit, aber die Ausdauer, ihr Projekt durchzuführen. Sie glauben, sich unsterblich zu machen. Sie gewinnen Zeit. Und Nachwelt. So, wie auch die Kolleginnen und Kollegen aus anderen Kunstbereichen glauben, die Zeit zu sprengen, wenn sie etwas hinterlassen, das bis zu ihnen zurückverfolgt werden kann. Und nicht nur in der Kunst werden handfeste Werte hinterlassen. Das tun auch Maurer, Straßenarbeiter, Tischler, Stuckateure, Gravierer. Aber es gibt doch einen entscheidenden Unterschied: Der Steinmetz, der einen Namen in den Grabstein einmeißelt, selbst, wenn das mit Fleiß, Berufsstolz und überaus feinem Gespür für Ästhetik geschieht, wird an seinem eigenen Todestag zu einem abgeschlossenen Kapitel, da er seine Arbeit nicht signiert. Eine deutliche Absenderangabe ist alles.

Ich schaue in ein Badezimmer, und erhebe mich, gehe hinüber, drehe einen Hahn auf, lasse das Wasser über meine Handgelenke strömen. Ich spreize die Finger und verteile das Wasser auf meinen Unterarmen, dann begrabe ich endlich mein Gesicht in einer gesammelten Dosis von Einzeltropfen, denen diese eine Aufgabe zugeteilt ist – mein Gesicht abzukühlen –, ehe sie im Abwassersystem verschwinden und unbrauchbar werden, bis sie verdampfen, aufsteigen, zu Regen werden, zu Trinkwasser werden. Das kann seine Zeit dauern.

Das Handtuch riecht nach Mann, ich halte es an mein Gesicht, es riecht nach fremdem Mann und nicht nach Zimt. Ich habe das Licht nicht eingeschaltet, deshalb brauche ich nicht zu sehen, wie schmutzig das Handtuch ist. Von der Diele aus werfe ich einen Schatten über das Waschbecken, und im Spiegel bin ich eine zwielichtige Silhouette. Irgendwo tickt eine Uhr, Autos fahren auf der Straße, es ist Sonntag.

Das, was sie entfernt hat, fehlt mir nicht, ich weiß ja, wo es sich befindet. Es fehlt mir nicht. Die Wohnung, so wie ich sie sehe, ist trotzdem komplett. Und ich gehe langsam von Zimmer zu Zimmer und rieche. Zwei Wohnzimmer, eine kleine Küche mit gelben Vorhängen, Badezimmer, Klo separat. Ich öffne die Küchenschränke und sehe im obersten Fach Vasen; sie haben Ähnlichkeit mit meinen. Das gilt auch für die Kaffeetassen mit den Kerben, für die Becher mit blöden Henkeln und braunen Rändern unten, die weggescheuert werden müßten, für die Stapel von großen und kleinen Schüsseln. Ich öffne die Schubladen und finde noch mehr Chaos, ein halbes verschimmeltes Brot, einen Flaschenöffner in Form einer Flamencotänzerin, einen altmodischen Quirl. Auf dem Topfschrank steht eine Plastikpflanze, zusammen mit einem kleinen Esel aus Hanf. In seinen Satteltaschen befinden sich Salz- und Pfefferstreuer. Das Zimmer riecht ein wenig nach Bratenfett, und als ich mich unter den Abzug beuge, sehe ich dunkelgelbes Fett wie Harz vom Gitter hängen. Im Spülbecken steht eine Schüssel voller Krümel, zusammen mit einem Kaffeebecher. Im Becher schwimmen Schimmelkissen, der Kaffee ist weißlich, enthält Sahnereste. Ich öffne den Kühlschrank und bilde mir ein, nichts zu riechen. Vier Sorten Senf, Folge deutscher Gene. Marmelade, Ketchup, Käse, Diätmargarine, Aufschnitt, Erbsen, Bier, ein Camembert, zwei Flaschen Bier, eine halb volle Flasche Aquavit, Milch, Sahne, eine ungeöffnete Packung Pumpernickel, eine rote Paprika, die gerade in sich selber versinkt. Das alles hat er offenbar essen wollen. Er hatte vor, das goldene Papier vom Camembert zu wickeln, ein großes Stück abzuschneiden und es auf eine feuchte Scheibe Pumpernickel zu legen, zu kauen, zu schlucken. Jetzt gehört der Geschmack niemandem.

Wer war er? Will ich nicht mehr wissen, als ich jetzt schon weiß? Will ich zum Beispiel wissen, was er von Beruf war? Nein, ich beschließe, dass er Bibliothekar war, dass er sich sein ganzes Erwachsenenleben hindurch mit Büchern beschäftigt, dass er diese Büchermengen ertragen konnte, weil er selber nicht geschrieben hat. Eine ganze Wand im Wohnzimmer ist nämlich von Bücherregalen verdeckt, von der Decke bis zum Boden, es sind sogar noch mehr Bücher als bei mir zu Hause. Er war Mitglied vieler Buchclubs, das sehe ich, und selten hat er etwas abbestellt. Außerdem hat er Übersetzungen aus dem Deutschen und einige Bücher in der Originalsprache, dazu deutsche Wörterbücher, ein einbändiges deutsches Wörterbuch. Ich finde Goethe und Heine und Thomas Mann, und die eiskalt analysierenden deutschen Philosophen, alle mit abgegriffenen Ecken, alle tot. Ich ziehe Goethes »Dichtung und Wahrheit« heraus und sehe deutlich, wie seine Hände dieses Buch halten, so wie das Album, und bisher verstehe ich nicht richtig, dass er wirklich hier gewohnt hat.

Und als ich die Regale nach dem anderen Album absuche, finde ich meine eigenen Bücher. Fünf meiner Romane und seltsamerweise auch ein Kinderbuch. Ich atme durch die Nase und starre die Buchrücken an, da steht mein Name. Das ist mein Name. Hier in dieser Wohnung. Der Schutzumschlag eines vor vier Jahren erschienenen Romans ist besonders abgegriffen, den muss er mehrmals gelesen haben. Das Buch spielt auf Svalbard, und ich beschließe, dieses Buch zu berühren, es aus dem Regal zu ziehen. Und ich muss ganz schnell die Beine spreizen, um das Gleichgewicht zu behalten und nicht auf dem abgetretenen Parkett umzufallen, als ich es aufschlage und sehe: »Viele Grüße für Heinz, von Emma P.«

Ich klappe es wieder zu und stelle es zurück. Ich hatte im Buchladen Melvær eine Signierstunde, damals, als ich noch nicht den Mut hatte, nein zu einer Viehschau bei brennender Kerze zu sagen. Ich müsste mich an ihn erinnern können. Von den unzähligen Menschen, die im Laufe der Jahre vor mir gestanden und langsam ihren Namen buchstabiert haben, während ich ungeduldig mit gezücktem Kugelschreiber wartete, müsste ich mich gerade an ihn erinnern können. Aber das tue ich nicht. Er hat mein Buch genommen, hat vermutlich zum Dank höflich genickt, ist zur Kasse gegangen, um zu bezahlen, hat das Buch nach Hause in die Neumanns gate getragen und es an die Stelle gestellt, wo ich es herausgezogen habe. Ich schiebe es tiefer hinein und laufe in die Küche, öffne mit Hilfe der Flamencotänzerin eine Flasche Bier und trinke sie ganz aus. Die Tränen strömen mir über die Wange, das kommt von der Kohlensäure. Wer wird hier wegwerfen und ausräumen und putzen? Die Verantwortung übernehmen? Im Schlafzimmer bin ich noch nicht gewesen.

Über dem Bett hängt ein Bild aus dem Rheinland. Grüne Üppigkeit ist darauf zu sehen, wie ein Garten Eden ohne Wissen um Gut und Böse, auch das Flusswasser spiegelt die grüne Farbe wider. Das Glas vor dem Bild ist verstaubt, die Vorhänge sind zugezogen, das Bett nicht gemacht. Ich wage nicht, daran zu riechen, habe Angst, kotzen zu müssen bei der Vorstellung, dass hier ein Mann gelegen hat, der wenige Stunden später sterben würde. Ich öffne einen Schrank und blicke einen Stapel Unterhosen an. Weiße Baumwollunterhosen. Abgenutzt und zerknüllt. Und in diesem Augenblick erkenne ich, dass ich ihm zu nahe gekommen bin, ich bin dabei, die Geschichte zu ruinieren, ich will nicht mehr wissen, will nicht wissen, dass er so echt war, dass er durch Tragen und Waschen seine Unterhosen verschleißen konnte. Die Luft droht, mich zu ersticken, ein Schweißtropfen läuft zwischen meinen Schulterblättern nach unten und berührt mich wie eine Spinne, aber ich kann es nicht lassen, ich muss eine Unterhose herausnehmen und sie an mein Gesicht halten und den schwachen Geruch von Weichspüler und stickigem Schlafzimmerschrank einatmen. Ich lasse sie aufs Bett fallen und stürze aus dem Zimmer, meine Ohren sausen, ich habe meinen ursprünglichen Entschluss aufgegeben: aus seiner Wohnung ein Andenken mitzunehmen, eine Erinnerung an eine Erinnerung.

Sein Telefon ist rostrot, ich hebe den Hörer ab und sehe ein kleines Bild von ihm an; er hat es in den Rahmen eines Bildes der Statsraad Lehmkuhl gesteckt, auf der eine Bande von Jungmatrosen an der Reling steht. Er lächelt vertrauensvoll wie ein Kind, sein Lächeln erinnert an etwas, aber ich weiß nicht, woran. Sein Gesicht ist so alt wie in der Sonne am Puddefjord, aber er trägt keine Schirmmütze; seine Haare sind schütter und sorgfältig nach rechts gekämmt, er hockt an einem Waldsee, neben ihm kann ich den Zipfel einer im Moos ausgebreiteten Decke ahnen. Er trägt eine blaue Hose; ich sehe, wie die Knie sich gegen den Stoff drücken. Seine Schultern sind spitz und verletzlich, jemand sollte den Arm darum legen und ihn gut fest halten, damit er nicht in der Leere verschwindet, und ich weiß erst, dass ich weine, als ich in meinen Mundwinkeln den Salzgeschmack registriere. Ich lasse den Telefonhörer fallen und reiße das Bild in tausend Stücke und lasse sie wie Konfetti auf den Boden rieseln. Ich bin krank, ich habe Fieber, ich will die

Kontrolle, ich will nicht hier stehen und laut stöhnen, ich würde gern meine Bücher aus den Regalen nehmen, aber das schaffe ich nicht, meine Knie zittern wie bei einer Live-Lesung im Fernsehen. Ich nehme wieder den Hörer ab, wähle die Nummer, die ich auswendig gelernt habe.

»Polizei Bergen.«

»Er heißt Heinz Hermann Ottesen und hat in der Neumanns gate gewohnt. Der Ertrunkene vom Dokkeskjærskei.«

»Und Sie heißen ...«

»Gar nicht.«

»Tausend Dank für den Tipp.«

»Das ist kein Tipp. Das ist echte Wahrheit«, sage ich und lege auf.

Der Schlüssel macht im Briefkasten nicht »pling«, er trifft Mahnungen von Elektrizitätswerk und Telefongesellschaft, Kiefernmöbel und Birnen im Sonderangebot, die Besuchsankündigung des Schornsteinfegers und die Monatslieferung der verschiedenen Buchclubs, dann macht er ein weiches »plong«. Ich habe ihn in den Schlitz geworfen, ohne zu überprüfen, ob der Briefkasten wirklich diese vielen Ankerpunkte der Wirklichkeit enthält, aber in einem Traum sehe ich mich den Briefkasten öffnen und einen Brief mit deutscher Briefmarke und Stempel finden, sehe mich den Brief aufreißen und die frohe Botschaft eines unbekannten deutschen Bruders lesen, der seinen norwegischen kennen lernen möchte, sehe mich an der Wand nach unten sinken, in hoffnungsvoller Trauer darüber, dass der Brief einige elende Tage zu spät gekommen ist.

Es würde gut tun, so an der Wand zu sitzen, mit kühlem Beton im Rücken und verstaubtem Licht, das durch die Fensterchen oben in der Wohnungstür fällt, und mir diese

Begegnung vorzustellen, die zwischen den beiden Halbbrüdern nicht stattgefunden hat; hier so lange zu sitzen, wie ich will, ohne dass irgendeine lebende Seele weiß, wo in der Handlung ich mich befinde.

Der Mac hängt schwer wie der Arm eines alten Freundes auf meiner Schulter, ich steuere das Lille Lungegårdsvann an, wo ich sicher eine freie Bank finden werde. In einer Tüte steckt ein Stück Pizza.

Ich wurde vor einer Stunde, also schon ziemlich spät am Tag, in triefnassem Bettzeug wach und war wieder gesund. Es war ein Geschenk, den Körper zu strecken und das Metronom des Gehirns wieder ticken zu lassen. Ich sah durch einen Spalt zwischen den Vorhängen die Sonne und hasste sie nicht. Ich schaltete den Fernseher ein und sah mir die von der Hotelkette selber produzierten, hoffnungslos schlechten Wirtschaftsreportagen an und trank selbstgekauften kalten Saft aus dem Karton und rauchte drei Zigaretten, dann ging ich unter die Dusche.

Ich habe Heinz eingeordnet und werde das tun, was getan werden muss, und das in der richtigen Reihenfolge. Ich werde es mir gestatten, mich glücklich zu fühlen, weil die Vase bei mir zu Hause noch lange von mir betrachtet werden wird. Heinz ist meine Geschichte, mein nächster Roman. Es ist fast unheimlich, wie irrational und sentimental wir werden können, wenn wir nicht ganz gesund sind. Ich habe bei einem Kloakenausfluss zwanzig Minuten mit ihm verbracht und bin vor Jahren über einem Bücherstapel seinem Blick begegnet, das ist alles.

Es macht Spaß, an ausgefallenen Orten, wo der Mac eigentlich nichts zu suchen hat, den Bildschirm zum Leben zu erwecken. Die Kontraste zwischen Schirm und Natur dahinter, wie ein Fenster in eine andere Welt, das mitten in der ersten liegt. Und die Tatsache, dass dieses Fenster mir gehört, mit meinen Worten gefüllt ist, einem Filter zwischen dem, was ich sehe, und dem, was ich (sehen) will.

Ehe ich hergekommen bin, war ich in einem Reisebüro und habe für morgen einen Billigflug nach Oslo gebucht, habe meine gesparten Bonuspunkte benutzt, und auf diese Weise kann ich die Reise fast als gratis betrachten.

Nach Hause. Um ein Dasein zum Leben zu erwecken, das für den Rest des Jahres so weitergehen soll. Für die letzte Jahreshälfte. Bücherherbst, Schnee, Männer, Plaudereien für den Rundfunk, nicht die Novemberfrist für »Cupidos« Novellenwettbewerb vergessen, Essen im Håndverkeren, späte Abende im Savoy, Literaturdebatten in den Zeitungen, Wochenendausflüge ins Hemsedal, vor dem Saga aufs Taxi warten, lange Nächte mit dem »Paten« I–III per Video, Lesungen mit Bier und Schnaps und krampfhaft verborgenem Neid auf die guten Rezensionen der anderen.

Eigentlich wollte ich ein Ruhejahr einlegen. Ein Denkjahr. Nur ein kleines Fotobuch in der Mache. Das gibt mir Distanz, niemand weiß, was ich mache. Ich schreibe:

Das Rentierkalb weiß nicht, dass es eines Tages sterben wird.

Es braucht all seine Energie zum Überleben, ohne zu wissen, warum. Und an dem Tag, an dem es von einem Jäger erschossen wird oder im letzten Schlummer, ehe es von Hungertod und Frost eingeholt wird, in der Tundra lebt, wird dieses Nichtwissen ihn vor dem Traum und dem Verlust seines Lebens bewahren.

Das Kalb hat keine Gottheit, die es um Gnade anflehen könnte. Es hat Füße, die es und sein schlagendes Herz tra-

gen; es hat das Moos der Tundra, es hat kleine Felsscharten, wo es Schutz vor dem Wind finden kann, es hat die anderen Rentiere in der Herde, an die es sich anlehnen kann, um für einen kurzen Moment die Augen zu schließen. Weder glaubt es, noch glaubt es nicht, dass es ewig leben wird.

Es ist kein Gast in ungastlicher Natur, es ist selber die Natur.

Die Vögel schwimmen auf dem Wasser, ohne zu fliegen. Dem Text fehlt etwas. Eine letzte Zeile, eine Verbindung zwischen Kalb und Betrachterin. Die Vögel schwimmen. Aber ich glaube, sie wissen genau, dass sie jederzeit abheben können. Ich esse das inzwischen fast kalt gewordene Pizzastück, es hat in einer mit Alufolie gefütterten Tüte gesteckt. Werden nicht auch Särge mit Metall gefüttert? Mit Blei? Ich rauche, ziehe meinen Flugschein hervor, sehe ihn lange an, der Bildschirm geht in Pausenstellung über und wird schwarz, wird zu einem Loch vor dem Wasser, einem Loch in die Tiefe.

Ohne den Umweg über mich wird Rickard Heinz nicht stehlen können. Er weiß nicht, wie Tove aussieht, es reicht nicht, dass er gesehen hat, wie ich in ihr Haus gegangen bin, das hat nämlich vier Etagen, und in jeder gibt es viele kleine Wohnungen. Und ich habe keine Lust, noch einmal mit ihr zu sprechen. Von jetzt ab werde ich mir eine Wahrheit über ihre Wut zusammendichten. Über das, was ich ihrer Meinung nach verbrochen habe. Oder ich werde gerade dieses Bruchstück fallen lassen, es wird zu einer Bagatelle im von mir entworfenen Projekt. Ich will mich lieber auf das konzentrieren, was sie dazu gebracht hat, ihm das anzutun.

Den Rest werde ich in Oslo dichten. Sicher kann ich das!

Von jetzt an kann einfach alles passiert sein, ich kann die Bilder mischen wie ein Kartenspiel, kann einzelne verbrennen und neue knipsen. Das Bild, das ich zerrissen habe, kann ich an der passenden Stelle einfügen, vielleicht mit einem etwas anderen Hintergrund, oder einem anderen Gesichtsausdruck, wir werden sehen, wofür ich mich entscheide. »Dichtung und Wahrheit.« Es tut gut, wieder gesund zu sein, kein Fieber zu haben, nicht von den spitzen Schultern eines älteren Mannes zu Tränen gerührt zu werden. Ich bin unterwegs. Ich setze mir ein Ziel, plane mein Vorgehen, ich bin in meinem eigenen selbstgeschaffenen Lebenslauf auf kreative Weise vorhanden.

Ich nehme einen Farbkasten für Kinder. Ich hätte auch einzelne Farbklumpen kaufen und meine eigene Farbskala komponieren können, aber das wäre an die achtzehn Mal teurer geworden. Ich will mir lieber drei gute Pinsel und teures Zahnemühle-Papier kaufen. Der Mac droht, von meiner Schulter zu rutschen, ich bewege mich wie der Glöckner von Notre Dame durch den Laden, um nicht die sorgfältig aufgestapelten Waren herunterzufegen. Ich muss einfach lächeln, als ich mit einem Pinsel über meine Handfläche fahre und mir das Bündel Marderhaare von Farbe durchzogen vorstelle.

Paul wienert vorsichtshalber jetzt schon alle Gläser und Flächen. Durch die Fenster zum Ole Bulls plass fällt scharfes Licht, wie ein Lichtecho von der Mauer auf der anderen Seite. Es muss von links kommen, immer von links. Paul lächelt und ist die Freundlichkeit selber, während er mir einen großen Stapel Servietten, zwei Glas Wasser und ein Bier reicht. Er scheint mich auch für kreativ zu halten, ich nehme an, ich strahle vor Schaffenskraft.

Die runden Kuchen aus reiner Farbe sehen so schön aus,

dass ich mich wirklich mit Gewalt davon abhalten muss, sie in den Mund zu stecken, vor allem den roten. Darauf herumzukauen, zu spüren, wie er zerbricht und Spucke anzieht, wie er zu mindestens einem halben Liter unheimlicher Farbe wächst.

Eisblöcke und Schnee und Berge und Steine. Die Natur liegt ganz ruhig da, so weit vom Rheinland entfernt, wie es überhaupt nur möglich ist. Die fossilisierten Kohlenlager in den Bergen kann ich auswendig. Das Eis mischt sich mit dem Wasser des Bull's Eye und wird zu funkelndem Schnee, der auf tiefblaue Spalten trifft, eine Reinheit sondergleichen, eine Kathedrale, erschaffen von Wetter, Wind und Frost, vor der wir einfach anbetend in die Knie sinken müssen, so versunken, dass wir gar nicht merken, wie die anderen Leute glotzen und tuscheln, irgendwelche arbeitslosen Zufallsgäste, die mindestens Alkoholiker sein müssen, um an einem sonnigen Montag an einem Ort wie diesem zu sitzen. Paul gibt mir einen Eiswürfel, den stecke ich in den Mund, um mich in Richtung Polarpunkt zu versetzen.

Ein Aquarell bleibt eine Etüde, bis es getrocknet ist. Jeder Pinselstrich kann weggewaschen und neu geschaffen werden. Die Flüssigkeit arbeitet mit den Farben, nicht umgekehrt. Die Pastelltöne stellen sich von selber ein. Wenn man einige raffinierte Techniken gelernt hat, sehen noch die schlichtesten Linien professionell aus, und Paul ist beeindruckt. Wenn er mich jedoch bäte, den Tresen zu malen, würde ich in der Klemme stecken, denn es liegt mir überhaupt nicht, ein Modell korrekt wiederzugeben. Eis und Wasser und Himmel und Wolken und Steine habe ich dagegen im Griff, und ich signiere ein kleines Sammelsurium, reiche es ihm und brauche für das Bier nicht zu bezahlen.

Ich male zwei Stunden lang, ohne zu ahnen, dass zwei Stunden vergangen sind. Ich trinke nur zwei Halbe und rauche fast nicht. Als ich wieder zu mir komme, denn so empfinde ich das, ist es, als hätte ich eben erst geliebt. Mein Kopf bebt und summt, mein Leib ist weich wie mürbes Hirschfilet, meine Augäpfel und meine Kopfhaut brennen, und ich habe Hunger.

Ich habe heute eine halbe Seite geschrieben und vier Bilder gemalt, dazu das für Paul. Ich bin obenauf. Ich habe einen Schneeball geformt und weiß, ich könnte treffen, was immer ich will. Ich kann mit der Sonne, Bergen, Rickard, Pinsel und Farben umgehen, und der letzte Kontrapunkt im Rentierkalbtext wird sich von selber einstellen, wenn ich nur nicht zu sehr herumquengele. Ich raffe mein Chaos zusammen und denke, ich hätte eigentlich Grund zur Besorgnis; ich merke mit einer Art unerträglicher Leichtigkeit, wie wohl ich mich fühle. Eine frohe Autorin ist keine gute Autorin. Eine Autorin sollte deprimiert sein, und ich beschließe, das Gefühl, etwas erreicht zu haben, zu verdrängen, und mir lieber meine Laune zu verderben, indem ich an alles denke, was ich nicht geschafft habe. Ich werde zum Beispiel im belletristischen Bücherherbst, der jetzt heranrückt, nicht anwesend sein. Ruhejahr! Ha! Ich sollte es lieber ganz offen sagen: Faulheit! Zu viel Herumgewusel im vergangenen Winter, Unfug und Jux und sozialer Unsinn, ich sollte mich schämen, Schamgefühl und Verstand genug haben, um aus dem Schriftstellerverband auszutreten und mich um erneute Aufnahme zu bewerben, wenn ich etwas vorweisen kann, einige hundert dicht beschriebene Seiten, mit denen es sich brillieren lässt.

Treu badet im Springbrunnen, als ich nach draußen komme. Er ist ein glatter schwarzer Fisch mit rosa Zunge im breiten Grinsekeuchen. Wenn ich versuchen wollte, ihn zu malen, würde ich auch die rote Farbe benutzen müssen, für sein himbeerrotes Halstuch (das jetzt durch die Feuchtigkeit weinrot aussieht) und für seine Zunge. Er hat im Brunnen etwas entdeckt und zieht mit den Vorderpfoten daran, dann taucht er tollkühn unter, reißt den Schatz vom Boden hoch, springt aus dem Becken und schüttelt sich viermal. Auf dem Asphalt liegt ein Eisstiel, den er zwischen die Zähne nimmt und innerhalb weniger Sekunden zu Sägemehl zerkaut. Er ist glücklich, das steht fest; hier gibt es keine verborgenen Schichten von Melancholie, die ihm Gewissensbisse bereiten, wenn er einige Stunden lang nicht daran denkt. Er wird immer im Augenblick leben, in jedem Moment befindet er sich im Moment. Und er wirkt so erschreckend lebendig, wie er hier mitten in seinem großen nassen Flecken steht und Sägespäne ausspuckt und in alle Richtungen strahlenklare Blitzblicke ausschickt. Er weiß nicht, dass Montag ist. Er bezweifelt nicht einmal, dass er geliebt wird. Er erlaubt sich, es gut zu haben, wenn er es gut hat.

Er sieht mich an. Ich sehe ihn an. Ich stehe ganz ruhig da und wäre auch gern Hund. Ich will seinen Augenblick stehlen und zur nächstgelegenen Hausecke rennen und einen gelben Strom pissen, ich will seinen Hunger stehlen, seine Hoffnung auf einen Bissen, den er absolut nicht verdient hat, ich will seine Fähigkeit stehlen, Zusammenhänge und die Verantwortung für Konsequenzen zu ignorieren, ich will seine Stummheit stehlen und seine unbeholfenen Pfoten, die zur Not einen Eisstiel durch ein flaches Becken schieben können.

Soll Treu doch an meiner Stelle den Kosmos auf seine Schultern wuchten.

Soll Treu doch heute Abend vor dem Fernseher sitzen und Rickard Revestads Antlitz betrachten, ohne Reue zu empfinden.

Wenn wir feststellen, einen anderen Menschen unterschätzt zu haben, kann das so hart für uns sein, dass wir anfangs vor allem wütend sind, Schluss, aus. Und das werde ich. Ich wollte vor dem Mittagsschlaf schnell eine Kleinigkeit essen. Einen Hamburger im Freien, während ich die Passanten betrachte und ihnen ausgeklügelte Reiseziele andichte.

Ich hatte vergessen, dass er weiß, dass sie Tove heißt. Er hat sich in irgendeinem Nebensatz verbissen und diesen sorgfältig gespeichert. Er ist kein lächelnder ausgelassener Bursche, er ist ein Eisbär. Ein Eisbär kann das Atemloch eines Seehundes auf zwei Kilometer Entfernung riechen. Und auch das Loch allein. Ohne Seehund. Ich sehe, wie er den Strandkai entlang wandert. Ohne Kamera, die Hände in den Taschen. Sehe, wie er sich als Freier ausgibt, sehe, wie er sich nach der Nutte Tove erkundigt, sehe sein geschmeicheltes Lächeln, wenn er erkannt wird, sehe die Frauen, die mit ihm reden, hin und her gerissen sind zwischen dem Stolz, mit einem Promi zu sprechen und dem Wunsch, Tove zu beschützen, sehe ihn mit ernster Miene versichern, dass es ganz bei Tove liegt, dass er nur Kontakt zu ihr aufnehmen möchte, mehr nicht.

Nebeneinander gehen sie am Buchladen Melvær vorbei. Tövchen scheint nüchtern zu sein, Rickard redet und fuchtelt mit den Armen. Ich kenne ihn gut genug, um zu wissen, dass er ihr alles Mögliche verspricht, dass er einem heruntergekommenen, leicht käuflichen Menschen einredet, sein

Weltbild sei Gott, das Fernsehen sei Gott, Fernsehzuschauer seien Menschen, die erwarten, dass alle Erlebnisse mit ihnen geteilt werden, auch das der tollkühnen Ausfahrt eines Deutschenkindes und einer Nutte auf dem offenen Fjord.

Ich lasse einen halb gegessenen Hamburger und eine ganze Tüte Zwiebelringe in den nächsten Kehrichteimer fallen und nehme die Verfolgung auf. Wenn ich eine Magnum .44 hätte, dann würde ich hier und jetzt die vierte Macht im Staate perforieren und zur Ader lassen, würde zusehen, wie er sich im Todeskampf auf dem Asphalt windet. Gibt es etwas Verantwortungsloseres als Journalisten? Sie können politische Entscheidungen kippen, zum Beispiel einen Ausweisungsbescheid, indem sie eine Rotz-und-Wasser-Reportage über diese arme, ausgewiesene Familie machen, während die neunzehn anderen Familien, die genau dieselben Voraussetzungen haben, ignoriert und aus dem Land geworfen werden. Sie können Riesenbetriebe auf Knien vor dem einen Menschen herumrutschen lassen, dem die Kosten für einen defekten Staubsauger nicht erstattet worden sind. Sie können die Warteschlangen eines Krankenhauses überspringen, indem sie einen Hüftpatienten zur besten Sendezeit weinen lassen, sie können durch die Sprache tendenziöse Blickwinkel erzeugen, die ein ganzes Volk an der Nase herumführen, wenn die Entscheidung getroffen werden soll, ob ein Krieg seine guten Gründe hat und dem Wohl der internationalen Gemeinschaft dient, oder ob nur die Waffenindustrie der USA und die Ölmultis davon profitieren. Sie können Politiker, Wirtschaftsführer, Lehrer, Volkswirte, allein stehende Mütter, Arbeitslose, Fußballtrainer und Künstler kritisieren. Aber wehe, jemand übt Kritik an ihnen! Das gestatten sie sich nur untereinander, und nur unter vier Augen und bei geschlossenem Vorhang.

Und wenn sie mit ihrer Macht konfrontiert werden, mit

der elitären Freiheit, auf die sie sich berufen, dann bagatellisieren sie das Problem. Drücken sich vor der Verantwortung.

Aber natürlich wird das hier eine Superreportage. Eine Rekonstruktion der Gummibootsfahrt gehört dazu, bei der er einen anderen Mann und eine andere Frau einsetzt und ein Rettungsboot zur Hand hat. Und Tove kann als dunkles, beschattetes Profil erzählen, mit Donald-Duck-Stimme. Sie will ja schließlich nicht die Dinge zurückgeben müssen, die sie aus seiner Wohnung entfernt hat. Er kann allerlei Blickwinkel zeigen, vielleicht Liebe, Mutter-Sohn, Sohn-Tove. Und vermutlich erfährt Rickard hier und jetzt, vor dem Buchladen Melvær, warum Heinz ertrunken ist. Dass er nicht schwimmen konnte, dass ein Frachter kam, dass Tove sich dermaßen über ihre Beteiligung an diesem Abenteuer geschämt hat, dass sie deshalb geschwiegen hat.

Ich habe selber schon mit dem Gedanken an diesen Frachter gespielt. Ich will, dass es ein deutscher ist, auf der Rückfahrt in die Heimat, dass Heinz von einer deutschen Schiffsschraube getötet wird, dass das Schiff vielleicht während des Krieges gebaut worden ist, dass vielleicht ein Seemann an der Reling stand und zum Ufer hinüberschaute, wo die Kriegsgeliebte seines Vaters gestanden hat, dieser Mann an der Reling ist vielleicht Heinzens Halbbruder, der nicht ahnt, dass Heinz in diesem Moment unter dem Schiffsbug in Fetzen gerissen wird. Heinz hatte in seiner Wohnung das gleiche Bild, er hatte es im Nachlass seines Vaters gefunden. Und wenn Rickard ähnlich assoziiert hat ...

»Scheiße!«

Eine feine Dame starrt mich an und hebt eine Augenbraue.

»Hab ich Ketchup am Kinn?«, frage ich bergenserisch.
»Am Känn.«

Sie eilt indigniert weiter, und Rickard und Tove überqueren die Straße und verschwinden mit mir im Schlepptau zwischen den Marktbuden. Er verspricht ihr Geld, er verspricht ihr Linderung ihres Kummers, er verspricht ihr Selbstverwirklichung, ohne in irgendeiner Hinsicht die weitere Verantwortung für sie tragen zu wollen. Er lässt sie in dem Glauben, seine Versprechen beruhten auf moralischen Überlegungen. Er lässt sie in dem Glauben, er sei ein Mensch. Wenn er noch lange weiterredet, wird sie glauben, ihm und dem norwegischen Volk und den Aktionären der Fernsehgesellschaft ihre Mitwirkung schuldig zu sein. Sie bleiben am Hafenrand stehen, setzen sich an einen freien Tisch, geben keine Bestellung auf, Rickard hat es eilig, er müsste schon bei der Arbeit sein, aber jetzt redet Tove. Lange. Er hört zu und nickt.

Er steht auf. Tövchen bleibt sitzen. Er winkt einer Serviererin und gibt ihr einen Geldschein, zeigt auf Tövchen. Sie darf sich offenbar etwas bestellen, möglicherweise ein Bier und ein Krabbenbrot, auf Revestads Rechnung.

Während er selber geht. Nachdem er auf die Uhr gezeigt und etwas gesagt hat, was sie zum Lächeln bringt.

Ich gerate nicht in Panik. Ich bin noch immer wütend, möglicherweise noch wütender. Und mit einer gesunden Portion Wut werde ich kalt wie eine wechselwarme Schlange. Ich verstecke mich hinter dem Zeitungskiosk, starre die bunte Titelseite der Firdapost an, und sehe aus dem Augenwinkel, wie der Schleimi am Hafen entlangläuft, in Richtung Fernsehstudio. Tove schaut ihm hinterher, ihr werden ein Bier und eine Schüssel serviert. Ich stecke mir eine Zigarette an und denke nach, obwohl ich das doch lassen wollte. Ich dachte, meine Pläne ständen fest, der Flug sei gebucht, die Recherche werde alsbald in Form von Worten aufstieben.

Ich schließe äußere Eindrücke, Touristen, die Segelboote auf dem Wasser, den Geruch südeuropäischen Rasierwassers aus, schließe ein heulendes Kind aus, dessen halber Körper aus der Karre hängt, die Schläuche der Fischbuden, die Sonne in Tövchens Rücken, und denke wirklich lange nach. Ich fasse einen Entschluss. Ich erlaube mir nicht, den moralischen Aspekt zu bewerten, sondern stelle vage fest, dass der Zweck die Mittel heiligt, auch, wenn ich andere in eine gewisse Krise stürze.

Meine Wut klingt ab, als sich die Details meines Plans deutlicher abzeichnen. Ich will meine Schäfchen aufs Trockene bringen. Aufs Zundertrockene. Ich habe ein übergeordnetes Ziel, eine heilige Berufung, ich werde einen Roman schreiben. Kunst schaffen. Nicht über die Schattenseiten des Lebens spekulieren, sondern mit ihnen. Ich habe Recht. Ich habe das Recht auf meiner Seite.

Und das Seltsamste von allem, das Unwahrscheinlichste, was in diesem Moment passieren könnte, passiert: Als ich zum Hotel zurückgehe, komme ich an einer Mutter und ihrem kleinen Sohn vorbei. Er hat ein zusammengefaltetes, aufblasbares, rotweißes Gummiboot. Die Mutter trägt die Ruder.

Sie sind beide nicht nass. Sie sind beide nicht tot. Die Mutter winkt nicht mit einem weißen Taschentuch und sieht auch nicht besonders nuttenhaft aus, sie trägt ein gelbes T-Shirt mit einer Zeichnung von Leonardo da Vinci, und der Junge ist ein normaler halberzogener Bengel, der vermutlich Roy oder Nils oder Petter heißt.

Aber da gehen sie. Und ich sehe sie. So ist es wirklich.

Ich bestelle Pizza aufs Zimmer und betrachte bei voller Lautstärke Rickards Gesicht, Kopf und Oberkörper, und dabei trinke ich Bier aus der Flasche und habe mir vier Kopfkissen in den Rücken gestopft und meine Zehennägel feuerrot lackiert. Die Aquarelle stehen auf dem Schreibtisch. Ich habe allerlei Konturen mit schwarzem Filzstift nachgezogen, das macht sich gut.

Ich bin in einer wütend überschwänglichen Stimmung, die mir eine Höllenangst eingejagt hätte, wenn ich nicht wüsste, woher sie stammt. Ich beiße in den Zahnbecher, nur um den Druck der Lymphe in meinem Kiefer zu genießen, und Rickard lächelt kreideweiß. Seinen Schopf hat er mit Creme und Gel gezähmt und seine Haut mit karottenrotem Puder abgedeckt, der im Kameralicht schändlich natürlich aussieht. Sein Schlips ist gelb, falsche Farbe, warnt vor Pest, Cholera oder beidem. Der Schwarze Tod kam im Sommer 1349 nach Norwegen. Und als er kam, kam er nach Bergen. Gebracht von einer Ratte. *I'm the slime oozing out of your TV set.* Der Pizzaboden ist weich wie ein Weizenbrötchen, der Belag schmeckt nach nichts, vielleicht ein wenig nach nicht im Kühlschrank gelagertem Frischkäse, aber ich kaue drauflos und sehe zu, wie sein Adamsapfel auf und ab wandert. Wie oft habe ich daran herumgeleckt.

Ein kleiner Filmbericht über Regen im Sommer-Norwegen wird serviert. Ein Mann gießt aus einem Behälter Regenwasser in einen Messbecher. Was ist, wenn er eines Tages kleckert? Wenn auf Grund eines plötzlichen Muskelzuckens ein Spritzer auf den Boden fällt und er sich nicht traut, das jemandem zu verraten? Alle meteorologischen Statistiken werden in Bezug auf die Zahl aufgestellt, die er danach in die Tabelle einträgt, und die Niederschläge des vorigen und des kommenden Jahres werden im Licht des zum Himmel schreiend falschen Resultats bewertet, das durch die Muskelzuckung entstanden ist. Zufälle. Ich habe keine Zeit für weitere Zufälle.

Ich vermisse Rickard, als die Komödienserie beginnt, aber ich erwecke meinen Computerbildschirm zum Leben und lese hier und da in meinen Dateien, denke an Mumien, denke an Heinz, an meine Avocadopalme, an meine Vase, an eine infizierte Ratte, die an Land taumelt, um einen Ort zum Sterben zu suchen, die sich hinter Mehlsäcke legt und mühsam und zischend atmet, während das Rattenherz hämmert und aus den Wunden der Eiter in den Staub tropft, und dann kommt aus dem großen Nichts eine Knabenhand, um einen Sack zu packen und auf einen Karren zu laden. Und die Ratte schlägt ihre gelben langen schmalen Zähne in die Knabenhand, wendet die letzten Kräfte auf, um sich vor dieser Bedrohung zu schützen, beißt und hält fest, und der Junge schreit auf, und ein älterer Mann eilt herbei und schlägt die Ratte mit einem Stock tot. Sie lässt die Hand erst los, als sie tot ist. Und der Junge wird krank, erleidet Blutstürze und Krämpfe und heftiges Fieber, und damit ist die Epidemie ausgebrochen, die Bevölkerung Norwegens geht ein wie die Fliegen, in Jostedalen überlebt nur eine einzige Frau. Darüber wurde dann ein Film gedreht. Daraus wurde Kunst gemacht.

Ich hole die Kondome und stecke sie in meine Schultertasche, um sie nicht zu vergessen, ich schenke mir einen frischen Schluck Genever ein, versenke den Mac in Finsternis und steige auf MTV um.

In der Wesselstue schwirren die Stimmen, ich sehe sie sofort. Er hat sich die Fernsehschminke abgewaschen, das tut er immer. Die frischsten Fernsehgesichter behalten sie für den Rest des Abends, als Adelsstempel, sie glauben, dass ihnen das besseren Service und mehr Aufmerksamkeit einbringt, und wir können nicht ausschließen, dass sie Recht haben könnten.

Ich richte meine Aufmerksamkeit auf ihn und auf unsere erste Begegnung. Auf seinen weißen Schreibblock, der mit Krähenfüßen gefüllt wurde, während er fragte und bohrte und mit mir flirtete. Auf Wein und Salat des Hauses, die er danach ausgab, auf das persönliche Interesse, das er an den Tag legte, beim Gedanken an die versteckte Welt des bizarren Sex, in die ich mich vertieft hatte, und ich redete so vorurteilslos drauflos, dass er sofort auf mich ansprang, wie ich später erfuhr. Er sah sich sogar gezwungen, aufs Klo zu gehen und zu wichsen, und als er mir das erzählte, einen Tag später, stellte er es als Salut an mich dar, als Tribut, den sein Körper mir unfreiwillig gezollt hatte. *(Is that a gun you are carrying, or are you just glad to see me?)* Und ich will ja auch gar nicht verhehlen, dass ich ebenso sehr auf ihn abgefahren bin. Am nächsten Tag gab es mehr Wein, und Knie, die sich in der Kneipe aneinander drückten, und danach gingen wir zwischen nackten Steinleibern dahin und geilten uns an Nähe und natürlicher Nacktheit auf, ehe wir die Sache die ganze Nacht hindurch in meiner Wohnung wirklich praktisch durchführten. Meine kürzliche Investierung in schwarze Seidenbettwäsche für über tausend Kronen beeindruckte ihn und betonte meinen Sinn für stoffliche Finessen. Dann fuhren wir nach Bergen, um das Interview vor der Kamera stattfinden zu lassen, und ich blieb hier.

Und bin noch immer hier. Wieder. Er entdeckt mich. Ich lächele kokett. Er presst sich hinter Rücken hindurch und kommt auf mich zu. Ich breche mein Lächeln nicht ab und hänge mich in seinen Blick. Ich weiß, dass ich braun bin, ich weiß, dass er meine zerzauste und achtlose Frisur schön findet, dass er auf rote Zehennägeln in Sandalen steht, dass sich der Spalt zwischen meinen Brüsten durchaus mit dem von zwei jungen Nutten auf dem Strandkai messen kann.

»Hast du mich gesucht?«

»Ich fahre morgen. Deshalb dachte ich, wir könnten vielleicht ...«

»Toll. Schön. Gut gedacht. Dann gehen wir, ich hole nur schnell meine Jacke.«

Die anderen an seinem Tisch lächeln und winken und stoßen auf unsere Wiedervereinigung an. Ich lächele auch, winke aber nicht. Die in Seidenwesten gekleideten Kellner der Wesselstue rennen mit Biergläsern an mir vorbei, ich habe Lust auf eins und schlage vor, ins Kontoret zu gehen.

Und ich trinke mehr Genever und Bier und lasse Rickard über mich hinweg und in mich hineinspülen und lehne mich in seine Augen und sage: »Heute brauchst du nicht zum Wichsen aufs Klo zu gehen.«

»Nicht?«

»Ich dachte, ich gehe mit dir nach Hause. Um die geklauten Kondome zurückzugeben.«

»Hast du wirklich einen Typen gevögelt, als du im ...«

»Nein. Ich habe nur an dich gedacht. Wie blöd das war. Dass ich gegangen bin.«

»Warum fährst du dann nach Hause? Du kannst doch einfach ...«

»Ich muss wieder arbeiten. Ich wäre auf jeden Fall gefahren.«

In einer Bar zu sitzen und zu wissen, was man danach tun wird, ist ein guter Einstieg. Es hat einen betörenden exhibitionistischen Aspekt. Alle können einem Paar ansehen, ob es den Körper des Gegenübers kennt, oder ob es nur einen zufälligen Flirt durchzieht. Und als er mir leicht mit einem Finger über den Mund streicht und sich zugleich die Lippen leckt, ist verständlich, warum diese Handlung zum Klischee geworden ist. Ein Klischee ist ursprünglich kein negativer Begriff, wie viele glauben, sondern so gelungen, dass man es im Glücksfall immer wieder verwenden kann.

Er macht es dreimal, in angemessen großen Zeitabständen, bis ich nicht mehr da sitzen kann und Nygårdshøyden wie ein Mount Everst zwischen seinem Bett und meinem Unterleib zu liegen scheint.

»Your place or mine?«

»Yours«, sage ich.

Er hat das Bett wirklich neu bezogen. Und seine Palme lebt noch, trotz der Batteriesäure. Die Erde hat die Batterien wohl noch nicht zerfressen. Das ist etwas, was ich gerade noch registriere, ehe wir auf der Bettdecke liegen, aber ich will nicht ins Detail gehen, es spielt keine Rolle, was wir machen, es ist privat, es geht darum, *dass* wir es machen, dass ich mich dafür entscheide, und dass Rickard einverstanden ist, fast ohne zu wissen, dass er gefragt worden ist. Und als wir einigermaßen satt sind und ich in seinem Arm liege, sage ich:

»Jetzt fahre ich nach Hause und schreibe einen Roman über die beiden im Gummiboot.«

»Gut.«

»Vielleicht wird es auch ein Film. Ich kann zuerst das Drehbuch schreiben und danach das Buch. Wenn der Film ein Erfolg wird.«

»Du hast die Zukunft wirklich im Griff, Emma. Aber das hast du ja immer.«

»Ich weiß, dass du mit Tove gesprochen hast. Ich fand es ganz schrecklich, euch zusammen zu sehen.«

An der Decke sitzt ein elektrischer Rauchmelder mit einer kleinen roten Birne, die in meinem Augenwinkel blinkt, während ich an seinem Brustfell herumspiele. Der Zimtgeruch ist überwältigend, ich genieße ihn. Er hat noch immer nicht geantwortet.

»Ich fand es schrecklich«, sage ich noch einmal. »Weil ich diese Geschichte brauchte. Ich habe sie lieb gewonnen, habe mich daran gewöhnt, daran, dass ich sie schreiben werde. Bitte, Rickard ...«

»Warum kannst du das Buch denn nicht schreiben, wenn ich eine Reportage zu dem Thema gemacht habe?«

»Das geht nicht.«

Ich stütze mich auf den Ellbogen, schaue in sein Gesicht, küsse seine Mundwinkel, blase ihm ins Ohr, er schüttelt sich und lacht.

»Das geht nicht, Rickard«, flüstere ich. »Ich muss neu schreiben. Frisch. Meine Sachen. Und ich habe sie gesehen.«

»Erzähl mir, wie du dir das denkst. Wo du anfangen willst. Was du vor dir siehst.«

Und wieder werde ich zu seinem Schmuckstück. Meine Worte heben uns aus dem Bett und aus dem Fenster und in eine Geschichte über einen kleinen Jungen, der seine erhängte Mutter findet und weiß, dass auch mit ihm etwas ganz und gar nicht stimmt. Der Vater, dessen Sohn durch die Adern des Jungen strömt, stammt aus dem fernen, von Feinden bewohnten Land. Ich rede mich wach, wacher als wach, ich rede mich so lebendig, dass ich einen Fuß oder eine Milz opfern würde, um zu sehen wie sich die Buchseiten füllen, ein Titelbild und einen Umschlag bekommen, als Roman in meiner Hand liegen, als mein Roman. Mit der Hebamme und Tövchen und einer deutschen Schiffsschraube, und mit einem roten Faden, der alles an der richtigen Stelle festhält, in der richtigen Zeit, eine erhobene Hand mit einem Taschentuch, ein letztes Lebwohl. Wenn ich noch ein wenig über den Krieg und die Geschichte Bergens recherchiere, dann werden es mindestens dreihundert Seiten. Und Rickard drückt sein Schmuckstück an sich, hält es in der Hand, wir lieben uns wieder, und ich weine ein wenig vor Panik, weil er noch immer nicht gesagt hat, dass er die Sache fallen lässt, er glaubt, ich weine, weil ich wegfahre, und ich lasse ihn in diesem Glauben.

»Du und ich, Emma«, flüstert er, und ich lache nicht. Ich weine noch ein wenig mehr, und er streicht mir die Tränen aus dem Gesicht, und ich sage: »Das ist wichtig für mich, Rickard.«

»Das ist auch wichtig für mich.«

»Diese Geschichte, oder dass du eine Geschichte hast?«

»Letzteres. Etwas anderes zu machen. Mehr als nur die Nachrichten. Die hab ich satt. Weißt du. Nehmen mir alle Kraft. Machen mich leer.«

»Und wenn ich dir eine andere Geschichte gebe? Darf ich diese dann behalten?«

»Ist die gut?«

»Bestimmt besser. Für dich. Sie ist etwas Besonderes. Aber eben auch ein Fall für die Nachrichten. Und deshalb nichts für mich.«

»Lass hören.«

»Nein. Ich muss wissen, dass du tauschst. Ehe du sie hören kannst.«

»Willst du ein Bier?«

»Lieber Saft, wenn du hast. Und meine Zigaretten liegen in meiner Tasche.«

Vom Bett aus kann ich die ganze Zeit seinen Körper sehen. Er erinnert an ein Rennpferd, ich würde ihn gern einölen. Seine Arschbacken müssen die schönsten sein, die ich je an einem Mann gesehen habe. Daran denke ich, nicht daran, was ich sagen soll. Ich habe meinen Entschluss gefasst, und die Durchführung ist immer einfacher als das, was davor war. Glaube ich. Und seine Neugier ist jetzt geweckt.

»Na gut«, sagt er und reicht mir Saft, Aschenbecher, Zigaretten und Feuerzeug, legt sich wieder neben mich, küsst meine linke Brust.

»Erzähl«, sagt er.

Und während ich erzähle, geht mir auf, wie viele Nutten in diesen Geschichten vorkommen. Kristins und Katrines Mutter war sicher auch in diesem Gewerbe tätig, ich glaube nicht, dass sie mit Hilfe einiger abendlicher Putzstunden das ehrgeizige Projekt durchführen konnte, in dem sie sich selber gefangen gesetzt hatte.

Rickard erstarrt, während ich rede, ich spüre das wie einen Kältehauch. Er bekommt sogar eine halbe Erektion. Mehrmals murmelt er: »Das ist ja unglaublich.«

Und am Ende: »Dass das überhaupt möglich ist! Dass sie das geschafft haben ...«

»Sie haben es geschafft. Aber ich weiß nicht, wie lange sie es noch schaffen werden.«

»O Scheiße, was für eine Mutter.«

Er kann nicht mehr still liegen, sondern springt auf und läuft mit seiner Zigarette im Zimmer hin und her, holt sich noch ein Bier, langsam senkt sein Eifer sich über mich und lässt mich frieren. Seine Erektion ist verschwunden, jetzt steht ihm alles im Kopf. Und wie.

»Ich habe mich nicht weiter informiert. Ich habe nur Kristin zugehört. Vielleicht ist ja alles gelogen.«

»Glaubst du das?«

»Nein. Aber trotzdem ... ich weiß nicht, ob es richtig ist, wenn du darüber berichtest.«

»Warum hast du es dann erzählt? Du wolltest doch tauschen! Das wird großartig, Emma. GROSSARTIG!«

Er lacht schallend, ich bekomme wieder eine Gänsehaut. »O verdammt, damit kann ich viel mehr machen. So eine Kiste berührt doch so vieles. Elterliches Versagen, Staat, Verantwortung der Mutter, ihre Wahl eines ... Berufs. Woran kann ich sie eigentlich erkennen?«

»Sie schreibt Gedichte. Die Jüngere. Kristin. Sie sind beide tüchtig. Die Mutter hat ihnen allerlei beigebracht, sie muss eine ganz besondere Frau gewesen sein. Aber trotzdem. Sie sind belesen, sprechen Fremdsprachen. Aber von Mathe haben sie keine Ahnung.«

»Weißt du, wo sie wohnen?«

»Nicht bei ihrer Mutter?«

»Nein.«

»Aber wo?«

»Zentral. Sie sind traurig, weil sie nicht nach Mallorca fahren können, sie haben doch keinen Pass.« Er bleibt stehen und schaut mich an. »Kneifst du jetzt, oder was? Willst du mir nicht verraten, wo sie wohnen?«

»Ich weiß nicht, wo sie wohnen.«

»Nachname?«

»Weiß ich nicht.«

»Nachname der Mutter?«

»Weiß nicht.«

»EMMA! Ich kann doch verdammt noch mal nicht jeden Tag über den Strandkai tigern und mich nach irgendwelchen Nutten erkundigen.«

Komisch, dass die Haare an seinen Oberschenkeln eine andere Farbe haben als die auf seinem Brustkasten. Und seine Schamhaare glitzern, als wären sie immer nass.

»Du würdest deine eigene Großmutter verkaufen«, sage ich.

»Lass den Scheiß. Du machst das schließlich auch.«

Ich ziehe Nikotin in meine Lunge. Nikotin ist gesund. Der Teer ist das Gefährliche.

»Sie sitzen oft im H. C. Andersen. Ehe sie zur Schicht gehen. Und sie stehen meistens zusammen, glaube ich. Wenn die eine nicht gerade einen Freier hat. Kristin hat lange blonde Haare, Katrine kurze rote.«

»Braves Mädchen!«

Ich nehme mir noch eine Zigarette. Plötzlich bin ich schrecklich müde. »Kann ich hier schlafen?«

»Tust du doch ohnehin.«

»Ich schlaf gleich ein.«

»Mach das. Ich muss nachdenken.«

Aber ich kann nicht sofort einschlafen. Denn als ich gerade auf der Kante stehe und mich in die Dunkelheit schwingen will, ist der Satz da.

Ich sehe den Fotografen mit den Augen des Kalbes, spüre seinen Mangel an Angst, weil der Fotograf ihm gleichgültig ist. Und gerade das prägt doch die extreme Natur in der Arktis und der Antarktis, dass die Tiere keine Angst vor dem Menschen haben. Ein Walross zuckt nicht einmal mit der Wimper, wenn man sich ihm langsam und immer wieder um einige Meter nähert.

Pinguine watscheln neugierig auf die Menschen zu, voller Vertrauen, weil ihnen das Gegenteil fehlt.

Das liegt daran, dass die Menschen dort nichts zu suchen haben. Wir gehören nicht dorthin. Wir sind überflüssig, unnütz. *Aber das Kalb ist kein Gast in ungastlicher Natur, es ist selber Natur.*

Wenn du dich umdrehst und gehst, wird es dich niemals vermissen.

Ich erwache als erste. Rickard hat mir den Rücken gekehrt. Auf seinem linken Schulterblatt sitzt ein halb reifer Pickel. Es freut mich, dass sein Körper nicht perfekt ist. Lange starre ich den Pickel an, nur ihn. Dann dusche ich hinter verschlossener Tür, bewege mich leise, brauche nicht viel Wasser, danach schleiche ich mich in die Küche und setze Kaffeewasser auf. Ich will weg. Weg hier, nach Hause. Ganz nach Hause. Aber zuerst Kaffee und eine Zigarette, einige Minuten im Startloch sitzen, ehe ich die Muskeln anspanne und den Rest des Lebens angehe. Ich kann Rickard von Oslo aus anrufen, wenn ich wieder fit bin. Und ich muss dem Verlag klar machen, dass meine Geheimnummer nicht an Frauen mit Bergenser Akzent weitergegeben werden darf. Das muss ich als erstes erledigen. Gleich morgen.

Ich stehe schon in der Tür, als er mich einholt. Nackt, mit Sand im Augenwinkel und einer pendelnden Morgenlatte.
»Mein Flugzeug«, lüge ich, es geht erst um halb fünf.
»Wolltest du mich ohne ein Abschiedswort verlassen?«
»Auf Wiedersehen, Rickard. Ich wollte dich anrufen, du hast so schön geschlafen. Bis bald.«
»Ich muss dir etwas sagen, ich sage es trotzdem.«
»Trotzdem?«
»Heinz wollte nicht, dass du es erfährst. Er hatte Angst, das würde alles kaputtmachen. Aber das glaube ich nicht. Ich glaube, du kannst es verwenden. Ich halte gerade dich für eine so weitsichtige Autorin, dass du es verwenden kannst. Auf eine elegante Weise.«
»Sprichst du schon mit Vornamen von ihm?« Ich kann

nicht atmen. Instinktiv weiß ich, dass ich es nicht wissen will. Ich wollte es die ganze Zeit wissen, aber jetzt nicht mehr, ich will nur nach Hause und mir eine Wahrheit in der richtigen Größe zusammendichten.

»Und deshalb wollte ich eigentlich gar nichts daraus machen«, sagt er. »Aber egal, jetzt habe ich ja eine neue Geschichte.«

»Hast du von Tove etwas erfahren, das dich dazu gebracht hat, die Sache fallen zu lassen? Etwas, das mit mir zu tun hat?«

»Ja.«

»Also?«

»Heinz hatte dich erkannt. Er … liebte Bücher und Literatur, um es ganz einfach und banal auszudrücken. Er arbeitete als Steuerprüfer von acht bis vier. Aber er hat für die Bücher gelebt. Sein ganzes Erwachsenenleben hindurch. Literatur bedeutete alles für ihn. Als er dich entdeckt hat, da …«

»Da?«

Ich klammere mich an den Türrahmen, er ist aus grauem Kunststoff. Der Garderobenschrank liegt oben voller Müll, unter anderem sehe ich zwei eiserne Hanteln.

»Er hat sich ertränkt. Hat den Stöpsel aus dem Boot gezogen und sich versinken lassen. Vorher hat er die ganze Zeit von dir geredet. Gesagt, wie schade es sei, dass er kein Testament gemacht habe, sonst hätte er alles Tove vermacht. Aber er müsse jetzt Schluss machen, das sei der beste Schluss, den er sich wünschen könnte. Er sagte, es sei das Schicksal gewesen. Dass genau an diesem Tag eine quicklebendige Autorin auf genau dieser Treppe saß.«

»Aber warum. Warum, Rickard?«

»Nicht weinen. So schrecklich ist das nicht. Du kannst damit umgehen.«

»Ich weine nicht.«

»Er hat gewusst, dass du über ihn schreiben würdest. Wenn er diesen Tag nicht überlebte. Er sagte, wortwörtlich: Eine Schriftstellerin wird sich das nicht verkneifen können. Aber du dürftest nicht erfahren, dass das der Grund war. Dass er dich auf diese Weise lenken wollte. Denn das mögen Autoren nicht.«

Ich drehe mich zur Tür, packe die Klinke, drücke sie nach unten.

»Bis dann«, sagt Rickard.

Ich gehe hinaus, drehe mich um und sehe ihn an. Sein Gesicht. Er lächelt tatsächlich. »Das wird sicher ein tolles Buch«, sagt er. »Ich freu mich schon.«

Ich schlucke. Ich weine noch immer nicht. Erzähle ihm nur ziemlich ruhig, dass seine Palme leider bald eingehen wird. Er schaut mich verwundert an.

»Eingehen? Die ist doch aus Plastik. Echt ist nur die Blumenerde.«

Es regnet. Das ist gut. Ich gehe zum Nygårdspark, der extrem grün ist, und höre mir an, wie die Tropfen die Bäume treffen. Irgendein Ereignis hinter dem Springbrunnen hat eine ganze Kindergartengruppe angelockt. Ich laufe auch hin.

Eine Kanadagans schleppt einen Flügel hinter sich her. Der Flügel ist blutig. Zwei Männer versuchen, die Gans mit einem riesigen Käscher zu fangen. Ein kleiner Junge sagt: »Das war ein Dieb. Extra. Um gemein zu sein. Das war fies.«

Ich nicke, gehe in die Hocke, streiche mit der Hand über das Gras, sammle Wasser, reibe mir das Gesicht. Viel Blut war nicht zu sehen, aber es war mehr als genug.

Ich setze einen Fuß vor den anderen. Fuß um Fuß, Wort um Wort. Die oberste Reihe der Tastatur sagt: QWERTYUIOPÅ. Mir stehen neunundzwanzig Buchstaben zur Verfügung, niemand hat mehr, ich kann sie auswendig; an dem Tag, als wir sie in der richtigen Reihenfolge auswendig aufsagen konnten und sie Alphabet nannten gab es in der Schule Karamellbonbons. *Das werden Sie nie vergessen.* Sein Blick, sein Lächeln. Ich verstand sein Lächeln. Ich verstand sein Lächeln nicht, es war ein Vaterlächeln, ein Enkellächeln, ich weiß noch, dass ich es damit erklären wollte, dass er getrunken hätte.

Ich gehe aus dem Park in die Thormøhlens gate. Dort gibt es keinen Bürgersteig, ich muss mich vor den Autos in Acht nehmen. Ich gehe dicht am Drahtzaun vorbei durch den Schlamm. Ich packe den Zaun ab und zu an, meine Finger werden rostig, es sieht aus wie getrocknetes Blut.

Auf der untersten Stufe oder auf der ersten Stufe über Wasser liegt ein Kondom. Es ist nicht hier weggeworfen worden, es ist durch das Abwassernetz geschwommen, es kann durchaus unseres sein, meins und Rickards. Es regnet nicht mehr, der Wasserspiegel ist blank. Weiter draußen fährt ein Motorboot vorbei, ein Mann an Bord streift sich die Kapuze ab. Bald werden die Wellen des Bootes auf das Land auftreffen, ein schwappendes Resultat der von ihm verdrängten Menge an Oberflächenwasser.

Ich setze mich auf die Treppe. Meine rotlackierten Zehennägel sind von Schlamm überzogen, sie sehen aus wie Vogelfüße. Ich will nicht, dass der Regen aufhört. Ich zünde mir eine Zigarette an.

Ich höre seine Stimme am Wasser, höre, wie er Tövchen von mir erzählt, wer ich bin, was ich geschrieben habe, welche Wirklichkeiten, an die er glaubt, ich erschaffen habe; ich höre ihn von Svalbard erzählen, dass ich so lebendig über die Einöde geschrieben habe, dass er fast das Gefühl hat, selber dort gewesen zu sein. Ich höre Toves hilflose Versuche, ihn zurück zum Album und der Stelle zu bringen, die sie suchen wollen, ich höre ihn sagen, wichtiger sei, dass er mir das Bild gezeigt hat. Ich höre, wie sie darauf besteht, die Suche fortzusetzen, höre sie sagen, dass sie nichts von einem Testament hören will und was der Unsinn eigentlich soll. Ich höre, wie er zu einer unsicheren und unmöglichen Erklärung von Größe und Symbolik ansetzt, die zeitlos in den Taten seiner letzten Stunde ruht, ich höre, wie er sich mitten in seiner Rede unterbricht.

Und ich sehe sie beide.

Die albernen roten Plastikruder, die mit dem Puddefjordwasser kämpfen, sie haben keine Sonnenbrillen und müssen die Hand an die Stirn legen, wenn sie zum Land hinüberschauen.

Ich höre ihn rufen: »Das ist es!«

Ich sehe ihn zum Vergleich das Album hochheben, ich sehe ihn langsam nicken, ich sehe ihn das Album zuklappen, ich sehe, wie er sich mühevoll umdreht, um den Stöpsel des Gummibootes zu finden, ich höre ihn sagen, das Schicksal habe es so gefügt, ich dürfe es jedoch nicht erfahren, denn eine Schriftstellerin will nicht in der Handlung gelenkt werden, ich sehe ihn den Stöpsel herausziehen, ich höre das Geräusch der kleinen Portion Luft, die sich endlich mit der großen vereint, ich höre Tövchen rufen: »Nein, tu das nicht!«, ich höre ihn sagen, dass eine Autorin es nicht schaffen wird, sich zu beherrschen, ich sehe das Album aufgeschlagen im Wasser treiben, ich sehe den roten Faden Wasser ziehen und sinken, ich sehe die Blasen wie Silber aus seinem Mund strömen, als er sich widerstandslos ertrinken lässt, ich sehe das Album als letztes versinken, ich sehe die Bilder, die sich in der Feuchtigkeit aufrollen, ich sehe die erhobene Hand der Mutter verschwommen im Wasser zittern, ich höre Tövchen so weinen, dass sie es niemals vergessen wird. Ich werfe meine Zigarette die Treppe hinunter und weiß, warum ich schreiben muss, und jetzt habe ich es getan.

GOLDMANN

*Das Gesamtverzeichnis aller lieferbaren Titel erhalten Sie
im Buchhandel oder direkt beim Verlag.
Nähere Informationen über unser Programm erhalten Sie auch im Internet unter:*
www.goldmann-verlag.de

★

Taschenbuch-Bestseller zu Taschenbuchpreisen
– Monat für Monat interessante und fesselnde Titel –

★

Literatur deutschsprachiger und internationaler Autoren

★

Unterhaltung, Kriminalromane, Thriller
und Historische Romane

★

Aktuelle Sachbücher, Ratgeber, Handbücher und
Nachschlagewerke

★

Bücher zu Politik, Gesellschaft, Naturwissenschaft und Umwelt

★

Das Neueste aus den Bereichen
Esoterik, Persönliches Wachstum und Ganzheitliches Heilen

★

Klassiker mit Anmerkungen, Anthologien und Lesebücher

★

Kalender und Popbiographien

★

Die ganze Welt des Taschenbuchs

★

Goldmann Verlag • Neumarkter Str. 18 • 81673 München

Bitte senden Sie mir das neue kostenlose Gesamtverzeichnis

Name: _____

Straße: _____

PLZ / Ort: _____